DESEO

AF274419

MAYA
BANKS

ARRÁSTRAME AL PARAÍSO

Editado por Harlequin Ibérica.
Una división de HarperCollins Ibérica, S.A.
Avenida de Burgos, 8B - Planta 18
28036 Madrid
www.harlequiniberica.com

© 2025 Harlequin Ibérica, una división de HarperCollins Ibérica, S.A.
N.º 566 - 26.6.25

© 2009 Maya Banks
Arrástrame al paraíso
Título original: The Tycoon's Rebel Bride

© 2009 Maya Banks
Aventura secreta
Título original: The Tycoon's Secret Affair
Publicadas originalmente por Harlequin Enterprises, Ltd.
Estos títulos fueron publicados originalmente en español en 2010

I.S.B.N.: 978-84-1074-534-6
Depósito legal: M-6759-2025
Impreso en España por: BLACK PRINT
Fecha impresión para Argentina: 23.12.25
Distribuidor exclusivo para España: LOGISTA
Distribuidores para Argentina: Interior, DGP, S.A. Alvarado 2118.
Cap. Fed./Buenos Aires y Gran Buenos Aires, VACCARO HNOS.

Capítulo Uno

Theron Anetakis empezó a revisar la montaña de correo que su secretaria había dejado preparada para él, mascullando maldiciones mientras tiraba cartas a derecha y a izquierda. Ocasionalmente, miraba alguna de ellas durante más de un segundo y la dejaba sobre un montón para revisar más tarde. Las demás iban directamente a la papelera.

Su puesto en las oficinas de Anetakis Internacional en Nueva York era algo muy reciente. Después de descubrir que uno de los empleados había estado vendiendo secretos de la compañía hotelera a la competencia, Theron y sus hermanos habían decidido hacer una renovación total. La culpable, antigua ayudante personal de Chrysander, estaba en la cárcel pero, temiendo una nueva traición, Theron se había llevado con él a su secretaria de Londres, una mujer de cierta edad, estable y, sobre todo, leal.

Aunque después de la debacle con Roslyn, ninguno de los hermanos Anetakis se atrevía a confiar del todo en los empleados.

De modo que tenía que arreglárselas con una montaña de cartas, mensajes y correos electrónicos. Dos días después de llegar a la oficina, aún seguía intentando limpiar su escritorio. Aunque su secretaria ya había hecho una primera limpieza.

Theron se detuvo, mirando una carta dirigida a Chrysander. Y después de leerla, sin preocuparse por la diferencia horaria, marcó el número de su hermano. Lamentaba tener que molestar también a Marley, la mujer de Chrysander, pero aquello era urgente.

—Espero que sea algo importante de verdad —gruñó su hermano.

Theron no perdió el tiempo en saludos.

—¿Quién demonios es Isabella?

—¿Isabella? ¿Me llamas a estas horas de la noche para preguntarme por una mujer?

—Dime quién es.

Chrysander no le sería infiel a su esposa. Fuera quien fuera la tal Isabella, tenía que haberla conocido antes que a Marley…

—Tengo una carta aquí en la que te dicen que ha terminado la carrera… ¿no crees que una universitaria es demasiado joven para ti?

Chrysander lanzó una parrafada en griego y Theron tuvo que apartarse el teléfono de la oreja.

—Soy un hombre casado, hermanito. No salgo con otras mujeres.

—¿Entonces quién es Isabella?

—Isabella Caplan. Tienes que acordarte.

—¿La pequeña Isabella? —exclamó Theron, sorprendido.

Recordaba a una niña delgada con coletas y aparato en los dientes. La última vez que se vieron fue durante el entierro de sus padres, pero entonces estaba demasiado consumido por la pena como para fijarse en nadie. ¿Cuántos años tendría ahora?, se preguntó.

Chrysander soltó una risita.

—Ya no es pequeña, te lo aseguro. Acaba de terminar la carrera… y es una chica muy inteligente.

—¿Y por qué recibes un informe sobre ella? Pensé que se trataba de una antigua amante… y lo último que quiero es que tengas problemas con Marley.

—Tu preocupación por mi esposa es admirable —bromeó Chrysander—, pero innecesaria. Aunque la verdad es que había olvidado nuestras obligaciones hacia Bella. Últimamente sólo pienso en Marley y en nuestro hijo.

—¿Qué obligaciones? ¿Y por qué yo no sabía nada del tema?

—Nuestros padres fueron socios y amigos durante mucho tiempo, ya lo sabes. El padre de Bella hizo prometer a papá que si algo le ocurría a él, nosotros nos encargaríamos de cuidar de su hija.

—Pues según esta carta, llegará a Nueva York dentro de dos días.

—Pero yo no puedo dejar a Marley ahora…

—No, ya lo sé —dijo Theron, impaciente—. No te preocupes, yo me encargo de todo. Lo veré como otro problema que he heredado con las oficinas de Nueva York.

—Bella no será ningún problema, es una chica encantadora. Lo único que tienes que hacer es ayudarla a instalarse en la ciudad. No recibirá su herencia hasta que cumpla los veinticinco años o contraiga matrimonio y, mientras tanto, Anetakis Internacional es el administrador oficial de sus bienes. Y como ahora tú eres el representante de Anetakis en Nueva York, tú serás su tutor.

Theron emitió un bufido.

—Ya sabía yo que debía haber encargado a Piers que se ocupara de la oficina de Nueva York.

Chrysander soltó una carcajada.

—No creo que vayas a tener ningún problema. Sólo debes encargarte de que tenga todo lo que necesite.

Isabella Caplan iba a salir del aeropuerto cuando vio a un desconocido vestido de chófer que llevaba en la mano un cartel con su nombre.

—Bienvenida a Nueva York, señorita Caplan. Yo soy Henry, su conductor, y estos señores son del equipo de seguridad de la empresa Anetakis.

—Ah, hola —dijo ella, sorprendida, al ver a dos hombres a su lado.

Uno de ellos abrió la puerta de una limusina mientras el segundo se sentaba al lado de Henry.

Agotada, Isabella apoyó la cabeza en el respaldo del asiento mientras iban al Imperial Park, el hotel de los hermanos Anetakis, donde Chrysander solía tener una suite reservada para ella... aunque no había ido a menudo a Nueva York.

Aquel viaje había sido planeado como una simple parada antes de irse a Europa, pero todo había cambiado cuando recibió un correo de Theron Anetakis diciendo que ahora era él quien se encargaba de sus asuntos y que se verían en Nueva York para preparar el viaje.

Él no lo sabía aún, pero el viaje a Europa era cosa del pasado. Porque Isabella pensaba quedarse en Nueva York... indefinidamente.

La limusina se detuvo frente al hotel y uno de los hombres de seguridad la escoltó directamente hasta los ascensores.

Diez minutos después, sus maletas llegaban a la habitación junto con un ramo de flores y una cesta de fruta.

—Tengo un mensaje para usted del señor Anetakis —le dijo el botones.

—¿Cuál de ellos?

El joven la miró, sorprendido.

—Theron.

Sonriendo, Isabella le dio las gracias y cerró la puerta, pasando los dedos por el nombre, escrito a mano. ¿Lo habría escrito él mismo?, se preguntó, llevándose el sobre a la nariz. Allí estaba, su aroma. Lo recordaba como si fuera el día anterior. Evidentemente, Theron seguía usando la misma colonia.

Dentro había una nota manuscrita en la que le pedía que fuera a su oficina a la mañana siguiente.

Bella sonrió. Tan arrogante como recordaba; dándole órdenes como si aún fuera una niña pequeña. Chrysander, sin embargo, habría pasado por su suite para saludarla.

Aunque no le importaba ir a la oficina de Theron porque en cualquier caso iba a darle una sorpresa.

Había querido ir a Europa porque él estaba allí, en la oficina de Londres. Chrysander vivía con su esposa en una isla griega, de modo que ahora era Theron quien debía cuidar de ella.

Por fin.

El viaje a Europa quedaba cancelado, la seducción de Theron Anetakis acababa de empezar.

Isabella se dejó caer en el sofá, poniendo los pies desnudos sobre la mesita de café para admirar las uñas pintadas en color rojo pasión y la delicada pulserita que llevaba en el tobillo.

Theron se había vuelto aún más guapo con el paso de los años; el atractivo de la juventud había sido reemplazado por una vibrante masculinidad. Mientras ella esperaba hacerse mayor para seducirlo, él se había vuelto más deseable. Más irresistible. Y Bella estaba más enamorada que nunca.

No sería fácil y seguramente Theron no caería en sus brazos de inmediato. Los hermanos Anetakis eran despiadados en los negocios, pero también eran personas leales para quienes el honor lo era todo.

El teléfono sonó en ese momento y Bella suspiró, irritada.

—¿Dígame?

Al otro lado de la línea hubo un silencio.

—Señorita Caplan… Isabella.

Al reconocer el suave acento británico, Bella sintió un escalofrío por la espalda. No era Chrysander y, como Piers estaba fuera del país, no podía ser nadie más que Theron.

—Sí, soy yo.

–Soy Theron Anetakis. Llamaba para comprobar si necesitabas algo.

–No, todo está bien, gracias.

–¿Te parece bien la suite?

–Sí, claro. Es muy amable por tu parte haberla reservado.

–No la he reservado, es mi suite particular.

Bella miró alrededor con renovado interés. Saber que se alojaba en un sitio en el que había estado Theron era emocionante.

–¿Y dónde te alojas tú ahora?

–Estamos haciendo reformas en el hotel y la única suite disponible era la mía, de modo que me he instalado temporalmente en el ático de Chrysander.

–No hacía falta que te mudases por mi culpa…

–No te preocupes. Quiero que te encuentres a gusto antes de tu viaje a Europa.

Isabella no le dijo que no habría viaje a Europa. No tenía sentido ponerlo en guardia antes de que hablasen cara a cara. Ya habría tiempo para informarle sobre su cambio de planes.

–He recibido la nota en la que me pedías que fuera a tu oficina.

–Espero no haber parecido demasiado autoritario, Isabella.

–Por favor, llámame Bella. Ya sé que han pasado algunos años, pero yo me acuerdo muy bien de ti.

Al otro lado de la línea hubo un silencio.

–Yo también me acuerdo de ti, Isabella.

–Bella, por favor.

–Bella, de acuerdo. ¿De qué estábamos hablando? He perdido el hilo.

Aunque se mostraba amable, era evidente que quería librarse de ella lo antes posible. Si él supiera…

–Estábamos hablando de la nota en la que me ordenabas que fuese a tu oficina mañana.

–Era una petición, Bella, no una orden.

–¿A las once de la mañana te parece bien?

–Sí, claro –dijo él–. Pide la cena al servicio de habitaciones. Nosotros nos encargamos de todos tus gastos.

No había esperado nada menos. Los hermanos Anetakis se tomaban muy en serio sus obligaciones.

–Entonces, nos vemos mañana.

Cuando se despidió de Theron, una sonrisa asomó a sus labios. Sí, al día siguiente pensaba ir a verlo, desde luego.

Capítulo Dos

Theron se reclinó en el sillón, observando desde la ventana de su despacho el cielo de Nueva York. Llevaba horas ocupado con reuniones y llamadas de teléfono y al fin tenía un momento para respirar… pero cuando miró su reloj, comprobó que eran casi las once. Isabella Caplan llegaría en unos minutos.

Estaba en Nueva York, pero se marcharía a Europa en unos días… mientras Alannis llegaría de Grecia en una semana. Afortunadamente, Isabella no sería un problema. Se encargaría de que tuviera todo lo que necesitara, le pediría a alguien de Anetakis Internacional que fuese a buscarla al aeropuerto de Londres y el equipo de seguridad cuidaría de ella durante su estancia en Nueva York.

Alannis, por otro lado…

Theron sonrió. Entre Alannis y él existía lo que podía considerarse una buena amistad. Quizá un entendimiento sería un término más adecuado, aunque él estaba abierto a todo.

Ahora que llevaba la oficina de Nueva York, lo más sensato sería que sentara la cabeza y Alannis era la mujer perfecta para eso. Su padre era arma-

11

dor, un viejo amigo de la familia Anetakis, de modo que era lógico que salieran juntos.

Ella le daría amistad e hijos. Él le daría seguridad y protección.

Sí, era hora de sentar la cabeza. Seguramente se quedaría de forma permanente en Nueva York, ya que Marley no tenía el menor deseo de marcharse de la isla donde vivía con su hermano, y si iba a instalarse definitivamente en Nueva York, lo mejor sería encontrar una esposa y formar una familia.

Sus pensamientos fueron interrumpidos por un golpecito en la puerta.

–La señorita Caplan está aquí, señor Anetakis –anunció Madeline, su secretaria.

–Dile que entre.

Mientras esperaba, Theron se estiró en el asiento, tamborileando distraídamente con los dedos sobre el escritorio. Intentaba recordarla, pero sólo veía la imagen de una niña con coletas y aparato en los dientes. Ni siquiera sabía qué edad tenía ahora, sólo que había terminado sus estudios, de modo que debía de tener unos veintidós o veintitrés años.

Pero cuando la puerta se abrió e Isabella Caplan entró en su despacho, se quedó sin aire.

Ante él había una mujer increíblemente guapa, tanto que Theron sintió como si una mano invisible apretase su garganta. Y durante unos segundos lo único que pudo hacer fue mirarla, boquiabierto como un adolescente.

Llevaba unos vaqueros ajustados y bajos de cadera. La camiseta, si aquello podía llamarse camiseta, abrazaba sus generosas curvas, dejando al descubierto su ombligo.

Theron se quedó mirando un brillo plateado… ¿llevaba un piercing en el ombligo?

Tenía el pelo largo, castaño oscuro, y unas pestañas larguísimas rodeando unos brillantes ojos verdes. Cuando sonrió, Theron vio unos dientes muy blancos y unos labios jugosos.

Era una mujer de bandera. Y pensar que él recordaba a una tímida niña con dos coletas… un hombre tendría que estar ciego para no fijarse en aquella chica.

—¿Se puede saber qué llevas puesto? —exclamó, sin pensar.

Ella levantó una ceja, burlona.

—Creo que se llama ropa.

—¿Mi hermano Chrysander te dejaba llevar esa ropa?

—Chrysander no tiene nada que decir sobre lo que me pongo —se rió Bella.

—Pero él era tu tutor. Como yo lo soy ahora.

—No eres mi tutor legal. Estás cumpliendo un deseo de mi padre hasta que me case y herede lo que me corresponde. Mientras tanto, me las he arreglado perfectamente bien sin intromisiones por parte de Chrysander.

Theron tuvo que apoyarse en el escritorio mientras estudiaba a la joven.

—Según el testamento de tu padre, heredarás lo que te corresponde cuando cumplas veinticinco años. No tienes que casarte.

—Pero yo pienso estar casada antes de cumplir los veinticinco.

Él la miró, alarmado. ¿Había un hombre en su vida del que nadie le había dicho nada?

–¿Quién es? Habrá que investigarlo –dijo rápidamente–. Uno debe tener cuidado, Isabella. Tu herencia atraerá a muchos moscones y…

–Yo también me alegro de verte –lo interrumpió ella–. El viaje fue agradable y la suite es preciosa. Ha pasado algún tiempo desde la última vez que nos vimos, pero yo me acuerdo muy bien de ti.

El reproche lo irritó porque tenía razón. Se estaba portando como un grosero. Ni siquiera la había saludado de manera apropiada.

–Discúlpame, Isabella –suspiró, inclinándose para darle un beso en la mejilla–. Me alegro de que el viaje haya sido agradable y de que te guste la suite. ¿Quieres tomar algo mientras hablamos de tu viaje a Europa?

Ella negó con la cabeza mientras se acercaba a la ventana. Llevaba unos vaqueros tan ajustados que Theron quiso apartar la mirada… pero entonces algo llamó su atención. Parpadeó varias veces y miró de nuevo, convencido de estar equivocado.

Pero no, no lo estaba; un tatuaje asomaba por la cinturilla del pantalón.

¿Un tatuaje? Evidentemente, Chrysander había fracasado miserablemente en su papel de tutor. ¿En qué líos se habría metido aquella chica? Tenía tatuajes, hablaba de casarse sin que nadie supiera nada de un novio…

–Tienes una vista preciosa desde aquí.

Theron miró hacia la pared, a cualquier sitio

para no fijarse en cómo la camiseta se ajustaba a sus pechos. Aquella mujer era una bomba.

–¿Ya has organizado tu viaje a Europa o quieres que me encargue yo de hacerlo?

Metiendo las manos en los bolsillos del pantalón, una tarea que a Theron le parecía imposible siendo tan ajustado, Isabella se apoyó en la pared.

–No pienso ir a Europa.

–¿Perdona?

–He decidido no ir a Europa este verano.

Theron apretó los labios. Maldito fuera Chrysander por casarse y dejarlo a él atendiendo a Isabella Caplan.

–¿Y tiene algo que ver con tu repentino deseo de casarte? Aún no has contestado a mi pregunta sobre ese supuesto novio.

–Porque aún no tengo novio –contestó ella–. Sólo he dicho que pienso casarme antes de cumplir los veinticinco. Y como aún me quedan tres años para eso, no es necesario ponerse a investigar a nadie.

–¿Entonces por qué no quieres ir a Europa? Ése era tu plan hasta hace unas semanas, ¿no? Decías eso en la carta que le enviaste a Chrysander.

–No, yo no le decía eso –protestó Isabella–. El hombre al que Chrysander contrató como tutor mientras yo estaba en la universidad le envió una carta diciendo que me iba a Europa, pero he cambiado de opinión.

–¿Y qué piensas hacer entonces?

Bella sonrió de oreja a oreja.

–Voy a alquilar un apartamento en Nueva York.

Theron se atragantó. Si se quedaba allí, tendría que estar pendiente de ella…

De repente, su posible matrimonio no le pareció tan descabellado. Al fin y al cabo, tenía veintidós años. Un poco joven para casarse, pero era una posibilidad. Y tal vez lo mejor que podía hacer era presentarle a algún hombre que pudiese cuidar de ella.

Estaba dándole vueltas a esa idea cuando Isabella habló de nuevo.

–¿Perdona? Estaba distraído…

–He dicho que tengo que marcharme. Voy a ponerme a buscar apartamento hoy mismo.

A él no le hacía la menor gracia pensar en Isabella dando vueltas por una ciudad que no le era familiar, sola y vulnerable. Lo último que necesitaba era que la secuestrasen, como le había pasado a Marley.

–No deberías ir sola por Nueva York.

–Ah, gracias por ofrecerte a acompañarme, Theron –sonrió ella–. La verdad es que no me apetecía mucho ir a buscar apartamento sola y tú conoces la ciudad mucho mejor que yo.

Theron abrió la boca para decir que no tenía la menor intención de acompañarla, pero la alegría que vio en su rostro hizo que la cerrase de nuevo.

–Sí, claro que te acompañaré. Le pediré a mi secretaria que busque unos cuantos apartamentos disponibles en una buena zona. Podríamos ir mañana por la mañana, si te parece. Por el momento, puedes quedarte en la suite.

Isabella hizo una mueca.

–Pero no me gusta que tú hayas tenido que dejarla.

–No te preocupes por eso. Chrysander tiene un dúplex muy bonito. Además, también yo tengo que buscar apartamento ahora que me he mudado a Nueva York.

–En ese caso, te agradezco la oferta. ¿Quieres que comamos juntos mañana?

–Sí, claro –murmuró él.

¿Por qué tenía la impresión de que estaba manipulándolo? La idea de que una chica tan joven hiciera lo que quisiera con él era muy molesta.

De repente, Isabella dio un paso adelante y le echó los brazos al cuello. Y Theron tuvo que agarrarse al escritorio para no trastabillar.

–Gracias por todo.

Él le devolvió el abrazo, pero al tocar su cintura se preguntó por el tatuaje que había visto allí. Lo volvía loco no saber qué era.

–Deja que llame al chófer para que te lleve de vuelta al hotel.

–Gracias –sonrió Isabella, besándolo en la mejilla–. Nos vemos mañana entonces.

Theron se quedó con una mano en la mejilla, perplejo. Luego, murmurando una maldición, volvió a sentarse tras el escritorio. Que Isabella Caplan lo pusiera tan nervioso era patético. Por lo visto, había pasado mucho tiempo desde la última vez que estuvo con una mujer.

Suspirando, llamó a su secretaria por el interfono y le dio instrucciones para que buscase apartamentos y organizase un equipo de seguridad para la recién llegada.

Pero después de colgar recordó que Alannis llegaría en una semana… esperaba no tener que atender a Isabella cuando llegase su futura prometida. Una mujer era más que suficiente y tener que dividir su atención entre dos podría acabar siendo un desastre.

Claro que quizá Alannis conocía a algún chico que fuese ideal para Isabella.

Algún chico…

Pensando que aquélla era otra tarea de la que podía encargarse Madeline, volvió a pulsar el interfono para pedirle que hiciera una lista de conocidos que estuvieran solteros. Madeline se mostró divertida por tal petición, pero no dijo nada.

Después de colgar, Theron se puso las manos detrás de la cabeza. Encontraría un apartamento y un marido para Isabella y luego podría preocuparse de su propia boda.

–¡Bella! –gritó Sadie, saliendo al descansillo para abrazarla–. Entra, por favor. Cuánto me alegro de volver a verte.

–Yo también.

Las dos chicas se sentaron en el sofá del salón.

–Bueno, ¿lo has visto?

–Vengo de su oficina.

–¿Y?

–Le he dicho que no pensaba ir a Europa y que iba a buscar un apartamento en la ciudad. Y Theron va a ayudarme a encontrarlo.

–¿Entonces se lo ha tomado bien?

Sadie se apartó la melena de la cara, llamando la

atención sobre sus atractivas facciones. Un año mayor que Isabella, había terminado sus estudios antes que ella y se había mudado a Nueva York para hacerse un sitio en Broadway.

–Yo no diría que bien –sonrió Isabella–. Creo que más bien estaba preguntándose qué iba a hacer conmigo. Los hermanos Anetakis se toman sus responsabilidades muy en serio… después de todo, son griegos. Y yo soy una enorme responsabilidad de la que Theron quiere librarse como sea. Seguro que está deseando meterme en un avión y perderme de vista lo antes posible.

–¿Entonces cuál es tu plan?

–Aún no lo sé. Pero mañana vamos a ir a ver apartamentos juntos y luego iremos a comer. Supongo que ya veré qué pasa a partir de entonces.

–¿Y cómo reaccionó al verte? –preguntó Sadie–. Hace… ¿cuánto tiempo, cuatro años, desde la última vez que os visteis?

–Sí, cuatro años. Pero entonces yo era una cría.

–¿Y qué cara ha puesto al verte?

–Estoy segura de que se ha fijado –sonrió Isabella–. Creo que con una mezcla de interés y sorpresa. Theron es muy… tradicional. Pero si hubiera aparecido vestida como una niña bien, me habría relegado al estatus de hermana pequeña, como hizo Chrysander.

–Ah, entonces has decidido retarlo desde el principio –dijo Sadie.

–Exactamente. Si me ve como una amenaza, no podrá apartar sus ojos de mí.

Sadie se rió, apretando su mano.

–Cuánto me alegro de volver a verte, Bella. Ha pasado tanto tiempo que te echaba de menos.

–Lo mismo digo. Y quiero que me lo cuentes todo sobre tu carrera en Broadway. Dime, ¿te han dado algún buen papel?

Sadie hizo una mueca.

–Me temo que los papeles que he conseguido son pequeños y escasos, pero aún no me he rendido. La semana que viene tengo una prueba.

Isabella frunció el ceño.

–¿Te va bien?

–Tengo un trabajo… no son muchas horas, sólo un par de noches por semana. Pero gano dinero y tendrá que servir hasta que consiga mi gran papel en el teatro.

Isabella miró a su amiga con gesto receloso.

–¿Qué clase de trabajo es ése?

–Bailo en un club. Es un sitio muy elegante y exclusivo.

–¿Trabajas como stripper?

–No, no me desnudo –contestó Sadie–. Pero si lo hiciera, me darían mejores propinas.

Isabella la miró durante unos segundos y luego soltó una carcajada.

–Quizá deberías darme clases. Theron se habría fijado en mí si me hubiera quitado la ropa.

–Si no se ha fijado en ti, es que está ciego, cariño.

Impulsivamente, Isabella abrazó a su amiga.

–Cuánto me alegro de verte. Te he echado de menos. Y tengo una premonición… no sé, como si de verdad fuera a hacer que Theron se enamorase de mí.

Sadie se apartó un poco, sonriendo.

–Yo estoy segura de que se enamorará locamente de ti. Y si no… eres joven y guapa, Bella, puedes elegir al hombre que quieras.

–Yo sólo quiero a Theron. Llevo mucho tiempo enamorada de él.

–Bueno, entonces tendremos que encontrar la manera de hacer que pierda la cabeza por ti, ¿no? –sonrió Sadie.

Capítulo Tres

—Hola, Alannis —la saludó Theron—. Encantado de volver a hablar contigo.

Ella lo saludó con amabilidad, pero también con cierta reserva. Claro que no había esperado otra cosa. Alannis Gianopoulos era una chica muy bien educada y nunca lo habría saludado efusivamente. Sencillamente, no era su estilo.

—He encargado que el jet de la empresa te traiga de Grecia dentro de una semana. ¿Tu madre vendrá contigo?

Era una pregunta absurda, ya que Theron sabía que la familia de Alannis nunca la dejaría viajar sin un acompañante.

—Estoy deseando que llegues. He reservado un palco en la Ópera.

Si todo iba bien, esa misma noche pediría su mano y luego las dos familias podrían ponerse a organizar la boda.

Claro que antes tendría que informar a sus hermanos de sus intenciones.

Después de colgar, Theron se quedó mirando el teléfono durante largo rato. No tenía la menor duda de que Chrysander, locamente enamorado de Marley, no lo animaría a contraer un matrimonio sin amor. Piers, por otro lado, se limitaría a decir que era su vida y podía hacer con ella lo que quisiera.

Con el tiempo aprendería a querer a Alannis, estaba seguro. Era una chica que le gustaba y a la que respetaba… y eso era más de lo que podía decir de otras mujeres de su entorno. Tal vez él no encontraría una mujer que lo amase como Marley amaba a su hermano, pero quería pensar que podía ser amigo de Alannis y disfrutar de su compañía tanto en la cama como fuera de ella.

Theron frunció el ceño al imaginar a Alannis desnuda en su cama. Luego miró hacia abajo, esperando una respuesta, y se llevó una desilusión.

Alannis parecía un poco fría y estirada en ese aspecto. Claro que con toda seguridad sería virgen y tendría que ser él quien despertase la pasión en una chica tan inocente. Además, sería su obligación como marido.

Suspirando, Theron miró el reloj y comprobó que Isabella llegaba tarde. Madeline había encontrado tres apartamentos, todos en buenas zonas y cerca de hotel Imperial Park, pero aún no le había dado la lista de posibles maridos.

Daba igual. Lo primero era dejarla instalada. Y cuanto antes, mejor. Ya se encargaría de casarla más tarde.

Cuando oyó que se abría la puerta, levantó la cabeza y se quedó sorprendido al ver a Isabella. En el mismo instante sonó el interfono y Madeline, en tono burlón, le informó de que la señorita Caplan estaba en camino.

—Buenos días —lo saludó ella, dándole un beso en la mejilla.

Theron tuvo que tragar saliva al ver lo que llevaba puesto. No era exactamente impúdico porque… al menos la tapaba. En parte.

Pero se le quedó la boca seca cuando apoyó las manos sobre el escritorio y, al inclinarse hacia delante, pudo ver el encaje del sujetador por encima del escote de la camiseta.

—Buenos días, Isabella.

—Llámame Bella, por favor. A menos que tengas aversión a ese nombre.

No la tenía, en absoluto. Su protegida era increíblemente guapa. Y diferente a las sofisticadas mujeres con las que él solía salir. Pero había algo salvaje en ella, algo incontrolable.

Mientras su entrepierna había permanecido estoica al pensar en Alannis desnuda, ahora, sin embargo, despertó a la vida de manera dolorosa.

Era su tutor, alguien que debía cuidar de ella, se recordó a sí mismo, enfadado. No sólo era una falta de respeto hacia Isabella, sino también hacia Alannis. Ninguna mujer debería tener que soportar que su prometido mirase a otra.

—Bella —dijo por fin, levantándose. El nombre le iba bien, desde luego. Ligero, precioso.

—Hoy vas vestido de manera informal. Qué raro. Yo estoy acostumbrada a verte con traje de chaqueta y corbata.

—¿Estás acostumbrada a verme? —repitió él, sorprendido.

—Bueno, en fotografías —contestó Bella—. Siempre hay fotografías tuyas en los periódicos.

—¿Recibes periódicos de Nueva York en California?

–Pues… sí. Me gusta seguir la pista de la gente que cuida de mis intereses.

–Ah, muy bien –dijo él–. ¿Nos vamos? Me he tomado la libertad de hacer una lista de apartamentos en zonas seguras. Es lo más sensato para una chica que quiere vivir sola en Nueva York.

Entonces pensó que quizá Isabella tenía intención de vivir con alguien. Además, una mujer como ella no estaría sola mucho tiempo. Y tenía que saberlo porque si estaba con alguien, podía olvidarse de buscarle un marido.

–Nos vamos cuando quieras –sonrió Isabella.

Mientras salían del despacho, Theron puso una mano en su espalda y ella sintió el calor de esa mano atravesando la camiseta.

Después de amarlo a distancia durante tanto tiempo, había estado preparada para una desilusión. Para descubrir que quizá Theron no era el hombre de sus sueños. Pero había sido al contrario: Theron Anetakis era mucho más interesante de lo que imaginaba y sus sentimientos por él no habían desaparecido.

Bella se sentó a su lado en la limusina. Además de Henry, el chófer, un miembro del equipo de seguridad iba en el asiento delantero. Y cuando se detuvieron frente al primer edificio, Bella vio a dos hombres saliendo de otro coche que había aparcado tras ellos.

–No recuerdo que llevarais tanta seguridad la última vez que vine a Nueva York de visita.

–Me temo que es necesario –dijo él.

Bella esperó que dijese algo más, pero Theron permaneció mudo.

Tres horas después habían visitado todos los apartamentos de la lista. Theron había vetado los dos primeros pero, afortunadamente, el que más le gustó fue el cuarto y ambos estaban de acuerdo.

–¿Te encargarás tú misma de llevar tus cosas o quieres que lo organice yo?

–Pienso comprar todo lo que necesito aquí mismo, en Nueva York.

–Muy bien, entonces buscaré a alguien que vaya de compras contigo.

–No hace falta –dijo Bella–. No necesito una niñera, Theron. Chrysander me obligó a soportar a una durante muchos años, pero no la necesito.

–No quiero que vayas sola…

–Tú podrías ir conmigo.

–¿Yo?

–¿Por qué no? Al fin y al cabo, no conozco a nadie más en Nueva York –sonrió ella.

No había ninguna razón para hablarle de Sadie porque si supiera a qué se dedicaba, le pediría que dejase de verla. Sería imposible hacer entender a alguien como Theron Anetakis que entre sus amistades había gente… en fin, que vivía de forma diferente.

Además, no quería empezar con mal pie. Quería que Theron se enamorase de ella, que la necesitase.

–Sí, tienes razón –suspiró él por fin–. Se me olvidaba que has vivido en California todos estos años.

–¿Eso significa que irás de compras conmigo?

Bella no pudo contener la risa cuando Theron emitió un bufido y él la miró, como si el sonido le pareciese encantador.

Se quedó sin aliento al ver lo que parecía un brillo de deseo en sus ojos. Pero duró tan poco que decidió que debía de haberlo imaginado.

–Veré si tengo tiempo para acompañarte.

–¿Dónde vas a llevarme a comer? –le preguntó ella, más para recordarle su cita que porque le importase la comida. Le daba igual dónde comieran o si comían en absoluto. Lo importante era estar con Theron.

–Hay un restaurante estupendo en el hotel y siempre tienen una mesa reservada para mí. Además, así luego podrás ir a tu habitación a descansar un rato.

Bella tuvo que hacer un esfuerzo para no poner los ojos en blanco. Theron quería librarse de ella, evidentemente. Aunque era lógico. Ella era una carga inesperada y él un hombre muy ocupado. ¿Qué podía hacer para que la viese como una mujer y no como un inconveniente?

–¿Ocurre algo?

–No, no. Es que estoy un poco cansada. Y contenta.

–Deberías dejar que yo me encargase de los muebles. Si me dices cuáles son tus preferencias, podría llamar a un decorador y así no tendrías que salir de compras.

–No, de eso nada. Entonces no sería ni la mitad de divertido.

Theron suspiró.

–¿Qué planes tienes, Bella?

–¿Planes?

–Sí, planes. Ahora que has terminado tus estudios, me imagino que tendrás algo en mente.

–Ah, bueno, por el momento pienso tomarme el verano de vacaciones. En otoño pensaré en mi futuro.

Él no dijo nada, pero era evidente que no aprobaba esa decisión. Bella sonrió para sí misma. Los hermanos Anetakis estaban dedicados al trabajo en cuerpo y alma. No eran la familia hotelera más famosa del mundo por casualidad.

Unos minutos después, llegaban al restaurante del hotel y eran escoltados por el maître hasta una mesa situada en una esquina, apartada del resto de los clientes.

–¿Qué quieres tomar, *pethi mou*?

Isabella hizo una mueca. La llamaba de esa forma cuando tenía trece años: «pequeña». Y esa expresión no evocaba imágenes de los dos en la cama, sus miembros enredados…

–¿Qué sugieres?

Bella estudió la dura línea de sus labios y la sombra de barba en el mentón. Sentía la tentación de alargar la mano y acariciarlo…

¿Cómo sería besar a Theron Anetakis?, se preguntó por enésima vez. Ella había besado a varios chicos en la universidad. Chicos, no hombres como él. Algunos eran agradables, otros torpes.

Pero besar a Theron sería como estar en medio de una tormenta: excitante, salvaje, abrumador. Se le aceleró el pulso al imaginar el roce cálido de su lengua…

–¿Bella?

Ella parpadeó, distraída.

–Perdona, ¿qué decías?

—Que deberías probar el salmón. Aquí lo hacen muy bien.

—Ah, estupendo.

Theron pidió por los dos y el camarero se alejó con una sonrisa en los labios.

—Y ahora tal vez deberíamos hablar del futuro. Supongo que habrás pensado qué quieres hacer con tu vida.

Si él supiera… Bella no había hecho más que planear su futuro. Con Theron Anetakis.

—Lo he pensado mucho.

—Ayer hablaste de matrimonio. ¿De verdad estás pensando en casarte antes de cumplir los veinticinco años?

—Cuento con ello.

Theron asintió con la cabeza y Bella tuvo que disimular una sonrisa. ¿Asentiría si supiera que él iba a ser el novio? Se sentía diabólica, como si estuviera planeando un asesinato más que una seducción.

—Me he tomado la libertad de hacer una lista de posibles candidatos —dijo Theron entonces.

—¿Candidatos para qué?

—Para casarte, Bella. Voy a ayudarte a encontrar un marido.

Capítulo Cuatro

Isabella miró a Theron pensando que tenía un extrañísimo sentido del humor.

–¿Que vas a hacer qué?

–Quieres un marido y he decidido que es una buena idea. Una mujer en tu posición debe tener cuidado. Así que me he tomado la libertad de hacer una lista de posibles candidatos…

Bella soltó una carcajada. Aquello era absurdo.

–¿De qué te ríes? –preguntó él, sorprendido.

–Llevo dos días en Nueva York y ya estás planeando casarme. Y, por cierto, dime qué quieres decir con eso de «una mujer en tu posición».

–Que tienes dinero y eres guapa, de modo que todos los hombres de Nueva York de edades comprendidas entre los dieciocho y los ochenta años querrán casarse y acostarse contigo. Y no necesariamente por ese orden.

Bella lo miró, sorprendida.

–Pero ni una palabra sobre mi inteligencia o mi encanto personal.

Theron le apretó la mano y una oleada de calor se extendió por todo su cuerpo.

–Por eso precisamente debo ayudarte a buscar un marido. Los hombres intentarán aprovecharse de ti fingiendo ser lo que no son. Los cazadores de fortunas fingirán no saber nada sobre tu dinero y se mostrarán enamorados de tu ingenio o tu generosidad. Es importante que los hombres que se acerquen a ti sean concienzudamente investigados, Bella.

Ella apretó los labios para contener la risa. Pero debía admitir que su preocupación era enternecedora. Y sería estupendo si no estuviera decidido a casarla con otro.

–No te preocupes, *pethi mou*. Hay muchos hombres interesantes en Nueva York. La cuestión es encontrar al más adecuado para ti.

–Sí, claro.

¿Qué otra cosa podía decir? Lo que de verdad quería era preguntarle si podría él ser ese hombre. Pero Bella ya sabía la respuesta a esa pregunta: Theron Anetakis no podía ser ese hombre. Aún no. Necesitaría tiempo para acostumbrarse a la idea.

–Bueno, dime, ¿qué buscas en un marido?

–Vamos a ver… quiero que sea alto, moreno y guapo.

Theron levantó los ojos al cielo.

–Acabas de describir el deseo de la mitad de la población femenina.

–También quiero que sea bueno y responsable. Y preferiría no tener hijos de inmediato. Que él estuviera de acuerdo con eso es muy importante.

–¿No quieres tener hijos? –preguntó Theron. Parecía sorprendido, pero seguramente pensaba que todas las mujeres estaban deseando llenar la casa de niños en cuanto alguien les ponía un anillo en el dedo.

31

–No he dicho que no los quiera. A ver si lo adivino: tú querrías tenerlos inmediatamente, ¿verdad?

–No estamos hablando de mí, pero sí. Yo no veo razón para esperar.

–Porque no eres tú quien los tiene –replicó Bella.

Por un momento, Theron pareció a punto de reír, pero luego hizo un gesto con la mano, como urgiéndola a seguir.

–Quiero que sea rico para que mi dinero no sea un problema.

Él asintió con la cabeza y Bella se inclinó hacia delante.

–Y quiero que esté loco por mí –le dijo, bajando la voz–. Que no pueda estar ni un solo día sin tocarme, sin acariciarme. Que sea un amante maravilloso. Quiero un hombre que sepa complacerme –terminó, con voz ronca.

Le pareció ver un brillo de respuesta en sus ojos... pero Theron apartó la mirada enseguida.

–¿No te parece que eso sea importante?

Bella, aunque joven, no era una ingenua en lo que se refería al sexo y sabía lo que era el interés sexual de un chico. Pero Theron no era un chico, era un hombre.

Llevaba años buscando algo parecido a lo que sentía por Theron Anetakis desde que era una adolescente... y para eso había experimentado con los chicos de la universidad. Pero sólo besos y los torpes e inevitables manoseos cuando la acompañaban a casa. Sólo hubo uno que estuvo a punto de convencerla de llegar hasta el final, pero fue él quien se detuvo a tiempo. Entonces Bella se sintió avergonzada, convencida de haber cometido algún error. El chico le había dicho que era un honor saber que él hubiera sido el primero, pero que quizá debería esperar hasta que conociese al hombre de su vida.

Entonces había visto esa frase como una salida de emergencia; un hombre huyendo de una mujer que relacionaba el sexo con el compromiso o, al menos, con una relación seria. Ahora se alegraba de no haber hecho el amor con él. Travis tenía razón. Su virginidad era especial y sólo se la daría a un hombre especial.

–Creo que haces bien en darle tanta importancia a… esas cualidades –estaba diciendo Theron–. Por supuesto, debes querer un hombre que vea las cosas como tú en lo que respecta a la familia.

–¿Pero no crees que deba buscar un buen amante? –preguntó ella, levantando una ceja.

–Sería una pena que el hombre en cuestión no supiera qué hacer con una mujer como tú.

Theron levantó la mirada, aliviado, cuando llegó el camarero. Isabella, por otro lado, maldijo que llegase justo en ese momento.

Pero él la sorprendió cuando, al quedarse solos, la miró a los ojos.

–Sé que tu madre murió cuando eras una niña y me pregunto… ¿no ha habido nadie que… te hablase de los hombres?

Bella le devolvió la mirada, atónita. ¿De verdad pensaba que había llegado a los veintidós años sin saber cómo se hacían los niños? No sabía quién de los dos estaba más horrorizado, Theron o ella. Pero por razones diferentes.

Tomando el tenedor, probó el pescado al horno que había pedido mientras pensaba una respuesta.

—Si te digo que no, ¿te presentarás voluntario para educarme? —bromeó, sin poder evitarlo.

Theron dejó escapar un suspiro.

—Intuyo que no eres tan ingenua como yo creía. Sólo quería saber si habías hablado con alguna otra mujer sobre hombres y maridos… y sobre qué tipo de hombres son los mejores maridos.

—Y amantes —añadió Bella.

—Sí, claro —dijo Theron, resignado.

—¿No quieres que tu esposa sea una buena amante?

—No espero que lo sea. Es mi obligación como marido… —Theron no terminó la frase—. No estamos hablando de mi mujer.

—¿Qué es tu obligación? —insistió ella.

—Ésta no es una conversación apropiada.

Bella dejó escapar un suspiro de fastidio. Quería saber lo que Theron consideraba su obligación hacia una mujer.

—Eres mi tutor, ¿no? ¿Con quién más puedo hablar de este asunto?

Él dejó escapar un largo y pesaroso suspiro mientras tomaba un sorbo de vino.

—No espero que mi mujer tenga experiencia. Es mi deber despertar su pasión y enseñarle todo lo que deba saber sobre… el asunto.

Isabella arrugó la nariz.

–Eso suena medieval. ¿Has pensado alguna vez que ella podría enseñarte un par de cosas?

Theron dejó la copa sobre la mesa con expresión horrorizada. Evidentemente, jamás se le había ocurrido pensar que una mujer pudiera enseñarle nada referente al sexo. De modo que se veía a sí mismo como un buen amante…

Isabella tuvo que controlar un escalofrío. Le alegraba que se considerase un buen amante porque ella sería una pupila más que dispuesta a aprender.

–No creo que una mujer pueda enseñarme nada sobre ese asunto –dijo Theron entonces, con un toque de arrogancia.

–Así que tienes mucha experiencia, ¿eh?

–No sé cómo hemos acabado hablando de esto, pero no es una conversación apropiada entre un hombre y su protegida.

Y, de nuevo, volvió a colocar un muro entre los dos. Pero al menos estaba intentando volver a colocarla en un sitio que no le resultase amenazador, de modo que debía de considerarla una amenaza.

Bella siguió comiendo, en silencio. Sabía que él estaba mirándola y no sólo con platónico interés. Intentaba disimular, pero sus ojos no podían mentirle.

Cuando terminaron de comer, Theron le preguntó qué cosas quería comprar para el apartamento.

–Muebles, objetos de decoración… y tengo que llenar la nevera, claro.

–Haz una lista de la compra y yo me encargaré de que lo lleven todo. Si puedes aguantar un par de días más en la suite, veré si encuentro un par de horas libres esta semana para ir a ver muebles.

—También necesitaré toallas, sábanas, cortinas, platos, vasos...

—Haz una lista, yo me encargo de todo —suspiró él, haciéndole un gesto al camarero—. ¿Nos vamos?

Isabella no quería marcharse aún, pero lo había monopolizado durante toda la mañana y sabía que Theron era un hombre muy ocupado.

—Te acompaño a la suite —murmuró cuando salían del restaurante.

Una vez en el ascensor, tan cerca, el calor de su cuerpo parecía envolverla. Incluso podía oler su colonia...

—Gracias por acompañarme.

—De nada, *pethi mou*. Le diré a mi secretaria que te llame para la firma del contrato de alquiler y todo lo demás.

Cuando las puertas se abrieron, Theron se inclinó para darle un beso en la mejilla, pero Bella, sin darle tiempo a reaccionar, le echó los brazos al cuello. Sus labios se encontraron y una especie de corriente eléctrica pareció recorrerlos a los dos. Al principio, Theron se quedó absolutamente inmóvil mientras ella lo besaba. Pero luego, dejando escapar un gruñido, la apretó contra su pecho hasta que no quedaba un centímetro de espacio entre los dos y deslizó una mano por su espalda hasta llegar a su apretado trasero.

Sus dedos la quemaban por encima del pantalón y cuando enredó la otra mano en su pelo, Bella pensó que no era un gesto cariñoso entre dos personas;

era la clase de beso que se daban dos amantes hambrientos el uno del otro, sin pedir permiso, sin vacilaciones, como si llevaran mucho tiempo buscándose.

El roce cálido de su lengua la invitaba a responder y ella lo hizo de buena gana mientras Theron metía la mano bajo la camiseta para acariciar su espalda.

No se atrevía a emitir sonido alguno porque temía que él diera marcha atrás, que recordase a quién estaba besando. En lugar de eso, se concentró en alargar el momento todo lo posible.

Nunca había experimentado nada igual y se le doblaban las rodillas…

Pero, de repente, Theron se apartó murmurando algo en griego. La miraba, perplejo y furioso consigo mismo, sacudiendo la cabeza mientras salían del ascensor. Cuando llegaron a la suite, esperó que Bella pasara delante. Ella se volvió para decir algo, no sabía bien qué, pero Theron cerró la puerta sin decir una palabra.

Bella cerró los ojos y se abrazó a sí misma, reviviendo esos preciosos momentos en el ascensor…

La pasión había sido inmediata. La química entre ellos, innegable. Theron Anetakis era en todos los aspectos su hombre ideal. Lo que no sabía hasta aquel momento era que fueran sexualmente compatibles. En unos segundos, la última pieza del rompecabezas había caído en su sitio.

Ahora lo único que tenía que hacer era conseguir que Theron se diera cuenta de que estaban hechos el uno para el otro.

Capítulo Cinco

Theron se apretó el puente de la nariz con dos dedos y soltó una palabrota. Sentía como si alguien lo hubiera golpeado en la cabeza con un martillo, estaba cansado y no había pegado ojo en toda la noche.

Madeline no dejaba de mirarlo como si se hubiera vuelto loco y tal vez era así. Había olvidado dos reuniones y se había negado a aceptar llamadas, incluso la de su hermano Piers.

Lo único que ocupaba sus pensamientos era aquella morena de ardientes ojos verdes. No podía olvidar el beso, el calor de su boca, aquel cuerpo suave pegado al suyo como si estuviera hecho para él.

Era su tutor, el responsable de su bienestar y, sin embargo, había estado a punto de llevarla al dormitorio de la suite para hacerle el amor. Aún deseaba hacerlo.

Theron sacudió la cabeza por enésima vez desde que había llegado a la oficina esa mañana. Por mucho que quisiera, no podía librarse de esa imagen. Aquella chica lo estaba volviendo loco.

Impaciente y más que agitado, Theron pulsó el botón del intercomunicador.

–¿Tienes la lista que te pedí, Madeline?

–¿Qué lista?

–La de los hombres solteros que quiero presentarle a Bella.

–Ah, esa lista. Sí, la tengo.

–Tráemela, por favor.

Unos segundos después, Madeline entraba en el despacho con un papel en la mano y Theron le hizo un gesto para que se sentara.

–Léemela, por favor.

–¿Ha dormido mal? –le preguntó su secretaria, tan perceptiva como siempre.

Theron lanzó un bufido mientras le hacía un gesto con la mano.

–Reginald Hollister –empezó a leer Madeline.

–No, es un inmaduro que depende de sus padres. Bella necesita un hombre más… independiente.

Madeline tachó el nombre de la lista.

–Muy bien. ¿Qué tal Charles McFadden?

–No, imposible. Hay rumores de que pegaba a su primera mujer.

–Bradley Covington.

–Es un imbécil.

Madeline dejó escapar un suspiro.

–Tad Whitley.

–No tiene dinero.

–¿Garth Moser?

–No me cae bien.

–Paul Hedgeworth.

Theron frunció el ceño, como buscando una razón para no tomar en cuenta a Paul.

–Ajá –murmuró Madeline, haciendo un círculo alrededor del nombre–. ¿Le invito al cóctel que va a dar el jueves por la noche?

–No, es demasiado guapo y demasiado simpático.

–A Bella le gustaría entonces –murmuró Madeline–. Y creo que también deberíamos incluir a Marcus Atwater y Colby Danford. Los dos son solteros, guapos y ahora mismo no tienen ninguna relación sentimental.

Theron movió la mano en un gesto de derrota. Seguramente, lo mejor sería dejar que Madeline se encargase de todo. Al fin y al cabo era una mujer y sabría mejor que él quién podía gustarle a Bella…

En ese momento fueron interrumpidos por la entrada de la propia Bella.

–Siento haber venido sin avisar. No he visto a Madeline en el antedespacho y… ah, ahí estás.

La secretaria se levantó.

–Estaba a punto de marcharme. Y seguro que el señor Anetakis tiene tiempo para ti… parece que ha cancelado todas sus reuniones.

Theron fulminó a Madeline con la mirada, aunque ella no parecía particularmente intimidada.

–¿Quiere que retenga las llamadas?

–No será ne…

Pero Madeline ya había salido del despacho y estaba solo con Isabella.

Isabella en pantalón corto. Un pantalón muy corto que dejaba al descubierto sus largas y bien torneadas piernas. En uno de sus tobillos brillaba algo… ¿qué era, una pulserita? Cuando levantó la mirada comprobó que la camiseta era tan corta que dejaba al descubierto su ombligo y tan ajustada como si fuera a presentarse a un concurso de camisetas mojadas.

No iba a salir bien parado de aquello, pensó.

Aclarándose la garganta, le hizo un gesto para que se sentara en el sillón que Madeline había ocupado un minuto antes.

—Me alegro de que estés aquí, Bella. Tenemos que hablar.

Ella se volvió un momento y, de nuevo, pudo ver el tatuaje que asomaba por la cinturilla del pantalón… un hada o una mariposa. No podía distinguirlo y eso lo sacaba de quicio. Le gustaría bajarle el pantalón para verlo…

Theron sacudió la cabeza. ¿En qué estaba pensando? Si fuera suya, nunca habría hecho nada tan absurdo. No había razón alguna para marcarse el cuerpo de manera permanente.

Y ahora estaba pensando qué haría o qué dejaría de hacer si Bella fuera su novia…

Pero no lo era y no debería pensarlo.

Bella se sentó frente a él, sus pechos quedaron en su campo de visión. No podía acusarla de llevar demasiado escote porque el cuello de la camiseta era cerrado, pero la tela se pegaba a su cuerpo como una segunda piel, delineando cada curva. Y eso era más excitante que un escote.

—¿De qué querías hablar?

Lo miraba con toda tranquilidad, como si estuvieran hablando del tiempo, y a Theron le dieron ganas de golpearse la cabeza con el escritorio.

–Sobre lo de anoche…

Ella levantó una mano.

–No lo estropees, por favor.

–¿Estropear qué?

–El beso. No lo estropees disculpándote.

–No debería haberte besado –dijo él.

Bella suspiró.

–¿Lo ves? Ya lo has estropeado.

Theron la miró, boquiabierto.

–Pero no…

–Si tienes que lamentarlo, te agradecería que lo hicieras en silencio. Puedes olvidarlo, lamentarlo o jurar por lo más sagrado que no volverá a pasar –siguió ella–. Pero no esperes que yo haga lo mismo. Y te agradecería que no te pusieras condescendiente conmigo. Yo creo que fue un beso estupendo.

Theron se quedó sin habla. Él, que siempre tenía algo que decir. Él, que era el más diplomático de la familia, el más prudente, se convertía en un pelele por culpa de aquella mujer.

Bella cruzó las piernas y puso las dos manos sobre su regazo.

–Quería saber cuándo vamos a ir de compras. Ah, y van a enviar aquí el contrato de alquiler del apartamento. Imaginé que querrías echarle un vistazo.

¿Bella podía olvidarse tranquilamente de lo que había pasado mientras él se consumía durante toda la noche y toda la mañana? El recuerdo lo torturaba.

Incluso ahora, mirando sus labios, podía recordar lo cálidos que eran…

Y el dolor de su entrepierna se intensificó al imaginársela desnuda en su cama…

Mascullando una maldición, Theron intentó concentrarse en el presente.

—Le pediré a mi abogado que le eche un vistazo al contrato. En cuanto a lo de ir de compras… Madeline tiene mi agenda, ella te dirá qué día estoy menos ocupado.

Bella se levantó del sillón sacudiendo la melena y se despidió con la mano antes de salir del despacho.

Un duende. El tatuaje era un duende con alas y destellos de luz.

Le pegaba mucho.

Pero eso despertaba un pensamiento intrigante: ¿tendría más tatuajes? Tal vez uno o dos que sólo eran visibles cuando estaba desnuda. Theron se puso nervioso al imaginarse a sí mismo buscando esos tatuajes en la cama…

Isabella salió de la oficina mordiéndose los labios para no soltar una carcajada. Theron estaba preparado para darle una charla sobre lo inapropiado del beso, pero ella decidió adelantarse. Y seguramente, Theron aún seguía intentando entender qué había pasado.

Madeline la recibió con una sonrisa.

—¿Te ha hablado de la fiesta?

—No, no me ha dicho nada.

En ese momento, Theron abrió la puerta.

—Bella, se me había olvidado que voy a organizar un cóctel el jueves y me gustaría que asistieras. A las siete, en mi casa. Madeline se encargará de que envíen un coche a buscarte.

Antes de que pudiera responder, Theron había vuelto a cerrar la puerta del despacho.

–Bueno, eso era lo que yo iba a decirte –sonrió Madeline–. Pero veo que no te ha contado con qué idea celebra el cóctel.

–¿Por qué tengo la impresión de que está intentando tenderme una trampa? –se rió Bella.

–Porque es así.

–Cuéntame.

–Se supone que debería mantenerlo en secreto, pero si alguien organizase una fiesta para que yo conociera a mi futuro marido, me gustaría saberlo de antemano para comprarme un vestido.

–¿Mi futuro marido?

–¿Theron no te ha dicho que está buscando un marido para ti?

–Sí, lo ha mencionado, pero… ¿ya ha encontrado a alguien?

Isabella intentó no parecer horrorizada pero, a juzgar por la expresión de pena de Madeline, no debía de haber tenido mucho éxito. Le había seguido la corriente a Theron porque pensaba que no hablaba en serio…

–A lo mejor tiene prisa para poder concentrarse en su propia boda –sugirió Madeline.

–¿Qué?

–¿Tampoco te ha contado eso? –suspiró la secretaria–. Ah, entonces yo no he dicho nada.

–¿Theron va a casarse? ¿Con quién?

Madeline miró hacia la puerta del despacho.

–¿Por qué no vamos a la sala de juntas?

Isabella fue detrás de la secretaria y esperó a que cerrase la puerta.

–Bueno, cuéntame: ¿desde cuándo te gusta Theron?

–¿Desde cuándo me gusta? –repitió ella, nerviosa–. No es que me guste, es que estoy enamorada de él desde que era una cría.

Madeline sacudió la cabeza.

–Theron tiene un acuerdo con la familia Gianopoulos para casarse con su hija Alannis. Su madre y ella llegarán a Nueva York dentro de una semana y no me gustaría que te llevaras una desilusión. Tal vez lo mejor sería que te fijases en otro hombre, Isabella. Esa fascinación por Theron sólo puede terminar con un corazón roto.

Bella sabía que Madeline tenía buena intención, pero ella no entendía la profundidad de sus sentimientos.

Pensar en Theron prometido con otra mujer... tuvo que cerrar los ojos para disimular su angustia. Ahora entendía que quisiera olvidarse del beso de la noche anterior.

–¿Cuándo se casarán?

–Theron aún no ha pedido su mano, pero tengo entendido que es una mera formalidad. Él no quiere un compromiso largo, así que me imagino que se casarán antes del otoño.

–¿Aún no ha pedido su mano? –exclamó Isabella, aliviada. Si no estaban prometidos, aún había tiempo–. Tienes que ayudarme, Madeline. Theron va a cometer un terrible error...

–No, no, yo no pienso hacer nada. Theron ha tomado una decisión y yo no tengo por costumbre inmiscuirme en su vida privada.

–Me darás las gracias cuando sea un hombre feliz, te lo aseguro.

–No seas ingenua, Isabella. Theron ha elegido a la persona con la que quiere casarse y tú no debes entrometerte. Una mujer debe respetarse a sí misma. Si tu madre viviera, te diría lo mismo.

–Mi madre quería mucho a mi padre –suspiró Bella–. Y los dos deseaban que yo fuera feliz. Por eso querrían que me casara con el hombre del que estoy enamorada.

–Entonces, te deseo suerte.

Isabella sonrió, aunque era una sonrisa forzada.

–Gracias.

–Vamos a mi despacho. Tengo allí el contrato de alquiler para que lo firmes.

Un minuto después, Bella se lo devolvía ya firmado.

–Si Theron tiene alguna objeción sobre el contrato, dile que me lo devuelva por fax.

–¿No teníais que ir de compras juntos?

–No, iré sola. ¿Cuándo ha dicho que es el cóctel?

–El jueves, a las siete.

–Muy bien, allí estaré.

Intentando controlar la angustia que le había producido la noticia de la boda de Theron, Isabella sacó el móvil del bolso y llamó a Sadie.

–¿Sadie? Soy yo. ¿Estás ocupada? Tengo que hablar contigo. Es urgente.

Capítulo Seis

—Esto es un desastre –suspiró Isabella, dejándose caer en el sofá del apartamento de su amiga.

Sadie, sentada a su lado, la miró con cara de preocupación.

—Espero que no te rindas. Aún no ha pedido su mano.

—*Aún*, ése es el problema. Aún significa que piensa hacerlo. Es como si ya estuviera prometido.

—Puede que ella diga que no –sugirió su amiga.

—¿Tú le dirías que no a Theron Anetakis?

—Bueno, no…

—Y ella tampoco –suspiró Isabella, entristecida–. Debe de ser una chica griega de impecables modales. De las que beberían lejía antes de contradecir a sus padres.

—Qué chica tan emocionante –dijo Sadie, irónica.

—Bueno, la verdad es que no estoy siendo muy amable con ella. Ni siquiera la conozco. Seguro que es encantadora.

—Esto no cambia nada, cielo. Lo que tienes que hacer es conseguir que Theron se fije en ti. No podrá resistirse en cuanto te conozca bien.

Bella asintió. En aquel momento, cualquier palabra amable era bienvenida. Estar sola era algo que nunca la había molestado hasta aquel momento, pero ahora se enfrentaba a la posibilidad de no poder estar nunca con la persona a la que amaba.

—Anoche nos besamos —le contó a su amiga.

—¿Lo ves? Te lo dije.

—No lo celebres aún —suspiró Isabella—. Esta mañana me ha dado una charla… bueno, lo ha intentado al menos.

—¿Una charla?

—Ya sabes, lo de «no puede volver a pasar» y todo eso.

—Ah, esa charla.

—Por lo menos ahora sé por qué.

—No será tan fácil como habíamos imaginado, pero aún no se ha perdido nada. Por lo que me has contado, la relación de Theron con esa chica no tiene nada que ver con el amor.

—¿Y qué hago entonces?

Sadie le apretó la mano.

—Haz que se enamore de ti.

—Pero para eso tendría que hacerlo olvidar que es mi tutor. El beso fue… —Isabella puso cara de ensueño— tan ardiente, tan apasionado… Necesito que me vea como me vio en ese momento.

—Tiene que dejar de verte como a una niña —murmuró Sadie, pensativa—. Y creo que se me ha ocurrido una idea para que te vea… más o menos desnuda.

—¿Qué?

—Podría funcionar. Tal vez.

—Cuéntame —dijo Isabella, impaciente.

–Tengo una prueba el sábado por la noche. Bueno, no es exactamente una prueba, pero podría serlo si hago las cosas bien.

–¿Quieres ir al grano? El suspense me está matando.

Sadie sonrió.

–Un grupo de hombres de negocios ha alquilado el club el sábado por la noche y no puede faltar ninguna de las bailarinas. Pero yo tengo que ir a una fiesta a la que me han invitado... Howard Griffin estará allí y Leslie ha dicho que me lo va a presentar.

–¿Quién es Howard? ¿Y quién es Leslie?

–Howard es un productor de Broadway y va a hacer pruebas la semana que viene para un nuevo musical. Y Leslie es una actriz de la que me he hecho amiga. Tiene contactos en todas partes y me va a hacer un favor hablándole de mí a Howard, así que no puedo perderme la fiesta.

–¿Y qué tiene eso que ver conmigo?

–Si no voy al club esa noche, perderé mi empleo –dijo Sadie entonces, con expresión angustiada–. Y hasta que no consiga un buen papel en Broadway necesito ese dinero... así que había pensado que tú podrías ir en mi lugar.

Isabella soltó una carcajada.

–¿Quieres que me haga pasar por ti en un club de striptease?

–No tienes que hacer striptease. Sólo tienes que bailar ligera de ropa.

–Sadie, tú y yo no nos parecemos nada. Además, yo bailo fatal. Me echarían en cinco segundos.

Su amiga negó vigorosamente con la cabeza.

–Yo llevo una peluca rubia platino cuando actúo. Somos casi de la misma estatura y con el maquillaje adecuado nadie se daría cuenta. Además, en ese sitio nadie te mira la cara.

–Pero a Theron le daría un infarto si creyera que trabajo en un club de striptease.

–Piénsalo –sonrió Sadie–. Si supiera que estás allí, iría a sacarte… y entonces te vería medio desnuda.

–Pero si montase un escándalo, a ti te despedirían de todas formas.

–Porras, no había pensado en eso.

–¿Qué tal si me hago pasar por ti sin que Theron sepa nada y busco otra manera de llamar su atención?

–¿Estás segura? –preguntó Sadie, apretándole la mano.

–Sí, claro. Pero tendré que zafarme de los de seguridad. Aparentemente, Theron ha contratado a un equipo entero para que me siga por Nueva York. Yo creo que está llevando lo de ser mi tutor demasiado lejos.

–¿Tienes un equipo de seguridad?

–Suena ridículo, ya lo sé. Según Theron, no puedo ir a ningún sitio sin ellos… –Isabella sonrió entonces, traviesa–. Si les doy esquinazo para hacerme pasar por ti en el club, Theron se enteraría… no sabría dónde he ido, por supuesto, pero así tendrá otra oportunidad de darme un sermón y yo encontraré la forma de hacer que se fije en mí. Y si la charla es demasiado aburrida, sencillamente volveré a besarlo.

–Espero que ese hombre se merezca el esfuerzo que estás haciendo –suspiró Sadie–. Aunque ningún hombre se merece tanto.

–Theron sí se lo merece –afirmó Bella, totalmente convencida.

Cuando llegó a las oficinas de Theron y vio un elegante juego de maletas en el suelo, Isabella se volvió hacia Madeline para preguntarle de quién eran... pero entonces vio que el despacho estaba lleno de gente.

–¿Qué ocurre aquí? –le preguntó en voz baja.

Madeline se aclaró la garganta.

–Han llegado Alannis y su madre. Y ése es tu equipo de seguridad –contestó la secretaria, señalando a tres hombres de aspecto amenazador–. Los demás son clientes que están esperando porque Alannis y su madre están con Theron.

Isabella miró hacia la puerta del despacho y, sin decir una palabra, se dirigió hacia allí.

Necesitaba ver a la mujer con la que Theron pretendía casarse.

Cuando entró en el despacho, él se volvió para mirarla con el ceño fruncido. Una mujer de cierta edad se volvió también con cara de sorpresa y la última, que tenía que ser Alannis, miró a Isabella con curiosidad.

Por supuesto no era fea, eso sería pedir demasiado. Alannis y su madre eran muy atractivas y elegantes. Mientras su madre llevaba el pelo sujeto en un moño francés, la melena oscura de Alannis caía

51

libremente por su espalda. Sus ojos castaños eran cálidos y amistosos e incluso sonrió al verla.

–¿No te ha dicho Madeline que estaba ocupado?

El reproche que había en la voz de Theron era evidente, pero Isabella no hizo caso. Estaba demasiado ocupada intentando encontrarle alguna falta a Alannis. Desgraciadamente para ella, a menos que tuviese una voz chillona, parecía perfecta. Theron y ella hacían una pareja fabulosa.

–Sí, creo que lo ha mencionado.

Él se volvió hacia sus dos invitadas, suspirando.

–Isabella, te presento a Alannis Gianopoulos y a su madre, Sophia. Ella es Isabella Caplan, mi protegida.

Para sorpresa de Bella, Sophia se acercó para estrecharle la mano.

–Encantada de conocerte. Theron nos ha hablado mucho de ti.

–¿Ah, sí?

–Y me parece maravilloso que haya decidido buscarte un marido adecuado.

–Encantada de conocerte, Isabella –sonrió Alannis.

–Lo mismo digo –murmuró ella, desconcertada.

–¿Querías algo? –le preguntó Theron.

–¿No ibas a presentarme a mi equipo de seguridad?

–Ah, sí, claro. Perdona, con la emoción de la llegada de Alannis lo había olvidado. Madeline te lo explicará todo.

La estaba echando del despacho, evidentemen-

52

te, y Bella se despidió antes de cerrar la puerta. Pero cuando llegó a la mesa de Madeline, con cara de pena, la mujer se levantó.

—Ven conmigo —murmuró, llevándola a la sala de juntas—. He decidido ayudarte.

—¿Qué quieres decir?

Madeline suspiró.

—Alannis es una chica encantadora, pero no tiene nada que ver con Theron. Es un ratoncito, mientras que él es más bien un león.

—A lo mejor quiere un ratoncito.

—¿Has decidido rendirte? —le preguntó Madeline, golpeando el suelo con el pie.

—No, no...

—Ese matrimonio sería un desastre y yo creo que hasta el propio Theron se dará cuenta tarde o temprano.

—Pensé que no tenías por costumbre inmiscuirte en la vida privada de tu jefe.

—Yo no pienso inmiscuirme, pero tú sí.

Isabella levantó una ceja.

—Piensa pedir su mano el viernes, después de la ópera. Tiene las entradas, el anillo, la fiesta en la que hará la pedida... todo planeado al detalle —le explicó Madeline—. Bueno, yo te he dado la información, haz lo que quieras con ella. Pero tendrás que moverte rápido. Y mientras lo piensas, deja que te presente a tu equipo de seguridad —suspiró la secretaria mientras la llevaba de vuelta al despacho—. Tienen instrucciones estrictas de acompañarte a todas partes.

Isabella apenas prestó atención mientras se los

presentaba, pero desde luego parecían guardias de seguridad. No eran sutiles precisamente. Claro que la sutileza no era uno de los puntos fuertes de Theron Anetakis.

Cuando Madeline le estaba presentando al último hombre, se abrió la puerta del despacho y Theron salió… con Alannis del brazo.

–Ah, veo que ya conoces a los hombres.

–Sí, claro –asintió ella. Y luego, haciendo un esfuerzo, se volvió hacia Alannis–. Espero que hayan tenido un viaje agradable.

–Sí, mucho –contestó la joven.

–Estamos deseando volver a verte el jueves –intervino Sophia.

–¿El jueves?

–En el cóctel –le explicó Theron–. Sophia y Alannis también asistirán.

–Ah, claro.

Aunque su futura prometida estaba colgada de su brazo, Theron no dejaba de mirarla a ella; el calor de sus ojos casi estaba dejando una marca en su piel.

¿Estaría enamorado de Alannis? ¿Sentiría afecto por ella? Era mayor que Isabella, pero no mucho, tal vez un par de años. Y había una inocencia en los ojos de aquella chica que la hacía sentirse mayor, ajada.

–Entonces nos veremos el jueves, así podrán contarme cosas de Grecia –consiguió decir–. Creo que es un sitio precioso. Tal vez podría ir allí de luna de miel… después de mi boda.

El rostro de Theron se ensombreció.

–Bueno, deberíamos irnos. El viaje ha sido muy largo y supongo que estaréis cansadas –murmuró–. Si tienes algún problema, llámame, Bella.

Ella asintió mientras lo veía salir de la oficina con Alannis del brazo. No podía decir nada porque tenía un nudo en la garganta.

Capítulo Siete

No podía dejar de pensar en ella. Theron se pasó una mano por la cara mientras intentaba concentrarse en lo que Sophia y Alannis estaban diciendo. Las había llevado a comer al restaurante del hotel, pero eso le recordó que había cenado con Bella en aquella misma mesa antes del episodio del beso en el ascensor.

Sophia se mostró feliz con su plan de pedir la mano de Alannis después de la ópera. Había calculado la velada meticulosamente, comprando entradas para la ópera favorita de Alannis y terminar la noche con una fiesta en el hotel.

Entonces, ¿por qué no estaba más entusiasmado?

Alannis parecía muy contenta... seguramente Sophia le había dado a entender algo, aunque le había pedido que lo mantuviera en secreto.

Aparentemente, todo el mundo estaba contento menos él.

—¿Has encontrado algún candidato para Isabella? —le preguntó Sophia.

—¿Perdona? —murmuró Theron, distraído.

—Has dicho que estabas buscando un marido para Isabella y quería saber si ya habías encontrado a algún candidato.

–Ah, sí, claro. Pienso presentarle a un par de hombres el jueves, durante el cóctel.

Sophia asintió con la cabeza.

–Es una chica guapísima y dudo que tenga ningún problema para encontrar un hombre adecuado.

Theron frunció el ceño. No, no tendría ningún problema. Los hombres harían cola por la posibilidad de ser su marido.

–¿Sabes una cosa? –sonrió Sophia entonces–. Isabella podría volver a Grecia conmigo. Myron estaría encantado de presentarle a varios jóvenes de la mejor sociedad de Atenas.

–Es una idea maravillosa, mamá –sonrió Alannis.

–Se lo diré la próxima vez que la vea –asintió Theron. Pero la idea de que se marchara del país le dejaba un sabor amargo en la boca.

Aunque casarla con alguien de Nueva York tampoco lo hacía sentirse feliz precisamente.

Alannis siguió hablando, pero él no le prestaba atención. Sus pensamientos estaban ocupados por la vibrante y encantadora morena con una sonrisa que haría derretirse a cualquier hombre.

Como si la hubiera conjurado, al levantar la mirada la vio siguiendo al maître hacia una mesa. Parecía solitaria, triste incluso. Llevaba unos pantalones vaqueros y una camisa, el pelo sujeto en una coleta… sonrió cuando el maître le dio la carta, pero la sonrisa no iluminaba sus ojos.

Por primera vez, Theron pensó en sus circunstancias. En lo difícil que debía de ser para ella estar en una ciudad extraña, sin familia. Si tenía amigos no se los había presentado y Theron se sintió culpable por tratarla de tan mala manera.

Se alegraba de haber organizado una fiesta el jueves por la noche para ella, pero en lugar de un simple cóctel en su ático podría convertirla en una gran fiesta en el hotel para darle la bienvenida a Nueva York. Además de presentarle a los hombres de la lista de Madeline, la pobre Bella pasaría un buen rato. Una chica de su edad se aburriría en la discreta reunión que él había preparado.

Sintiéndose un poco mejor, Theron volvió su atención hacia Alannis, recordando que en un par de días estaría pidiéndole que fuera su mujer. Sería su amante y la madre de sus hijos, la persona con la que pasaría el resto de su vida.

De repente, sintió un sudor frío. En lugar de hacerlo feliz, la idea de llegar a tal compromiso lo llenaba de horror.

¿Por qué reaccionaba de esa manera cuando una semana antes estaba deseando casarse con Alannis? No tenía sentido.

De nuevo, miró hacia Isabella, que miraba por la ventana con expresión pensativa.

Suspirando, Theron sacó su móvil del bolsillo y envió un rápido mensaje a Madeline para preguntarle qué día tenía que ir de compras con Isabella. No quería quedar con Alannis al mismo tiempo.

Unos minutos después Madeline contestó y Theron frunció el ceño al leer el mensaje. ¿Isabella había decidido ir sola de compras? ¿No quería ir con él?

Molesto, le envió una respuesta:

Pregúntale cuándo piensa ir y cancela mis reuniones para ese día.

En cuanto Isabella salió de la suite, un hombre se colocó a su lado. Aún no se había acostumbrado a llevar escoltas y la ponía nerviosa tener a alguien siguiéndola a todas partes.

El hombre subió al ascensor con ella y, cuando llegaron al vestíbulo, los otros dos se colocaron a su lado. Intentando no pensar en el asunto, Isabella se dirigió a la fila de taxis que esperaban en la puerta… pero uno de los hombres se interpuso en su camino.

—Perdone… ¿cómo se llama?

—Reynolds —contestó él, volviéndose luego para señalar a los otros dos—. El de la izquierda es Davison y el otro Maxwell.

—Muy bien, Reynolds —empezó a decir Bella, impaciente—. Voy a hacer unas compras y no hay necesidad de que vengan conmigo. Pueden esperarme en el hotel.

—Me temo que no puedo hacer eso, señorita Caplan. Las órdenes son que la acompañemos a todas partes.

—¿Incluso al cuarto de baño?

—Si fuera necesario…

—Pero no podemos entrar los cuatro en un taxi —protestó Bella.

—Tenemos instrucciones precisas de acompañarla a todas partes en el coche que se ha puesto a su disposición —insistió el hombre—. Pero debe esperar al señor Anetakis.

–No, Theron no va a ir conmigo de compras.

Reynolds miró su reloj y luego señaló un elegante Mercedes plateado que acababa de parar frente al hotel.

Para sorpresa de Isabella, Theron bajó del coche y se dirigió hacia ellos.

–¿Algún problema?

–La señorita Caplan me estaba pidiendo que no la siguiéramos –contestó Reynolds por ella–. Y yo estaba explicándole que no podíamos hacerlo.

–Debes seguir mis instrucciones, *pethi mou*. Tu seguridad es lo más importante.

–Sí, claro –murmuró ella–. Pero supongo que habrás venido para ver a Alannis y no quiero hacerte perder el tiempo. ¿Se puede saber por qué no puedo tomar un taxi?

Theron levantó una ceja.

–Hace un par de días querías que te acompañase cuando fueras de compras. ¿Por qué has cambiado de opinión?

–Como ahora tienes invitadas… pensé que no tendrías tiempo de ir conmigo –contestó Isabella.

–Pero tú también eres mi invitada –sonrió él, volviéndose hacia Reynolds–. Podéis quedaros aquí hasta que volvamos. Mi equipo de seguridad irá con nosotros.

Bella subió al Mercedes y se puso el cinturón de seguridad, suspirando.

–¿Cuándo fue la última vez que no te saliste con la tuya? ¿Y por qué llevas tanta seguridad? A mí me parece un poco pretencioso.

El rostro de Theron se ensombreció.

–Antes de casarse, la mujer de Chrysander fue secuestrada durante meses y los secuestradores nunca fueron detenidos. Yo no me arriesgo con la seguridad de las personas que tengo a mi cargo.

–¿Cómo están Chrysander y su mujer, por cierto?

–Bien. Marley prefiere vivir en la isla y Chrysander viene de vez en cuando a alguna reunión importante, pero no le gusta dejarla sola durante mucho tiempo.

–No me imagino a Chrysander enamorado –sonrió Isabella–. Parece un hombre tan… aterrador.

–Evidentemente, no te pasa lo mismo conmigo –dijo Theron.

Ella lo miró de arriba abajo.

–Lo que siento por ti no puede compararse con lo que siento por Chrysander.

Antes de que él pudiera replicar a su enigmática frase, Bella se volvió hacia la ventanilla.

–¿Por qué has querido ir conmigo de compras? Pensé que estabas muy ocupado con el trabajo… y tus invitadas.

–No estoy tan ocupado como para renegar de una promesa –contestó él–. Te dije que iría de compras contigo y aquí estoy.

–Y yo me alegro –sonrió Isabella–. Gracias.

Pasaron la mañana comprando todo lo que necesitaba para el apartamento y Theron pareció alegrarse de que no tardase un siglo en elegir cada pieza, pero la verdad era que Isabella no se molestó demasiado en la elección de los muebles porque si las cosas iban como ella esperaba, no se quedaría en el apartamento mucho tiempo. Y si no iban como ella esperaba, no pensaba quedarse en Nueva York para ver a Theron casado con otra mujer.

A las dos de la tarde estaba cansada y cuando Theron sugirió que comiesen de nuevo en el restaurante del hotel, Isabella se alegró al ver que no parecía ansioso por volver con Alannis.

En cuanto llegaron al hotel, Reynolds y los otros dos hombres se colocaron en la puerta del restaurante. Para entonces, Isabella empezaba a acostumbrarse a ese pequeño entorno de gente que los seguía a todas partes.

Si Theron era tan protector con las personas que, según él, tenía a su cargo, ¿cómo sería cuando se tratase de alguien de quien estuviera enamorado?

Sonrió entonces, soñadora, mientras el maître los llevaba hacia la mesa. No le importaría nada que fuese tan protector si la quisiera de verdad.

–Pareces muy complacida, *pethi mou* –la voz de Theron interrumpió sus pensamientos–. ¿Estás contenta con tus compras?

–Sí, mucho. Gracias por ir conmigo.

–No hay de qué. No deberías estar sola en una ciudad extraña. Pero dime, Bella, ¿por qué Nueva York? ¿No preferías quedarte con tus amigos en California? ¿Y has pensado en lo que quieres hacer ahora que has terminado la carrera?

–Mi indecisión debe de volver loco a alguien como tú, ¿no? –se rió ella–. Pero la verdad es que tengo mi futuro bien planeado.

–¿Alguien como yo? ¿Debo preguntar a qué te refieres con eso?

–Sólo que me imagino que has planeado tu vida

al detalle y no tienes paciencia para gente que no es tan organizada como tú. ¿Estoy en lo cierto?

Él tuvo que sonreír.

–No hay nada de malo en planear las cosas con antelación.

–No, claro que no. Yo también tengo mi vida más o menos planeada, pero sé que las cosas no siempre salen como uno quiere. La verdadera prueba está en cómo te las arreglas cuando todo se viene abajo.

–Sabias palabras viniendo de alguien tan joven.

Isabella arrugó la nariz.

–¿Insistes en lo de mi edad para no sentir la tentación de besarme otra vez?

Theron la miró, boquiabierto.

–Pensé que habíamos acordado no volver a hablar de eso.

–Yo no he dicho nunca tal cosa –sonrió Bella–. Pero tú puedes hacer lo que quieras, claro.

Theron no pudo responder porque el camarero llegó en ese momento. Isabella lo observó mientras comían. Su agitación era evidente. Había tal fuego en sus ojos, pensó. No era inmune a ella, por mucho que quisiera parecerlo.

Estaba apartando su plato cuando un hombre muy apuesto se acercó a ellos. Iba bien vestido y tenía un aspecto refinado y elegante, pero la miraba a ella aunque se dirigía a Theron.

Y él no parecía muy entusiasmado por la interrupción.

–¿Cómo estás? Me alegró mucho recibir tu invitación para el cóctel del jueves.

Bella se preguntó si aquél sería uno de los hombres de la lista de posibles maridos. Si era así, Madeline tenía buen ojo. Lástima que ella no estuviera interesada.

—¿Te veré allí? —le preguntó—. Tengo entendido que Theron piensa usar el cóctel del jueves para encontrarme un marido.

La cara de sorpresa del desconocido y la expresión horrorizada de Theron la hicieron reír.

—Tú debes de ser Isabella Caplan. Yo soy Marcus Atwater y sí, pienso ir al cóctel. Ahora que sé que estoy en la lista, no me lo perdería por nada del mundo.

Isabella le ofreció su mano.

—Por favor, llámame Bella.

Marcus tomó su mano, pero en lugar de estrecharla se la llevó a los labios.

—Muy bien, Bella. Un nombre precioso para una chica preciosa.

—¿Querías algo, Marcus? —preguntó Theron entonces, de muy malas maneras.

—No, nada —sonrió el joven—. Te he visto con una chica guapa y he decidido acercarme para ver si era la misteriosa Isabella Caplan. Y ahora me alegro de haberlo hecho —añadió, volviéndose para mirarla—. ¿Me guardarás un baile el jueves?

—Sí, claro.

Bella esperó hasta que Marcus salió del restaurante para volverse hacia Theron.

—Bueno, dime, ¿qué puesto ocupa en tu lista de candidatos?

—Es uno de los primeros.

—Ah, estupendo. Entonces no te importará que baile con él.

–No, claro que no –dijo Theron, con los dientes apretados–. Es un hombre inteligente, no tiene deudas, nunca ha estado casado y tiene buena salud.

–Por favor, dime que no has investigado sus informes médicos.

–Pues claro que sí. No iba a poner en la lista a un hombre que tuviera problemas de salud o defectos que pudiera transmitirles a vuestros hijos.

Isabella tuvo que contener una carcajada de incredulidad.

–¿Debo pensar que todos los hombres de la lista tienen tu aprobación?

Él asintió con la cabeza, pero no parecía en absoluto contento.

–Entonces será divertido –dijo Isabella–. Un apartamento lleno de chicos guapos, sanos y ricos entre los que elegir. ¿También sabes si son buenos en la cama?

Theron se atragantó con el vino.

–Por supuesto que no.

–Una pena. Supongo que tendré que descubrirlo yo misma antes de elegir a uno en particular.

–¿Qué? No vas a hacer nada de eso...

Afortunadamente, su móvil sonó en ese momento, interrumpiendo la discusión.

–Vas a tener que perdonarme –le dijo después de colgar–, pero tengo una reunión importante en quince minutos.

Isabella se encogió de hombros.

–No te preocupes por mí. Yo me iba a la suite de todas formas.

–No intentes ir a ningún sitio sin llevar contigo a los de seguridad –le advirtió Theron.

Capítulo Ocho

La advertencia de Theron seguía repitiéndose en la cabeza de Isabella por la mañana, mientras intentaba encontrar la manera de salir del hotel sin que Reynolds y los otros dos la siguieran. No le importaría que fueran con ella de compras… de hecho, podrían darle una perspectiva masculina sobre qué vestido le quedaba mejor. Quería estar perfecta para el cóctel y no precisamente para los candidatos de la lista de Theron. Pero deseaba ir sola, sin escolta.

En cuanto salió de la suite, Reynolds se colocó a su lado.

—Buenos días. ¿Dónde quiere ir esta mañana?

—Quiero… ir a dar una vuelta, pero no conozco bien la ciudad.

—¿Qué le interesaría ver?

Isabella fingió pensárselo.

—Museos, galerías de arte… ah, y la Estatua de la Libertad.

El hombre asintió, pero cuando Davison y Maxwell se unieron a ellos, Isabella hizo una mueca.

—¿Algún problema?

—Si tienen que ir conmigo a todas partes, preferiría que no pareciese una película de mafiosos. No quiero que todo el mundo se fije en mí.

–¿Qué sugiere entonces?

–Podrían quitarse las gafas de sol, por ejemplo.

Maxwell y Davison se quitaron las gafas.

–Y ahora la corbata y la chaqueta.

–La chaqueta se queda –Davison apartó un poco la solapa para mostrar la pistola que llevaba debajo.

Isabella se quedó helada. ¿Llevaban armas? Quizá darles esquinazo no fuera tan buena idea, pensó.

–Muy bien, de acuerdo, no se quiten la chaqueta. Ah, vaya, me he dejado el bolso en la suite.

–Yo iré a buscarlo –se ofreció Reynolds.

–No hace falta. Sólo tardaré un segundo.

En lugar de subir al ascensor, Bella entró en el lavabo de caballeros. Cuando se dieran cuenta de que había desaparecido, mirarían en el lavabo de señoras, pero seguramente no se les ocurriría mirar en el de caballeros, pensaba.

Unos minutos después, Maxwell y Davison pasaban por delante de la puerta con expresión seria e Isabella, después de comprobar que Reynolds no estaba en la entrada, aprovechó para salir corriendo.

Subió al primer taxi que encontró y le ofreció al taxista el doble de lo que costase la carrera para que saliera de allí a toda velocidad. Encantado, el hombre pisó el acelerador.

–¿Dónde vamos, señorita?

–No estoy segura. Necesito comprarme un vestido precioso... uno tan bonito que haga que los hombres tiemblen al verlo.

–Ah, entonces ya sé dónde podemos ir.

–¿Podría esperarme mientras hago mis compras?

–Sí, claro. Me dedicaré a dar vueltas hasta que termine –contestó el hombre.

Unos minutos después paró frente a unos conocidos grandes almacenes y le dio el número de su móvil.

–Llámeme cuando haya encontrado el vestido y estaré esperándola en la puerta.

–Gracias.

Después de probarse cinco o seis vestidos, Bella encontró el que buscaba. Era negro, de seda, y le quedaba como hecho a medida. El acierto del vestido era su simplicidad; no tenía volantes ni adornos, nada que apartase la atención de sus curvas. Con unos zapatos de tacón de aguja, tendría a los hombres comiendo en la palma de su mano.

Isabella frunció el ceño al pensar que le daba igual lo que hicieran los invitados al cóctel. La reacción de Theron era la única que le importaba y no tenía ni idea de cómo iba a reaccionar.

–Le queda perfecto, señorita Caplan, absolutamente perfecto –sonrió la dependienta–. Con los zapatos adecuados será la más guapa de la fiesta.

–¿No tendrá un par de zapatos negros de tacón que vayan con el vestido?

–Vuelvo ahora mismo –sonrió la joven.

Unos minutos después, Isabella daba vueltas frente al espejo del probador. Los tacones eran como palillos de dientes, pero alargaban sus piernas hasta el infinito.

No contenta con venderle un vestido carísimo, y unos zapatos igualmente caros, la dependienta insistió en que comprase bisutería y un bolso a juego.

Dos horas después de haber dado esquinazo a los hombres de seguridad, Isabella subía de nuevo al taxi para volver al hotel.

–Muchas gracias –se despidió antes de salir del coche.

–Ningún problema, señorita. Buena suerte en la fiesta esta noche. Seguro que los dejará sin habla.

Sonriendo, Isabella entró en el hotel y se dirigió a los ascensores. Pero al no ver a Reynolds y los demás en la puerta se sintió culpable. Estaba tan emocionada con las compras que ni siquiera se le había ocurrido llamar a Reynolds para asegurarle que estaba bien y ni él ni Theron tenían el número de su móvil.

Suspirando, salió del ascensor y buscó el teléfono en el bolso mientras insertaba la tarjeta en la puerta de la suite…

Pero al levantar la cabeza se encontró con cuatro hombres mirándola con expresión furiosa.

Theron se levantó del sofá y le hizo un gesto a Reynolds.

–Ya podéis marcharos.

Isabella dejó las bolsas en el suelo y esperó a que cerrasen la puerta.

–No los habrás despedido, ¿verdad?

–Te aseguro que sé muy bien de quién es la culpa de lo que ha pasado –respondió él–. Salir por Nueva York sin llevar a alguien de seguridad ha sido una estupidez por tu parte, Bella. ¿En qué estabas pensando?

–Tenía mis razones –se limitó a decir ella.

–¿Qué razones?

–Nada que tú aprobases, pero he tomado precauciones, te lo aseguro. Un taxista muy amable me llevó hasta unos grandes almacenes y esperó hasta que terminé de hacer mis compras. Y en el interior estuve todo el tiempo rodeada de gente.

–¿Un taxista? ¿Le has confiado tu seguridad a un taxista?

–Relájate –dijo Isabella–. Era un hombre muy agradable.

Theron respiró profundamente, intentando controlar su ira.

–¿Por qué has ido sola, Isabella? ¿Qué era tan importante como para arriesgarte de ese modo?

–Necesitaba comprar un vestido para la fiesta de esta noche.

–¿Un vestido? ¿Me has dado el susto de mi vida por un vestido? –exclamó él, pasándose una mano por el pelo.

–No es sólo un vestido –protestó Bella, alegrándose al ver que Theron perdía la compostura–. No quería conocer a mi futuro marido con algo que no fuera espectacular.

–Eres la mujer más irritante y más frustrante que he tenido la desgracia de conocer –dijo él entonces.

Y luego, de repente, la tomó por la cintura para apoderarse de su boca en un beso que la dejó sin aliento. La besaba como si no pudiera cansarse de ella, apretando su espalda con las dos manos. Los pechos de Isabella, aplastados contra el torso masculino, se hincharon, con los pezones endurecidos.

Theron metió la mano bajo la cinturilla del pantalón y pasó los dedos por encima del tatuaje mientras ella deslizaba la lengua por sus labios, tan cálidos, tan masculinos, tan poderosos.

Se le aceleró el pulso cuando Theron levantó las manos para buscar el broche del sujetador…

Pero entonces, dejando escapar una palabrota, se apartó, respirando agitadamente.

–*Theos mou!*–exclamó, pasándose una mano por el pelo–. No podemos… esto no puede volver a pasar. Lo siento mucho, Bella.

Se dirigió a la puerta como si estuviera borracho, pero antes de salir se volvió, sus ojos aún ardían de deseo.

–El equipo de seguridad va a todas partes contigo, ¿entendido? A partir de ahora, incluso irán al baño contigo si hace falta.

Isabella asintió con la cabeza, incapaz de hacer otra cosa. Y cuando Theron salió de la habitación, se pasó las manos por los brazos, helados de repente.

–Puedes negarlo todo lo que quieras –murmuró–. Pero tú me deseas tanto como yo a ti.

Capítulo Nueve

Theron se pasó una mano por el pelo, nervioso, entre los invitados que charlaban y reían en el salón de baile del hotel. Todo el mundo parecía estar pasándolo en grande y la orquesta de jazz animaba aún más el ambiente… pero Isabella no había aparecido.

Alannis estaba a su lado, con una mano sobre su brazo. Sophia a un metro de ellos, sonriendo a todo el mundo.

Theron inclinó la cabeza para escuchar lo que Alannis estaba diciendo y asintió apropiadamente, aunque su mente estaba en otro sitio. Cuando volvió a incorporarse, miró hacia la puerta… y se quedó sin aliento.

Allí estaba.

Miraba de un lado a otro nerviosamente y Theron tuvo que tragar saliva. La expresión «vestidito negro de cóctel» debía de haber sido inventada para aquella ocasión.

La tela se pegaba a sus curvas como una segunda piel, cayendo por encima de las rodillas. Llevaba el pelo recogido en un moño alto que realzaba su largo cuello, con un par de mechones cayendo alrededor de la cara.

Y él sentía el imperioso deseo de deshacer el moño y dejar que la sedosa melena cayese sobre sus hombros para deslizar los dedos…

–Ah, mira, ahí está Isabella –anunció Sophia.

Como si él no se diera cuenta del momento en el que entraba en una habitación.

–Sí, ya la he visto. Perdona un momento, Alannis.

No sabía cómo iba a disipar la tensión que había entre ellos, pero tenía que disimular.

–Hola, Bella –la saludó.

Ella lo recibió con una sonrisa.

–Siento llegar tarde. Supongo que no me habrás reservado un baile.

Theron tuvo que disimular un suspiro. La idea de tenerla apretada contra su pecho era una tortura.

–El baile no ha empezado todavía. Pero tal vez podríamos empezarlo juntos… luego te presentaré a los demás.

Le hizo un gesto al pianista, que asintió con la cabeza y empezó a tocar una melodía lenta y sensual. Cuando llegaron a la pista, se volvió hacia ella y, en cuanto Bella se echó en sus brazos, Theron se puso rígido.

Su aroma lo envolvía, como una invasión. Bella no llevaba sujetador y los redondos senos se apretaban contra su pecho, luchando por salirse del escote del vestido.

Tuvo que hacer un esfuerzo para no tomarla en brazos y sacarla de allí para que nadie más que él pudiese verla…

–Es una fiesta preciosa. Gracias por molestarte en organizarla para mí.

–De nada, *pethi mou*. Quiero que lo pases bien.

–¿Qué tal tus invitadas, también lo están pasando bien?

Theron frunció el ceño. ¿Sabría algo sobre su plan de pedir la mano de Alannis? Lo sabría en unos días, claro, pero por alguna razón no quería hablarle de su inminente compromiso. O tal vez era un canalla que besaba a una mujer cuando estaba a punto de comprometerse con otra.

–Sí, creo que lo están pasando bien –murmuró, sintiéndose culpable. ¿Qué clase de hombre se aprovechaba de una mujer cuando ya tenía un acuerdo con otra? Incluso Piers, que tenía una novia en cada puerto, lo criticaría por besar a su protegida.

Y Chrysander no dudaría en darle una patada en el trasero por hacerle eso a Isabella.

–¿Cuáles son mis posibles maridos? –preguntó ella entonces.

–Te los presentaré en cuanto acabe la canción.

Por el momento estaba entre sus brazos y no tenía la menor prisa por soltarla.

Pero, por primera vez, lamentaba su decisión de ayudarla a encontrar marido. Era demasiado joven para pensar en el matrimonio. Debería estar pasándolo bien, no pensando en hacer un compromiso de por vida…

Antes de que Isabella apareciese en Nueva York, él estaba más que contento con sus planes de casarse con Alannis y formar una familia. Aquella chica sólo era una distracción temporal, nada más. En cuanto hubiese pedido la mano de Alannis y Bella estuviera a punto de sentar la cabeza con el hombre adecuado, abrazaría su futuro sin la menor vacilación.

Cuando la canción terminó, Theron bajó los brazos.

–Ven, *pethi mou*. Los invitados te esperan.

Bella sonrió mientras él le hacía un gesto al director de la orquesta para que dejasen de tocar. De inmediato, todos los congregados se volvieron hacia la pista de baile.

–Buenas noches a todos –empezó a decir–. Quiero daros las gracias por venir a darle la bienvenida a Isabella Caplan. Estamos aquí para disfrutar de una fiesta y podéis quedaros hasta que queráis… o hasta que se acabe el alcohol –bromeó, tomando dos copas de una bandeja–. Brindemos por Isabella.

–Por Isabella –repitieron todos.

Sus ojos se encontraron mientras brindaban, pero fue Theron el primero en apartar la mirada.

Y, aunque Bella no tenía el menor deseo de conocer a los hombres de su lista de posibles maridos, sabía que tendría que hacer el papel si quería poner a Theron celoso. Ésa era su única esperanza.

–Ven conmigo, Bella. Voy a presentarte a todo el mundo.

–¿Ha llegado la hora de conocer a esos hombres tan interesantes?

–¿Preferirías que no te los presentase? No tienes por qué hacerlo si no quieres.

Sonaba casi esperanzado, lo cual era extraño considerando el tiempo que debía de haber pasado eligiendo e investigando a los candidatos.

–No, quiero hacerlo. Mi futuro me espera, ¿no?

No sabía bien qué debía esperar, quizá una estampida, pero se sorprendió al ver lo amables y civilizados que eran todos. Mientras Theron la llevaba de un grupo a otro, presentándole a colegas y amigos, resultaba fácil creer la fantasía de que estaban juntos, que él era su novio y no un hombre empeñado en casarla con otro. Y también era demasiado fácil olvidar que, a unos metros de ellos, Alannis y su madre estaban observando la escena.

Pero Isabella no estaba dispuesta a dejar que la realidad le estropease la noche y se agarró al brazo de Theron mientras hablaba con unos y con otros. Poco después reconoció a Marcus Atwater, el hombre con el que se habían encontrado en el restaurante.

–Disculpa que llegue tarde. Me he retrasado por culpa de un cliente –Marcus se llevó su mano a los labios como había hecho el día anterior–. ¿Te importa si tomo prestada a Isabella, Theron? Prometo mantenerla a salvo… así tú podrás volver con tu cita, que parece estar deseando bailar, por cierto.

Alannis miraba a las parejas en la pista de baile con expresión soñadora, casi triste. Ella no quería sentir pena, quería odiar a Alannis, pero no era capaz. Si fuera un ogro todo sería mucho más sencillo, pero la verdad era que tanto la madre como la hija habían sido más que agradables con ella.

–¿Piensas tomarme prestada para un baile o

para algo más? –bromeó, mientras aceptaba su mano.

–¿Qué tal si bailamos primero y discutimos otros propósitos más tarde?

La expresión de Theron era glacial. Parecía a punto de decir algo, pero…

–¿Ocurre algo, Theron?

–No, pásalo bien, *pethi mou*. Ésta es tu noche.

Una vez en la pista de baile, Marcus la tomó por la cintura.

–¿Sigues buscando marido o he llegado demasiado tarde?

–¿No se supone que los hombres salen corriendo cuando se menciona el matrimonio?

–Si la mujer en cuestión es tan guapa como tú, lo dudo mucho.

–Eres un ligón –se rió Isabella–. No puedo tomarte en serio.

Por el rabillo del ojo veía a Theron bailando con Alannis, que parecía totalmente encandilada con él. Y era comprensible.

–Bueno, dime –sonrió Marcus–. ¿Vas a dejar que se te escape?

–¿Qué?

–Me refiero a Theron.

Isabella tragó saliva.

–No me digas que soy tan transparente.

–Sólo para un hombre que está oteando el territorio en busca de enemigos…

–Ya sabía yo que no debería haber aceptado tomar parte en esta farsa –suspiró Bella, dejando caer los hombros–. Ha sido idea de Theron. Por lo visto, ha decidido que es su obligación encontrarme un marido lo antes posible.

Marcus le levantó la barbilla con un dedo para mirarla a los ojos.

–¿Le has dicho lo que sientes?

–No, no puedo. Es… complicado.

–¿Por qué no vamos a la barra? Así podremos tomar algo mientras me lo cuentas.

Theron no podía dejar de mirar a Isabella mientras fingía escuchar la charla de Alannis y Sophia. Y tuvo que apretar los dientes al ver que Marcus se inclinaba hacia ella, casi rozándola con los labios…

Bella se rió y su seductora risa se abrió paso por encima del ruido de las conversaciones y las copas. Marcus había puesto una mano sobre su hombro, en un gesto que a él no le parecía apropiado.

Y tuvo que tragarse un rugido de rabia cuando Marcus Atwater le pasó un dedo por la mejilla.

Isabella se inclinaba hacia él, como buscando sus caricias, y Atwater tuvo el descaro de posar sus labios en aquel cuello tan largo y tan suave…

–*Theos mou!* –exclamó, airado–. ¡Ya está bien!

–¿Ocurre algo? –le preguntó Alannis.

–No, no es nada.

Alannis miró hacia Isabella.

–Parece que lo está pasando bien.

–Sí, eso parece –murmuró él–. ¿Me perdonáis un momento?

Theron se acercó a la pareja justo cuando Marcus volvía a inclinar la cabeza para besar a Isabella en el cuello. La rabia hizo que lo viera todo rojo y, sin pensar, lo apartó de un empujón.

–¡Theron!

–Ven aquí, Isabella.

–¿Se puede saber qué estás haciendo?

–No le pongas las manos encima, Marcus. No quiero que la toques, ¿lo entiendes?

El joven dio un paso atrás, levantando las manos.

–Lo que tú digas –murmuró, haciéndole un guiño a Isabella–. Bueno, creo que debería irme. Algo me dice que aquí no soy bienvenido.

–No, Marcus, quédate –protestó ella–. Estoy segura de que Theron no pondrá ninguna objeción.

–Pienso poner muchas objeciones. Estaba manoseándote en una sala llena de gente…

–No estaba manoseándome –lo interrumpió ella.

–Si vuelvo a verte con Isabella, te parto la cara, ¿está claro?

–Nos veremos en otra ocasión, Bella –sonrió Marcus entonces.

–Muy bien.

–Vamos –dijo Theron entonces, tomando su mano–. No voy a separarme de ti en toda la noche.

Para su sorpresa, Bella no discutió. Pero cuando llegaron al lado de Sophia y Alannis, la mujer se mostró preocupada.

–¿Estás bien?

–Sí, señora Gianopoulos, estoy perfectamente.

–Por favor, llámame Sophia. ¿Quieres un refresco? ¿Has comido algo desde que llegaste?

–Pues no…

–Entonces ven conmigo. Tienes que comer algo.

Theron levantó una mano para interrumpir la conversación. Tenía el corazón acelerado y lo que de verdad quería era darle un puñetazo a Marcus por propasarse con Bella.

–Le pediré a un camarero que venga con una bandeja. Prefiero que Isabella esté conmigo.

Sophia lo miró, sorprendida, y Alannis puso una mano en el brazo de Bella.

–¿De verdad te encuentras bien?

–Estoy perfectamente. Theron exagera –contestó ella, retándolo con la mirada–. No sé cómo espera que encuentre un marido si va a perder los estribos de esa forma en cuanto un hombre me preste atención.

–Lo que Marcus estaba haciendo no era precisamente prestarte atención. Estaba haciéndote el amor delante de todo el mundo.

Bella levantó una ceja.

–¿Haciéndome el amor? Pero si ni siquiera me ha besado.

–Lo que estaba haciendo era inapropiado –insistió él–. Tú estás bajo mi protección y no pienso dejar que nadie te haga daño.

Bella se volvió hacia Alannis con una sonrisa en los labios.

–Me parece que habrá que tachar el nombre de Marcus de la lista de posibles candidatos –anunció, suspirando dramáticamente–. Ni siquiera he bailado con él.

–Theron bailará contigo –dijo Alannis.

–Sí, por favor, baila con ella –intervino Sophia–.

Mientras tanto, yo me encargo de prepararte algo de comer.

A Theron se le quedó la boca seca. No podría sobrevivir a otro baile con aquel cuerpo voluptuoso pegado al suyo. Una sesión de tortura era más que suficiente por una noche.

Pero la alternativa era dejar que Isabella bailase con alguno de los hombres. Hombres que él mismo había elegido.

Por encima de su cadáver.

Sin decir una palabra, tomó a Isabella de la mano y la llevó hacia la pista de baile.

—Es un infierno estar contigo llevando estos zapatos —bromeó ella.

Y, por primera vez desde que la vio con Marcus, Theron se relajó un poco. Era tan agradable pasarle los brazos por la cintura… Le encantaba tocarla y era imposible no hacerlo mientras bailaban.

—Tú también lo sientes —murmuró Bella entonces.

—¿Qué?

—No quieres que sea así, pero no puedes evitarlo. Por eso me besaste. No puedes dejar de hacerlo y yo tampoco. Aunque yo no quiero resistirme.

Él negó con la cabeza, aunque su cuerpo estaba de acuerdo.

—No puede ser, Bella. Me vuelves loco… pero tienes que dejar de tentarme.

—¿Por qué?

—Por Alannis. Voy a pedirle que se case conmigo.

Bella recibió el anuncio con calma, sin reacción alguna. ¿Lo sabría ya?

–Esto tiene que terminar –insistió Theron–. Voy a casarme con Alannis, ¿lo entiendes?

–Y, sin embargo, no dejas de besarme a mí.

–No volveré a hacerlo.

En lugar de desanimarla, eso hizo que le brillaran los ojos.

–Si yo tengo algo que decir al respecto, sí lo harás.

–Isabella…

–Quiero comer algo –lo interrumpió ella, poniéndose de puntillas para hablarle al oído–. Dices que no me deseas, pero no quieres que me tenga ningún otro hombre. Un poco extraño, ¿no te parece?

Luego se dio la vuelta, contoneándose suavemente mientras volvía con Sophia y Alannis.

Capítulo Diez

–¿Sigue pensando pedir su mano esta noche, Madeline? –preguntó Isabella, angustiada, mientras apretaba el móvil contra su oreja.

–Me temo que sí –contestó la mujer.

Bella había esperado que Theron cambiase de opinión al darse cuenta de que sentía algo por ella. Tal vez no amor. No, aún no, pero estaba segura de que se sentía atraído.

Desde luego, no era totalmente inmune, pero parecía decidido a no hacer nada al respecto.

Bella cerró los ojos mientras Madeline le confirmaba que, según Theron, la proposición seguía en pie.

–Gracias por decírmelo.

Después de cortar la comunicación, se metió en la cama.

Theron con Alannis. No podía ni imaginárselo. Theron necesitaba a alguien que lo sacudiese un poco, alguien que no lo dejara ser tan serio y tan organizado.

Necesitaba a alguien como ella.

Alannis no lo desafiaría en ningún momento. No había química entre ellos. Alannis podría ser su hija o su hermana pequeña.

Tal vez Theron quería un matrimonio cómodo, seguro, aburrido.

Bella negó con la cabeza. No podía creer eso, porque si lo creyera, tendría que renunciar y no estaba dispuesta a hacerlo.

Tomando el móvil de nuevo marcó el número que Marcus le había dado la noche anterior.

—¿Marcus? Soy Isabella.

—Hola. ¿Cómo estás?

Ella dejó escapar un suspiro.

—Parece que la proposición sigue en pie.

—Ah, lamento oír eso. Después de nuestra pequeña escena de anoche pensé que Theron estaba dispuesto a machacarme.

—Es frustrante —dijo Isabella—. No lo entiendo, de verdad. Siempre se muestra tan digno, tan severo… salvo cuando está conmigo.

Marcus soltó una carcajada.

—Tengo la impresión de que tú acabarías con la paciencia de un santo y con los votos de un sacerdote.

—¿No podrías conseguir entradas para la ópera de esta noche? Estoy desesperada.

—¿La ópera?

—Theron va a llevar a Alannis a la ópera y después ha organizado una fiesta en el hotel para hacerle la gran pregunta.

—Supongo que podría conseguirlas… ¿pero cómo piensas evitar que pida su mano?

Isabella respiró profundamente.

—No estoy segura, pero ya se me ocurrirá algo.

—Me imagino que no es el mejor momento para decirte que yo odio la ópera —bromeó Marcus.

–A mí tampoco me gusta demasiado, pero la de esta noche es la favorita de Alannis.

–¿Entonces podría sugerir una alternativa?

–¿Cuál?

–¿Qué tal una cita conmigo? Diles a los de seguridad que vamos a cenar juntos. No tengo la menor duda de que informan a Theron de todos tus movimientos y se volverá loco al saber que él tiene que ir a la ópera con Alannis mientras tú estás conmigo.

–¿Pero y sus planes de pedirla en matrimonio?

–Llegaremos a la fiesta antes de que lleguen ellos y a lo mejor para entonces ya se te ha ocurrido un plan.

–No sé…

–Venga –la animó Marcus–. Iremos a cenar a un sitio estupendo mientras a Theron se lo comen los celos y cuando lleguemos al hotel será como masilla entre tus manos.

–Muy bien –asintió Bella.

–Genial, iré a buscarte a las siete.

Después de colgar, Isabella saltó de la cama. De nuevo, necesitaba un vestido perfecto. Algo precioso. Aunque no sabía qué clase de vestido debía ponerse una mujer para evitar una proposición de matrimonio.

Y, de repente, un pensamiento la alarmó: ¿la convertía aquello en «la otra mujer»? ¿Era ella la *femme fatale* dispuesta a romper una relación? Esa idea no la hizo sentir nada bien.

Por otro lado, sabía que Theron y ella estaban hechos el uno para el otro. Aunque él no lo supiera todavía.

Pero aún no había nada decidido. Alannis no llevaba un anillo de compromiso y no había nada entre ellos más que una buena amistad. Hasta que eso ocurriera, todo valía en el amor y en la guerra.

Bella levantó los ojos al cielo. Desde luego, iba a tener que inventar algo más original.

Pero sólo tenía hasta esa noche para impedir que Theron cometiese un terrible error. Y para evitar que le rompiese el corazón.

Theron escuchó mientras Reynolds le daba el informe sobre las actividades de Isabella. Por lo visto, había ido de compras y después había comido en el hotel.

Pero tuvo que apretar los dientes cuando el jefe de seguridad le informó de que el plan de Isabella para esa noche era cenar con Marcus Atwater. No podía ser. Bella no podía sentirse atraída por un hombre que salía con una mujer diferente cada semana.

—No la pierdas de vista —le ordenó—. No confío en ese hombre.

—Sí, señor Anetakis.

¿Estaría Bella intentando hacer que perdiera los estribos? Después de lo que pasó en la fiesta, tenía que saber que no aprobaba que saliera con Marcus.

Claro que tal vez le importaba un bledo lo que él pensara.

Suspirando, abrió un cajón de su escritorio y sacó una cajita de terciopelo negro que contenía un anillo de diamantes. Las piedras resplandecían mientras le daba vueltas con el dedo…

Aquella noche lo pondría en el dedo de Alannis, pensó.

Entonces, ¿por qué no estaba más entusiasmado?

Un año más tarde, en aquella misma fecha, tal vez tendría un hijo, una familia. Habría sentado la cabeza. Y, sin embargo, ese pensamiento lo inquietaba.

Madeline lo llamó entonces por el intercomunicador para decirle que tenía que pasarle una llamada urgente y cortó la conexión antes de que Theron pudiese preguntar quién era.

—¿Es que te has vuelto loco? —fue el amable saludo de Piers.

—Dale una oportunidad —oyó entonces la voz de Chrysander—. Así sabremos si ha perdido la cabeza o no.

—Le habéis dicho a Madeline que no me avisara de que erais vosotros, ¿verdad?

—Por supuesto —contestó Piers—. Porque de haber sabido que éramos nosotros no habrías contestado.

—Aún puedo colgar.

—Tu cuñada quiere saber por qué no le habías dicho que pensabas casarte —dijo Chrysander.

—No es justo que utilices a Marley para hacerme sentir culpable —protestó Theron.

—¿Se puede saber qué estás haciendo? —insistió Piers, impaciente.

—Lo que nuestro hermano intenta decir es que la noticia nos ha pillado por sorpresa y nos gustaría felicitarte —intervino Chrysander diplomáticamente.

–Yo no pienso felicitarlo –dijo Piers–. Si de verdad va a hacer eso, sólo puedo ofrecerle mis condolencias.

–¿Qué hay de malo en casarse? –exclamó Theron, sorprendido.

–Aparte de que para entrar en la institución del matrimonio debes de estar como una cabra, hablo de que vayas a casarte precisamente con Alannis Gianopoulos. No es la mujer adecuada para ti.

–Alannis es una elección acertada.

Al otro lado de la línea hubo un silencio.

–¿Una elección acertada? –repitió Chrysander–. Qué manera tan extraña de hablar de la mujer con la que piensas pasar el resto de tu vida.

–Yo estoy más interesado en saber por qué creéis que no es la mujer adecuada para mí.

–Aparte de que su padre llevaba años esperando que alguno de nosotros pidiera su mano, Alannis es…

–¿Es qué?

–Dinos por qué quieres casarte con ella –intervino de nuevo Chrysander–. Y por qué crees que debes darnos la noticia por correo electrónico.

–Probablemente, porque me temía precisamente esta reacción.

–¿Desde cuándo te preocupa lo que nosotros pensemos? –exclamó Piers.

–¿A nadie le parece irónico que hace poco fuéramos Piers y yo quienes manteníamos esta misma conversación con Chrysander? Los dos nos equivocamos sobre Marley y los dos os equivocáis sobre Alannis.

Chrysander suspiró y Theron pensó que lo había convencido. ¿Qué diría si supiera la verdad?, se preguntó.

–Sólo queríamos saber si de verdad esto es lo que quieres. Además, Marley quiere que la avises con tiempo para la boda.

Piers, sin embargo, no estaba tan dispuesto a tirar la toalla.

–Piensa en lo que vas a hacer, Theron. Estamos hablando de algo que sería para el resto de tu vida.

–Agradezco mucho tu preocupación –replicó él, irónico–. Pero soy absolutamente capaz de tomar mis propias decisiones.

–Y hablando de otra cosa… ¿qué tal con Isabella? –le preguntó Chrysander–. ¿Ya la has enviado a Europa?

De nuevo, hubo un largo silencio. Theron se pasó una mano por el pelo, nervioso.

–No se ha ido a Europa.

–¿Quién es Isabella? –preguntó Piers–. ¿Estamos hablando de la pequeña Isabella Caplan?

–Ya no es pequeña.

–Te lo explicaré más tarde –dijo Chrysander–. ¿Por qué no se ha ido a Europa, Theron?

–Ha decidido quedarse en Nueva York.

–Pobre Theron, rodeado de mujeres por todas partes. Me imagino que estarás maldiciéndome –se rió su hermano.

Si él supiera…

–Ha encontrado un apartamento y todo está bien. Yo estoy bien, así que podéis dejarme en paz.

–Parece que se ha puesto a la defensiva, ¿no?

Esto me huele raro –murmuró Piers–. Ojalá estuviera en Nueva York para comprobarlo por mí mismo.

–No te atrevas a venir. Tienes que construir un hotel, así que adiós –dijo Theron antes de colgar.

Ahora entendía lo que había sentido Chrysander cuando Piers y él lo acosaban con respecto a Marley. Los parientes bienintencionados eran lo peor, desde luego.

Capítulo Once

–¿Tienes idea de lo que vas a decirle? –le preguntó Marcus mientras se llevaba la copa de vino a los labios.

Bella negó con la cabeza, decepcionada.

–No quiero hacer el ridículo, pero tampoco quiero que crea que no hablo en serio. No estoy jugando a nada… lo que siento por él no es un encandilamiento juvenil.

Cuando levantó la mirada, vio simpatía en los ojos de Marcus.

–Ponte en mi lugar –le rogó–. Estás a punto de pedirle a una mujer que se case contigo, pero has besado a otra un par de veces y estás intentando controlar la atracción que sientes por ella. ¿Qué podría esa otra mujer hacer para convencerte de que no te casaras con la primera?

Marcus dejó la copa sobre la mesa y se echó hacia atrás en la silla.

–No es fácil responder a esa pregunta, Isabella.

–¿Pero qué harías tú?

–Eso depende de si amara a la primera mujer o no. Claro que no le pediría a nadie que se casara conmigo a menos que estuviera enamorado. Y si estuviera seguro, nada me haría cambiar de opinión.

–Temía que dijeras eso –suspiró Bella.

–Lo único que puedes hacer es intentarlo –la animó Marcus–. Cuando uno quiere algo, tiene que esforzarse, ya sabes.

Ella soltó una carcajada.

–Entre tú y yo vamos a reunir todos los clichés del mundo.

–¿Estás segura de que eso es lo que quieres? No me gustaría que te llevaras una desilusión.

–Eres un encanto –dijo Bella.

–Ah, un hombre odia que una mujer guapa le diga eso –suspiró él–. Es casi peor que lo de «eres como un hermano para mí».

Isabella se rió y la risa consiguió relajarla un poco. Estaba tan tensa, tan angustiada… Marcus tenía razón sobre una cosa: lo único que podía hacer era intentarlo.

–Estás preciosa esta noche, por cierto.

–Gracias. De verdad eres un encanto.

Bella miró el vestido azul pavo que había comprado esa misma mañana. Iba vestida para matar… o al menos para presentar batalla. Sin falsas modestias, sabía que estaba guapa.

Elegante, sofisticada, nada que ver con la chica de los pantalones vaqueros. Esa noche era parte del mundo de Theron. Su mundo también, pero era algo que no le había interesado hasta aquel momento. Tenía dinero, educación, cultura… pero ningún deseo de adaptarse a un molde determinado.

–¿A qué hora deberíamos marcharnos?

No podía evitar que se le acelerase el pulso al

imaginar que llegasen tarde a la fiesta, cuando la feliz pareja ya estuviera prometida.

Marcus le apretó la mano.

—La ópera acaba de empezar, no te preocupes. Te llevaré allí a tiempo. Intenta relajarte y disfrutar de la cena, Isabella. Sería horrible que llegaras a la fiesta y te desmayases a los pies de Theron.

—Claro que eso podría ser justo lo que necesito —se rió ella.

—Casi siento tener que ayudarte —suspiró Marcus entonces—. Pero si las cosas con Theron no salen como tú esperas… en fin, sólo te pido que te acuerdes de mí.

Isabella sonrió.

—Gracias, de verdad. Estás siendo un amigo maravilloso y espero que sigamos siéndolo pase lo que pase. Ésta puede ser una ciudad muy solitaria.

—Será un honor —sonrió él—. Y ahora, come, venga. Aquí tienen unos postres fabulosos.

Theron intentaba concentrarse en la aburrida ópera. A su lado, Alannis miraba el escenario con expresión embelesada y el rostro iluminado de emoción. Sophia no parecía tan entusiasmada, pero también ella seguía atentamente el movimiento de los actores.

Antes de que empezase la representación, Reynolds le había dicho que Isabella había quedado a cenar con Marcus Atwater… y él no podía hacer nada.

Sentía la tentación de enviarle un mensaje al jefe

de seguridad, pero le había prometido a Alannis no dejar que los negocios le estropeasen la noche…

De modo que durante más de una hora se movió incómodo en el asiento. Era irritante que la noche que debería estar más relajado no pudiera dejar de pensar en Isabella. Aquella chica se había metido en su vida de una forma intolerable. ¿Qué decía de él que no pudiera disfrutar de una noche con su futura prometida porque estaba pensando en otra mujer?

Alannis le tocó el brazo, interrumpiendo sus pensamientos.

—Theron, ya ha terminado.

Cuando miró hacia el escenario, vio que habían bajado el telón. ¿Se había perdido todo el segundo acto?

—¿Te ha gustado? –le preguntó mientras iban hacia la limusina.

—Ha sido una maravilla –sonrió Alannis–. Me encanta la ópera. Hubo una vez…

No terminó la frase y Theron vio que se había puesto colorada.

—¿Qué ibas a decir?

—Bueno, una vez quise ser cantante de ópera.

—¿Y por qué no lo hiciste?

Ella negó con la cabeza.

—No era lo bastante buena. Además, mi padre no me hubiera dejado. A él le parece una carrera vulgar.

Theron levantó una ceja.

—Nunca habría pensado que un talento así pudiera ser considerado vulgar.

–Él piensa que una carrera en el escenario es inapropiada para una mujer. Prefiere que me case y le dé nietos.

Algo brilló en sus ojos por un momento, antes de desaparecer.

–¿Y tú qué quieres, Alannis?

–Me gustan los niños –dijo ella simplemente, antes de volverse hacia su madre.

Mientras iban hacia el hotel, Theron se maldijo a sí mismo por estar tan nervioso. Él se enorgullecía de su autocontrol, de su serenidad. Nada en aquella situación debería causarle ansiedad. Tenía su futuro perfectamente planeado y todo debería ir sobre ruedas.

Después de ese recordatorio se relajó un poco y tocó la cajita de terciopelo que llevaba en el bolsillo.

Apenas había tráfico a esa hora y poco después llegaban al hotel. Pero Alannis bostezó mientras la ayudaba a salir de la limusina.

–Espero que no estés demasiado cansada. He organizado una fiesta en el salón de baile.

–¿Una fiesta? –exclamó ella, sorprendida.

Sophia sonrió.

–Es una fiesta en tu honor, querida. Esta noche es especial –le dijo, guiñándole el ojo a Theron cuando Alannis se dio la vuelta.

–¿Una fiesta para mí? ¡Qué emocionante!

Era una chica encantadora, desde luego. Pero, por alguna razón, cada vez que la miraba Theron no podía dejar de ver la imagen de otra mujer.

Cuando entraron en el salón de baile, una orquesta empezó a tocar y cientos de tiras de confeti cayeron del techo.

Alannis miró hacia arriba, emocionada.

—¡Qué bonito!

Él puso una mano en su espalda, su corazón latía como loco.

¿Se emocionaría cuando le pidiese que fuera su esposa?, se preguntó. ¿O estaba a punto de cometer el mayor error de su vida?

—Alannis… —empezó a decir, furioso consigo mismo al notar que le temblaba la voz.

Ella se volvió para mirarlo, con los ojos brillantes y una sonrisa en los labios. Unos labios que él no tenía el menor deseo de besar.

—Dime, Theron.

Isabella se echó hacia delante en el asiento, mirando ansiosamente por la ventanilla.

—¿Qué pasa? —exclamó, angustiada—. ¿Por qué no nos movemos?

Marcus le apretó la mano.

—Sólo es un atasco. Tranquilízate, vamos a llegar a tiempo, ya lo verás. Theron no va a pedir la mano de Alannis en cuanto empiece la fiesta.

Ella seguía mirando por la ventanilla, pero sólo podía ver una marea de coches. No iban a llegar a tiempo.

Frustrada, agarró el tirador de la puerta.

—¿Qué haces? Vuelve aquí —exclamó Marcus—. No puedes ir corriendo por la calle. ¡Estamos en Nueva York!

–Tengo que irme. Si no lo hago, no llegaré a tiempo y tú lo sabes. Tengo que llegar antes de que Theron le proponga matrimonio. No puedo… –Bella, con los ojos llenos de lágrimas, no pudo terminar la frase–. Tengo que irme. Gracias por todo, de verdad.

Luego cerró la puerta, se levantó la falda del vestido y corrió entre los coches, sin prestar atención a los gritos de los conductores.

Oyó también la voz de Reynolds y, cuando miró hacia atrás, vio que corría tras ella. Pero no tenía tiempo para explicaciones.

Al ver un taxi a su lado se acercó corriendo y el hombre bajó la ventanilla.

–Señorita, hay un atasco tremendo. No se puede salir de aquí…

–Por favor, dígame cómo llegar al hotel Imperial Park. ¿Estoy muy lejos?

–No, no está muy lejos. Si sube por esa calle de la derecha estará a unas seis manzanas del hotel. Siga adelante unas cinco manzanas y luego tome la avenida que sale a la izquierda. Lo verá en cuanto doble la esquina.

Después de darle las gracias, Isabella volvió a levantar la falda de su vestido, se quitó los zapatos y siguió corriendo.

–¡Señorita, que se ha dejado los zapatos!

Cuando había recorrido tres manzanas, empezó a llover. Aunque le daba igual. Debía de tener un aspecto espantoso y sus esperanzas de hacer una entrada triunfal en la fiesta de Theron estaban hechas trizas…

Pero cuando por fin giró en la avenida, el cielo

se abrió y empezó a llover a cántaros. Parpadeando furiosamente para poder ver bajo aquel chaparrón, Bella siguió corriendo hacia el hotel, evitando en lo posible los charcos que empezaban a formarse en la acera.

«Por favor, por favor, que llegue a tiempo».

Con el pelo aplastado cuando llegó bajo la marquesina del hotel y el vestido pegado a su cuerpo como una segunda piel, le dolían los pies y estaba segura de haberse cortado con algo.

Sin prestar atención a las miradas de extrañeza de la gente que esperaba en el vestíbulo, y prácticamente patinando en el suelo de mármol, se dirigió hacia el salón de baile… pero cuando estaba llegando oyó aplausos y brindis…

No era posible. No podía haber llegado tarde.

Bella asomó la cabeza y miró alrededor. Allí, en el centro del salón, estaban Theron y Alannis. Alannis sonriendo de oreja a oreja mientras lo miraba a los ojos A su alrededor, los invitados aplaudían y levantaban sus copas…

Pero Isabella sólo podía oír el latido de la sangre en sus oídos. No veía nada más que la radiante sonrisa de Alannis, en contraste con su expresión de abyecta tristeza.

Lentamente, dolorida de la cabeza a los pies, se dio la vuelta, con los ojos llenos de lágrimas. Estuvo a punto de chocar con Reynolds, pero siguió adelante, con la cabeza baja, sin contestar cuando le preguntó si estaba bien.

¿Si estaba bien? No volvería a estar bien nunca en toda su vida.

Una lágrima rodó por su mejilla, pero no intentó apartarla siquiera. ¿Quién iba a darse cuenta?

Cuando estaba llegando a la entrada, Marcus la tomó del brazo.

—Isabella… ¿estás bien? ¿Cómo has podido hacer una locura así? —exclamó, tomándola por los hombros—. ¿Has llegado tarde? —le preguntó luego, al ver su expresión.

Bella asintió con la cabeza.

—Lo siento mucho. Prometí que te traería a tiempo al hotel…

—No ha sido culpa tuya.

—Vamos a tu habitación —dijo Marcus entonces, tomándola del brazo—. Estás empapada y tienes que cambiarte de ropa lo antes posible. Yo me encargo de ella —le dijo a Reynolds, que acababa de aparecer a su lado.

Isabella dejó que la llevase a los ascensores, pero mientras subían a la suite no dejaba de ver la cara de Alannis y la de Theron… parecían tan felices…

Felices.

Casi como si estuvieran enamorados.

Bella cerró los ojos de nuevo. ¿Por qué no podía Theron amarla a ella? Cuando los abrió, comprobó que Marcus la miraba con cara de preocupación.

—Tú también estás empapado.

—Salí corriendo detrás de ti, así que también a mí me ha pillado el chaparrón —sonrió él.

—Lo siento.

—¿Por qué no vas a darte un baño caliente? —suspiró Marcus cuando entraban en la suite—. Voy a llamar al servicio de habitaciones para que nos suban un café… y para ver si pueden encontrar algo de ropa para mí en una de las boutiques.

Bella asintió con la cabeza mientras entraba en el cuarto de baño. Se movía como una autómata, sin pensar nada, sin sentir nada.

Theron sacó su móvil y frunció el ceño al ver que no había recibido respuesta a su último mensaje.

Excusándose un momento, salió del salón de baile y se dirigió al lavabo de caballeros… pero cuando estaba a punto de entrar vio a Reynolds con sus hombres. Los tres estaban empapados.

–¿Dónde está Isabella?

–En su habitación, con Atwater.

No podía ser. Tenía que haber oído mal.

–¿Con quién?

–Ha subido hace unos minutos con Atwater –repitió Reynolds–. Los dos estaban empapados.

Theron tuvo que hacer un esfuerzo para controlarse. Si no lo hacía, subiría a la habitación y sacaría a Marcus de allí a empellones…

¿Qué demonios estaba haciendo con él?

Cuando por fin llegó a la planta llamó a la puerta de la suite y, unos segundos después, Marcus Atwater abrió… llevando un albornoz como único atuendo.

–Ah, perdona, creí que era el servicio de habitaciones –sonrió, volviéndose luego hacia el interior de la suite–. Sigue en el baño, cariño, aún no han traído el café. ¿Querías algo, Theron?

–Maldito seas… –empezó a decir él, con tono amenazante.

–¿No me digas que has dejado tu fiesta de compromiso para insultarme?

En ese momento se abrió la puerta de ascensor y una camarera apareció en el pasillo empujando un carrito.

–Ah, aquí está el café. Si no te importa, estoy empapado y quiero tomar algo caliente. ¿O querías decirme algo más?

Theron dio un paso atrás y, sin decir una palabra, se dio la vuelta. ¿Por qué le importaba tanto? Él mismo había incluido a Marcus Atwater en una lista de posibles candidatos para Isabella. ¿Entonces por qué le ponía enfermo que ella lo hubiera elegido?

Capítulo Doce

Isabella se despertó al oír un golpe en la puerta. Pero cuando abrió los ojos, sintió que le escocían, tan secos estaban. Levantó una mano para tocarse los párpados y recordó entonces que había llorado hasta quedarse dormida...

Theron le había pedido a Alannis que se casara con él. Había llegado demasiado tarde. Y parecían tan felices...

De nuevo volvieron a llamar a la puerta y, haciendo un esfuerzo, logró levantarse de la cama para ponerse el albornoz. Por la mirilla vio que Sadie estaba al otro lado... o al menos alguien que se parecía a Sadie. Con aquella peluca de color rubio platino en la cabeza no era fácil estar segura del todo.

Cuando abrió la puerta, su amiga entró en la suite y le dio un abrazo.

–Menos mal que te encuentro. Pensé que se te había olvidado lo de esta noche.

Isabella cerró la puerta y se volvió para mirarla.

–¿Qué?

–Lo llevo todo en esta bolsa y tenemos mucho tiempo para prepararlo. Será facilísimo... ¿qué te pasa? ¿Has estado llorando?

Los ojos de Bella se llenaron de lágrimas una vez más pero, irritada, parpadeó furiosamente para controlarlas.

–¿Qué ha pasado, es Theron?

–Sí.

–Ay, cariño, lo siento –Sadie la abrazó, compungida–. ¿Le ha pedido a Alannis que se case con él?

Isabella asintió con la cabeza.

–Pues entonces olvida lo de esta noche –dijo Sadie–. Vamos a pedir comida por teléfono… y postres que tengan millones de calorías.

Isabella tuvo que sonreír.

–No puedes perderte tu fiesta, Sadie. Es demasiado importante para ti. Que mi vida sea un desastre no es razón para que pierdas tu trabajo y tu oportunidad en Broadway.

–No creo que puedas hacerlo esta noche, Bella.

–¿Por qué no? Me vestiré como tú, bailaré un poco y atraeré la atención de los hombres. No será mucho tiempo y así tú podrás conservar tu trabajo.

–¿Estás segura?

–Sí, lo estoy. Vamos a pedir algo de comer y luego podrás enseñarme lo que tengo que hacer… –Bella señaló la peluca–. ¿Tengo que ponerme eso?

–Es la mejor manera de dar equinazo a los de seguridad. No te reconocerán si la llevas puesta.

–En fin, ¿qué podría pasar? –suspiró Bella–. Si me pillan, a Reynolds le dará otro patatús, pero ya debe de estar acostumbrado el pobre. Y Theron estará muy ocupado con su prometida.

–Así se habla –sonrió Sadie.

Debía de estar loca de remate para haber dicho que sí. Isabella respiró profundamente cuando se abrieron las puertas del ascensor.

Al atuendo que le había dado Sadie podrían aplicársele muchos calificativos, pero «discreto» no era uno de ellos. Y aunque a ella no le importaba lucir sus encantos, aquello era obsceno.

Las botas con tacones de doce centímetros repiqueteaban sobre el suelo de mármol y los pantalones cortos dejaban al descubierto su ombligo y algo más.

Y la parte de arriba... ni siquiera una animadora de los Dallas Cowboys se atrevería a enseñar tanto.

Pero, como Sadie había dicho, nadie se molestaría en mirarle la cara cuando había tanto donde mirar. Y, afortunadamente, ni siquiera Reynolds la había reconocido.

Después de salir del hotel, Bella subió a un taxi y le dio al conductor la dirección que llevaba anotada en un papel. El taxista se había quedado sin habla y era lógico. El hombre debía de creer que había estado en el hotel por «asuntos de negocios».

Pero a medida que avanzaban entre el tráfico, Bella empezó a ponerse nerviosa y cuando llegaron a la entrada trasera del club, le sudaban las manos.

–Bueno, ya estoy aquí –murmuró, abriendo la puerta.

Afortunadamente, el pasillo de la entrada estaba completamente a oscuras. Aunque Sadie le había asegurado que nadie la reconocería, aquello empezaba a asustarla de verdad.

Enseguida encontró una puerta en la que decía *Camerinos* y, al empujarla, se encontró con un hervidero de actividad. Afortunadamente, nadie le prestó atención. Una chica chocó con ella y se disculpó, sin mirarla siquiera.

–¡Sadie! –la llamó otra–. No sabíamos si ibas a venir. Tú sales después de Angel, así que será mejor que te des prisa.

A Bella se le encogió el estómago. Pero podía hacerlo, se dijo. Nadie sabía que era ella. Aunque no era una experta, sabía moverse bien y Sadie había pasado la tarde enseñándola los movimientos.

Pero cuando se miró al espejo, lo único que pudo pensar fue que parecía triste. Por mucho maquillaje que llevara, por mucha peluca, sus ojos contaban otra historia. Y la historia era que había perdido al hombre con el que quería pasar el resto de su vida.

Más por tener algo que hacer que por otra cosa, se sentó frente al espejo para retocarse el maquillaje, pero después de cargar sus pestañas con otro kilo de máscara negra sus ojos seguían sin vida.

–Sadie, sales en cinco minutos –se oyó una voz masculina–. Venga, date prisa.

Isabella se levantó de la silla y se miró al espejo por última vez. Parecía muerta de miedo. Porque lo estaba.

Respirando profundamente, comprobó que sus pechos asomaban por el escote de la camiseta y se dirigió a la puerta.

***

Theron miraba por la ventana, distraído. Estaba empezando a anochecer y las luces de la ciudad se habían encendido.

Aún no sabía si había hecho lo correcto. Se había cuestionado a sí mismo repetidas veces durante todo el día y, sin embargo, estaba convencido de haber hecho bien.

Pero ahora no sabía qué iba a hacer con Isabella.

Su móvil empezó a sonar en ese momento y se volvió, irritado. Pero al ver el nombre de Reynolds en la pantalla se puso alerta.

–Dime.

–Me temo que tenemos un problema, señor Anetakis.

–¿Qué tipo de problema?

–La señorita Caplan ha vuelto a darnos esquinazo.

–¿Qué? ¿Habéis dejado que volviera a pasar?

–Me temo que sí. Ahora mismo vamos hacia La Belle Femme… ¿conoce el sitio?

Theron frunció el ceño.

–¿No es un club nocturno?

–Sí.

–¿Y se puede saber por qué vais hacia allí?

–Porque allí es donde ha ido la señorita Caplan.

–Voy ahora mismo –dijo Theron, sin perder un segundo–. Y vas a tener que darme muchas explicaciones.

¿Qué demonios podía estar haciendo Isabella en un club nocturno? ¿En qué estaba pensando aquella chica? ¿Habría ido con Marcus?

Cuando su chófer pisó el freno en la entrada del club diez minutos después, Theron vio a Reynolds y sus hombres corriendo hacia él.

–¿Está ahí?

–Acabamos dc llegar. Estábamos a punto de entrar.

Theron fue delante de ellos, pero un hombre alto con gafas oscuras lo detuvo en la puerta.

–Su nombre, por favor.

–Theron Anetakis –contestó él–. En el club hay una persona a la que conozco... y que no debería estar ahí.

–A menos que sea usted miembro del club, me temo que no puedo dejarle pasar.

Theron se volvió hacia Reynolds.

–Encárgate tú. Págale lo que sea necesario y luego reúnete conmigo en el interior. Voy a buscar a Isabella.

–Pero no puede convertirse en miembro del club de manera inmediata...

Theron pasó al lado del hombre sin hacerle caso y empujó la puerta. Estaba seguro de que Reynolds sería capaz de solucionar el problema.

El club no era lo que él había esperado. Pensaba que sería un sucio agujero donde habría drogas y prostitución, pero aquel sitio parecía tener una clientela muy exclusiva.

Todo estaba limpio y las camareras, aunque escasamente vestidas, parecían profesionales. Y los clientes fumaban caros habanos mientras tomaban copas de coñac francés.

Era un sitio que Isabella no debería conocer siquiera.

Theron vio que al fondo de la sala había varios hombres congregados alrededor de un pequeño escenario. Evidentemente, esperando que empezase el espectáculo.

Pero en el escenario no había ninguna mujer, de modo que siguió mirando alrededor. ¿Dónde demonios estaba Bella?

Un minuto después, Reynolds y sus hombres se reunían con él.

—¿Por qué crees que Isabella está aquí?

—Sé que está aquí. Estoy seguro...

Cuando empezó a sonar la música todos se volvieron hacia el escenario. Una cortina de humo se elevaba sensualmente por las piernas de una mujer que estaba de espaldas al público...

Llevaba unas botas por encima de la rodilla y contoneaba provocativamente las caderas mientras se agarraba a la barra, pero la mirada de Theron estaba clavada en el tatuaje de su espalda.

Él conocía ese tatuaje. Lo conocía muy bien porque había pasado mucho tiempo mirándolo.

Y entonces la chica se volvió, moviendo una falsa melena color rubio platino. Theron vio el miedo en sus ojos, el pánico mientras observaba a los hombres que había frente al escenario, todos mirándola como si fuera un regalo del cielo.

Mientras a Theron le hervía la sangre en las venas.

Ella levantó la cabeza entonces y sus miradas se encontraron, su miedo se convirtió en horror cuando lo reconoció.

Capítulo Trece

Isabella se puso pálida al ver a Theron, tan furioso que sus ojos parecían a punto de salirse de las órbitas. Angustiada, tuvo que controlar el deseo de taparse con los brazos y salir corriendo.

Pero antes de que pudiera hacerlo, él se acercó al escenario como un predador en busca de su presa, subió de un salto y, sin mediar palabra, se la cargó al hombro.

Isabella dejó escapar un grito y los espectadores empezaron a gritar imprecaciones. Cuando levantó la cabeza, vio a Reynolds, Maxwell y Davison apartando a los guardias de seguridad que intentaban acudir en su auxilio.

Algunos clientes se levantaron de sus asientos para mirar la escena con la boca abierta, pero eran demasiado educados para involucrarse en la situación. Probablemente, porque no querían arrugarse el traje.

Atónita, Bella no intentó zafarse mientras Theron la sacaba del club... aunque no hubiese logrado nada de todas formas. Su brazo era como una barra de hierro y caminaba como si no pesara nada en absoluto. Una vez en la calle se detuvo frente al coche y, después de abrir la puerta, la tiró sin miramientos en el asiento trasero.

—Al hotel Imperial Park –le dijo a su chófer.

Bella intentó sentarse de una manera más elegante, pero aquellas botas pesaban una tonelada. Y cuando miró hacia abajo contuvo un grito al ver que sus pechos estaban peligrosamente al borde del escote de la camiseta.

—No digas una palabra, ni una palabra –le advirtió él–. Me darás una explicación cuando lleguemos al hotel. Hasta entonces, es mejor que no digas nada.

Bella lo miró, en silencio. Nunca lo había visto tan enfadado.

Theron se quitó la chaqueta para ponérsela sobre los hombros y Bella cerró las solapas para cubrirse el pecho. Pero cuando llegaron al hotel y la sacó del coche, tirando de su mano, decidió que ya estaba bien.

—Sé caminar sola.

—¿No me digas? –murmuró él, sin soltar su mano.

Una vez en el ascensor, Theron pulsó el botón como si quisiera matarlo. Muy bien, se daba cuenta de que estaba enfadado, pero parecía habérselo tomado como algo personal. ¿Por qué no estaba en algún sitio con su prometida?

De nuevo, se le encogió el corazón al pensar en Alannis y tuvo que cerrar los ojos.

—¿Estás bien? ¿Ha ocurrido algo… en ese club?

Ella negó con la cabeza, angustiada. Por un momento, casi podía creer la fantasía de que estaban juntos, de que a Theron le importaba de verdad y no sólo como su protegida.

Pero era mentira. Todo era mentira.

–¿Entonces qué te pasa?

Las puertas del ascensor se abrieron y fueron en silencio hacia la suite. Bella no llevaba la llave, pero la puerta se abrió antes de que pudiera acordarse de que se había dejado el bolso en el club.

–¡Bella! –gritó Sadie.

–¿Qué haces aquí? ¿No tenías que estar en una fiesta?

Su amiga bajó la mirada, avergonzada.

–La fiesta da igual. No debería haberte pedido que me hicieras ese favor…

–En eso estamos de acuerdo –la interrumpió Theron–. Ha sido una irresponsabilidad por parte de las dos.

–Pero tú te has perdido tu oportunidad.

–Ya habrá otras. Además, no merecía la pena que te arriesgases así. Lo siento mucho.

–¿Qué ha pasado? ¿Por qué no has ido a la fiesta… y por qué ha sabido Theron cómo encontrarme?

–Reynolds me avisó –contestó él.

–¿Y quién avisó a Reynolds?

–Cuando salía del hotel, un hombre me paró en la puerta –le contó Sadie–. Pensaba que nadie se habría fijado en mi cara cuando llegué con la peluca, pero él sí se había fijado y empezó a sospechar, así que tuve que contárselo todo. Él me pidió que me quedase aquí hasta que te encontraran. Y ese hombre –su amiga señaló a otro de los guardias de seguridad, que estaba de pie, al lado de la puerta– lleva dándome el sermón desde entonces.

–Menos mal que alguien intenta hacerte entrar en razón. No puedes volver a ese club –dijo Theron.

–¡Pero trabajo allí!

–No, ya no. No voy a dejar que Bella vaya a un club nocturno sólo porque su amiga trabaja allí.

–Pero... tú no puedes decirme lo que tengo que hacer.

–Déjalo, Sadie, ya hablaremos de eso mañana –intervino Bella–. Lo mejor es que te vayas a casa.

Cuando la puerta se cerró tras Sadie, que salió de la suite escoltada por el hombre de seguridad, Theron se volvió para tomarla por los hombros. El gesto fue tan brusco que la chaqueta que llevaba puesta cayó al suelo y sus pechos prácticamente se salieron del escote.

–Ve a quitarte ese maquillaje. Yo te esperaré aquí –dijo luego, intentando contenerse.

Bella entró en el baño, pero hizo una mueca al verse en el espejo. Tenía un aspecto patético.

Triste.

Después de lavarse la cara, se quitó la peluca y se pasó los dedos por el pelo para darle algo de forma. Darse un largo baño caliente era muy tentador, pero con Theron esperando fuera, impaciente, no le parecía buena idea. No, lo mejor sería darse una ducha rápida.

Pero al salir de la ducha se dio cuenta de que no había llevado nada de ropa con ella... y no pensaba volver a ponerse la camiseta escotada. De modo que, encogiéndose de hombros, se puso el albornoz que colgaba en la puerta antes de volver al salón.

Theron, que estaba mirando por la ventana, se volvió al oír sus pasos.

–¿Por qué sigues aquí?

–¿Te atreves a preguntar eso, como si no tuviera derecho a estar aquí?

–Es que no lo tienes –contestó ella.

–¿Te das cuenta del susto que me has dado? ¿Sabes el miedo que pasé cuando me dijeron que estabas en ese sitio? ¿O el horror de verte en ese escenario, vestida como una…? ¿Qué habrías hecho si otro hombre hubiera subido al escenario para tocarte, Bella?

–Eso no puede pasar. Hay guardias de seguridad.

Theron se pasó una mano por el pelo en un gesto de frustración.

–¿Marcus sabía algo de esto?

–¿Marcus? ¿Qué tiene que ver él?

–Yo esperaba que supiera protegerte un poco mejor.

–Marcus sólo es un amigo.

–¿Un amigo? ¿Es así como se llama ahora?

–¿Qué estás insinuando?

–Yo estuve aquí anoche, Bella. Vine para… para ver cómo estabas.

–¿Y qué?

–Marcus abrió la puerta de la suite… en albornoz.

–¿Y por eso crees que me acosté con él?

–¿Estás diciendo que no es así?

–Estoy diciendo que no es asunto tuyo, para empezar –replicó Bella.

Los dos se quedaron en silencio, mirándose. Cuánto le habría gustado decirle que sí, que Marcus era su amante, pero ¿para qué? Theron estaba prometido con Alannis y ella no tenía el menor deseo de hacerse la promiscua cuando no lo era. Al fin y al cabo, Theron Anetakis seguía controlando su herencia hasta que cumpliese los veinticinco años.

–No me acosté con Marcus. Nos pilló la lluvia anoche y acabamos empapados, así que subió a mi habitación para cambiarse de ropa, nada más.

Bella vio un brillo de alivio en sus ojos. ¿Por qué? ¿Qué podía importarle a él?

–¿Por qué insistes en hacerme perder los estribos? –le espetó él entonces–. ¿No es suficiente que me pase el día pensando en ti? ¿Recordando el sabor de tus labios?

Theron dio un paso adelante, su aliento rozaba la cara de Bella. Y, sin darse cuenta, ella se pasó la lengua por los labios.

–No deberías… besarme.

–Antes no ponías ninguna objeción –murmuró él un segundo antes de apoderarse de sus labios.

Capítulo Catorce

A Isabella se le doblaron las rodillas y tuvo que agarrarse a los hombros de Theron, que la sujetó por la cintura.

Aquel beso… era diferente. Era como si estuviera poseyéndola, como si tuviera derechos exclusivos sobre su boca y quisiera dejárselo bien claro.

Le encantaba la dureza de su torso, de sus manos, y era una cautiva voluntaria. Aquello… aquello era lo que había soñado, con lo que había fantaseado durante tantos años.

–Quiero hacerte el amor –murmuró Theron con voz ronca, sus labios apenas se separaron de los suyos–. He intentado luchar… he luchado, pero si no te tengo, me voy a volver loco.

–Sí –susurró ella–. Te deseo tanto…

Él desató el cinturón del albornoz, sin dejar de besarla. Era como si no pudiese parar. La devoraba mientras le quitaba el albornoz y acariciaba su piel desnuda con manos ansiosas.

–Eres tan suave como la seda –murmuró, besando su cuello, su garganta, haciéndola sentir escalofríos.

Se le doblaron las piernas cuando Theron cayó de rodillas al suelo, sus pechos se hallaban tan cerca de la boca masculina que el calor de su aliento endureció sus pezones. Entonces él buscó uno con la boca, deslizando la lengua sobre la punta...

Bella estaba desnuda entre sus brazos, la oscura cabeza de Theron, apretada contra su cuerpo. Era tan erótico... aquel hombre tan orgulloso a sus pies, envolviéndola en sus brazos como si no quisiera dejarla ir.

–Eres tan preciosa –le dijo, con la voz ronca de pasión.

Deseando acariciar su piel desnuda, ella alargó las manos para desabrochar los botones de su camisa, pero Theron se las sujetó, apretándolas contra su corazón.

–Oh, no, Bella *mou*. Quiero ser yo quien te seduzca.

Luego se incorporó para tomarla en brazos y llevarla hasta el dormitorio, sin dejar de mirarla a los ojos. Ella no sabía qué decir. Temía que el hechizo se rompiera si decía algo.

Theron la dejó sobre la cama y luego se irguió, mirándola. Y Bella se sentía extrañamente vulnerable bajo esa ardiente mirada. Tímida y un poco insegura, tanto que levantó las manos para cubrirse.

–No me escondas tu belleza –le rogó él.

Animada por el brillo de deseo que veía en sus ojos, bajó las manos. Mientras tanto, Theron empezó a desabrocharse la camisa, pero a mitad de camino perdió la paciencia y arrancó el resto de los botones de un tirón.

Bella contuvo el aliento al ver que se quitaba el pantalón y los calzoncillos a la vez, dejando al descubierto su túrgida masculinidad.

Theron se tumbó sobre ella, colocándose entre sus muslos. Caliente, sedoso y, sin embargo, duro, su piel parecía pegarse a ella.

Se besaron de nuevo y Bella lo envolvió en sus brazos, prolongando el duelo de sus lenguas, precursor de una danza que sus cuerpos anhelaban.

–Nunca había perdido el control de esta manera –le confesó Theron–. Me vuelves loco, Bella. Tengo que hacerte mía.

–Sí.

El monosílabo salió como un susurro de sus labios hinchados mientras él le besaba el cuello, la clavícula, los pechos… dejando un sendero húmedo hasta llegar al ombligo. Cuando tocó el anillito de plata, tiró de él un momento antes de seguir hacia abajo.

Bella se puso tensa al notar el roce entre sus piernas y, sin pensar, se arqueó hacia él, buscándolo. Riendo, Theron la acarició con la nariz.

–Por favor…

–Quiero que estés lista para mí, Bella *mou* –murmuró mientras la acariciaba entre los muslos.

–Hazme el amor –insistió ella–. Soy tuya.

Esas palabras hicieron que Theron perdiese el control. Sin decir una palabra, se colocó encima y, un segundo después, estaba dentro de ella, rompiendo la ligera barrera de resistencia.

Bella, que apenas había experimentado un segundo de dolor, sintió que una felicidad desconocida la embargaba. Era una sensación nueva para ella… tanto que lo empujó un poco para mirarlo a los ojos.

Theron pareció desconcertado un momento, pero después siguió moviéndose y ella se relajó, deslizando las manos hasta su cuello. El placer, dulce y tierno, se extendía como un incendio por todo su cuerpo.

—Muévete conmigo, *agape mou* —susurró Theron—. Envuelve las piernas en mi cintura. Sí, así…

Él clavó los codos en el colchón, incorporándose un poco para que no tuviera que soportar todo su peso. Bella jadeaba cuando sus bocas se encontraron de nuevo.

Le murmuraba palabras al oído, palabras tiernas a veces, eróticas… pero luego cayó sobre ella y, durante varios segundos, el único sonido en la habitación era el de sus agitadas respiraciones.

Theron levantó la cabeza para mirarla a los ojos y la besó en los labios suavemente, apartándose luego.

—Vuelvo enseguida.

Bella lo vio saltar de la cama e ir desnudo al cuarto de baño, del que volvió unos segundos después con una toalla en la mano.

—¿Te he hecho daño? —le preguntó en voz baja. Ella se incorporó para tomar la toalla, pero Theron apartó su mano—. No, deja que lo haga yo.

—No, no me has hecho daño.

—¿Por qué no me lo habías dicho?

No había ninguna recriminación o acusación en su tono.

—Porque no estaba segura de que me creyeras.

—¿Y has dejado que te tomase así, de esa forma tan brusca, cuando debería haber tenido más cuidado?

Había auténticos remordimientos en su expresión. No por haberle hecho el amor, sino por lo que consideraba un trato un poco desconsiderado.

Bella alargó una mano para tocar su cara, disfrutando al notar el roce de su barba.

–No me has hecho daño. Ha sido perfecto.

Él tiró la toalla al suelo para tomar su cara entre las manos.

–No ha sido perfecto, pero yo puedo hacer que lo sea.

Luego inclinó la cabeza para buscar sus labios, besándola con una ternura que le encogió el corazón… y despertando el deseo de nuevo.

Él se tomó su tiempo, acariciando y besando cada centímetro de su piel mientras murmuraba ternuras y halagos, cada uno de ellos cayendo en un rincón de su corazón que había guardado sólo para él.

Y cuando la tumbó de nuevo sobre la cama y la apretó contra su pecho, supo que nunca lo había amado como lo amaba en ese momento. Llevaba tanto tiempo soñando con Theron así, concentrado en ella, mirándola, tocándola y amándola como lo amaba ella.

Esa vez esperó hasta que llegó al final antes de hacerlo él mismo y sólo cuando estaba temblando con los últimos vestigios del orgasmo se hundió profundamente en ella. Después, agotado, apoyó la frente en la suya mientras intentaba llevar aire a sus pulmones.

Bella levantó la cabeza para rozarlo con la nariz y sus labios se encontraron en un beso tan dulce que lo sintió hasta en el alma.

–¿Mejor? –murmuró Theron.

–Mucho mejor.

Theron se despertó sintiendo el calor de una piel femenina pegada a la suya. Cuando abrió los ojos, soplando para apartar un mechón de pelo de su cara, se dio cuenta de que Bella estaba prácticamente echada encima de él… sus pechos apretados contra su torso y un brazo sobre su cuerpo en un gesto posesivo. Pero dormía profundamente, el suave sonido de su respiración llenaba el dormitorio.

La luz del día lo hizo volver a la realidad y, con ella, volvió el peso de lo que había hecho. No era inesperado aquel sentimiento de culpa, aquella resignación. Podía achacarlo todo a la pasión del momento, a un montón de cosas, pero él sabía la verdad.

La había deseado y la había tomado, así de sencillo. Ni una sola vez en sus treinta y dos años había perdido la cabeza de ese modo.

Ni siquiera había usado preservativo y no podía encontrar explicación alguna para tal estupidez. Y no era porque no llevase uno consigo. Él siempre estaba preparado para todo y llevaba no sólo uno sino dos preservativos en la cartera.

Y sin embargo, no se había parado un momento para ponérselo, para protegerla. Peor aún, había sido una decisión consciente, de modo que no podía culpar a nadie más que a sí mismo.

Intentando no despertarla, se apartó de Bella. Ella dejó escapar un gemido de protesta, pero siguió durmiendo tranquilamente.

Theron fue al cuarto de baño a darse una ducha, sabiendo que habría consecuencias. Aunque ya estaba preparándose mentalmente, haciendo planes. Y, sin embargo, se sentía envuelto por una sensación de paz más que de resignación.

Sin embargo, temía lo que tenía que hacer. Y decir.

Envolviendo una toalla en su cintura, salió del baño para recuperar la ropa que llevaba puesta el día anterior. Afortunadamente, siempre tenía un traje y un par de camisas en el despacho. Ésa sería su primera parada.

Mientras se ponía los pantalones, Isabella se despertó y se volvió hacia él.

–Hola –murmuró, adormilada.

–Buenos días.

–¿Te vas?

–Tengo cosas que hacer, Bella. Cosas importantes.

Theron se inclinó para darle un beso en la frente y luego, sin decir una palabra más, se dio la vuelta y salió de la habitación.

Isabella estaba de pie al lado de la cama, envuelta en la sábana. Cuando miró la toalla en el suelo, la prueba de su perdida virginidad, sintió que se le encogía el corazón.

¿Dónde habría ido Theron? ¿Volvería?, se preguntó. ¿Habría sido ella una mera tentación que no pudo resistir por una noche… y ahora volvía con Alannis?

Bella cerró los ojos. Ella no quería ser «la otra mujer». No quería ser la responsable de la pena de otra persona. Pero ¿por qué iba a poner la felicidad de otro por encima de la suya?

Claro que ése era un pensamiento terriblemente egoísta.

Sintiéndose más triste que nunca, entró en el cuarto de baño. Sentía un delicioso escozor entre los muslos y no podía dejar de recordar cada caricia, cada beso.

Se quedó en la bañera hasta que el agua empezó a enfriarse y por fin, temblando, se envolvió en una toalla. No sabía qué hacer… si llamar a Theron o esperar a que él diera el primer paso.

Enfadada consigo misma por esa actitud derrotista, se vistió. No iba a quedarse en la habitación como una tonta, esperando a un hombre que podría no volver nunca.

Primero desayunaría algo y luego iría a su apartamento para hacer una lista de las cosas que faltaban… y quizá había llegado el momento de empezar a pensar qué iba a hacer con su vida.

Cuando abrió la puerta de la suite, se encontró con Reynolds, que la miraba con cara de pocos amigos.

–Me imagino que debo disculparme –suspiró–. Siento lo que pasó ayer.

–Yo también.

–Ya, en fin… si no le importa acompañarme al restaurante para desayunar, luego iremos a mi nuevo apartamento.

–Vaya, parece que por fin ha entendido cómo

se hacen las cosas por aquí, señorita Caplan. Si no se escapa a cada momento, mi trabajo será mucho más fácil.

—Siento mucho habérselo puesto tan difícil —se disculpó Bella, sin poder disimular su tristeza.

—¿Está disgustada?

Ella se encogió de hombros.

—Vamos a desayunar. Estoy muerta de hambre.

Theron se dejó caer sobre el sillón de su despacho y levantó el teléfono. De nuevo, sería de noche en Grecia, pero necesitaba hablar con su hermano para poder seguir adelante con su plan.

—*Nai* —ladró Chrysander.

—He hecho algo terrible.

—¿Por qué me llamas a estas horas? ¿Y de qué hablas? ¿Estás en la cárcel o algo así?

Theron tuvo que controlar la risa.

—No, no estoy en la cárcel.

—¿Entonces qué te pasa?

—He seducido a Isabella.

Al otro lado de la línea hubo un largo silencio.

—No sé si te he oído correctamente... no, *agape mou*, no pasa nada —oyó que le decía a su mujer—. Duérmete, es Theron. Espera un momento, voy a mi despacho. Marley ha estado despierta hasta las tantas con el niño...

Theron esperó pacientemente hasta que su hermano volvió a ponerse al teléfono.

—Dime que no has dicho lo que me ha parecido oírte decir.

–No puedo. Pero es aún peor.

–¿Peor que seducir a tu protegida? No veo qué podría ser peor.

–Era virgen y no usé preservativo –le confesó, sintiéndose como un adolescente.

Chrysander soltó una palabrota en griego.

–¿Y en qué estabas pensando? No, déjalo, es evidente que no estabas pensando. ¿Pero y Alannis? ¿No me dijiste el otro día que ibas a casarte con ella? ¿Qué hacías en la cama con Isabella… y sin protección? ¿Eres tonto o qué?

–Claro, como tú tuviste tanto cuidado con Marley –replicó Theron, herido.

–Yo tenía una relación con Marley –dijo Chrysander–. No estaba comprometido con otra mujer ni me acosté con mi protegida.

–Yo no estoy comprometido con otra mujer. No le pedí a Alannis que se casara conmigo.

De nuevo, al otro lado de la línea hubo un silencio.

–Será mejor que me cuentes toda la historia –suspiró Chrysander–. Es evidente que te has metido en un buen lío. Empieza por la parte en la que no le pediste a Alannis que se casara contigo.

–No pude hacerlo. Había organizado una fiesta, tenía el anillo de compromiso en el bolsillo, el confeti…

–¿Confeti? ¿Quién tira confeti en una fiesta de compromiso?

–Quería crear un ambiente festivo –se defendió Theron–. Todo era como yo esperaba: la fiesta, los invitados, el momento… pero no pude hacerlo. Tenía en la mano el anillo, a Alannis mirándome a los ojos… y lo único que pude hacer fue pedirle que bailase conmigo. Pasamos la noche celebrando su visita a Nueva York en lugar de nuestra futura boda.

–¿Y cómo lleva eso a que te acostases con Isabella?

–Eso ocurrió cuando la saqué de un club nocturno…

–¿Qué? –exclamó Chrysander–. ¿Vas a contarme por qué tu protegida, que debería estar rodeada de seguridad, acabó en un club nocturno?

–Eso no es importante, lo importante llegó después –suspiró Theron–. Seduje a Isabella y nos acostamos juntos sin protección. Y era virgen. Ya lo sabes todo.

–Eso parece –asintió su hermano–. Pero nuestro padre y el padre de Isabella acordaron que nosotros cuidaríamos de su hija si le pasaba algo. Vas a tener que casarte con ella, Theron.

–No tengo que casarme con ella –replicó él–. Quiero casarme con ella.

Capítulo Quince

Isabella apartó las cortinas para mirar la calle. El apartamento que había alquilado era un ático, tres veces más grande que los apartamentos de los pisos más bajos, y tenía una maravillosa vista del parque que había al otro lado de la calle.

Veía a gente corriendo, paseando a sus perros, niños supervisados por sus padres o niñeras... aquello era un pequeño oasis en medio de una ciudad abarrotada de gente, un sitio en el que escapar del agobio y las prisas.

¿Podría ella vivir allí sabiendo que el hombre del que estaba enamorada estaba tan cerca, casado con otra mujer?

Pero era absurdo. En una ciudad de ese tamaño podría vivir su vida entera sin encontrarse con Theron. Salvo que... él controlaba su herencia y el contacto sería inevitable.

Bella suspiró. Le gustaba mucho aquel apartamento, pero no sabía si podría seguir allí.

Cuando la puerta se abrió tras ella, no se alarmó. Reynolds se había quedado esperando en el rellano cuando le dijo que sólo tardaría cinco minutos y seguramente habría perdido la paciencia.

Oyó pasos y aun así no podía apartar la mirada

de la calle. Tal vez era la normalidad de lo que había debajo, la promesa de una existencia ordenada donde no había sitio para emociones tan poderosas como el amor, los celos o la desesperación.

Pero al sentir que alguien ponía una mano sobre su hombro dejó escapar un grito.

—Bella, *pethi mou*, ¿te encuentras bien? ¿Qué haces aquí?

—Theron...

—Fui a la suite, pero no estabas allí. Estoy empezando a preguntarme si mi vida va a consistir en buscarte a todas horas.

—He venido para ver si habían llegado los muebles y todo lo demás.

—Me parece que no vas a necesitar este apartamento —sonrió Theron, sacando una cajita de terciopelo del bolsillo.

Bella se quedó mirando, perpleja, mientras sacaba un anillo de la caja y lo ponía en su dedo.

—Nos casaremos lo antes posible.

Ella negó con la cabeza, segura de que aún estaba en la suite, soñando.

—No te entiendo.

—Debemos casarnos. Tú eras virgen y... podrías haber quedado embarazada. No se me ocurrió usar un preservativo y te pido disculpas.

No, no estaba soñando. En sus sueños, la proposición de matrimonio siempre había sido muy romántica. Aunque estaba consiguiendo lo que quería, pensó luego. Fueran cuales fueran los motivos de Theron.

—Muy bien —se limitó a decir.

Bella vio un brillo de alivio en sus ojos. ¿Había esperado que le dijera que no? ¿Que, haciéndose la mártir, se negase a casarse con él porque no la amaba?

Theron la abrazó, pero en lugar de besarla, la apretó fuertemente contra su corazón.

–Deberíamos volver a la suite. Tenemos que hablar de muchas cosas… ¿o prefieres que vayamos a mi ático? Me temo que yo no estoy más asentado en esta ciudad que tú, pero eso tiene remedio. Podemos comprar una casa donde tú quieras.

–¿Y Alannis?

La expresión de Theron se ensombreció.

–Sophia y ella vuelven a Grecia mañana.

Isabella intentó disimular una mueca de disgusto. No quería pensar en la tristeza de Alannis o en la desilusión de su madre, de modo que se limitó a asentir con la cabeza.

Un destello de luz llamó su atención hacia el anillo que adornaba su dedo y dejó que algo de la alegría de aquel brillo se le contagiase. Era lo único que podía hacer.

–¿De verdad quieres casarte conmigo? No, no contestes. Sé que no quieres casarte conmigo, pero no tienes que hacerlo. La sola idea de poner un anillo en mi dedo porque era virgen y no usamos protección… es arcaica. Nadie hace eso ya. Aunque me quedase embarazada, no tendríamos por qué casarnos…

Theron la silenció con un beso tan apasionado que a Bella le temblaron las piernas.

Podría no querer casarse con ella, pero sus labios no mentían. La deseaba y ella lo deseaba a él. Era un principio, al menos.

–Ahora, si ya has dejado de decir insensateces, vamos al hotel.

Isabella observaba a Theron mientras hacía un millón de llamadas desde el salón de la suite. Primero habló con la persona que le había alquilado el apartamento, luego hizo un par de llamadas de trabajo y ahora estaba hablando con alguien sobre viajes, aviones y no sabía qué más.

Un golpecito en la puerta interrumpió sus pensamientos y Reynolds, que no se apartaba de su lado, se levantó a abrir.

–Sadie Tilton –anunció un segundo después.

Isabella le hizo un gesto con la mano para que la dejase entrar. Y los ojos de su amiga se iluminaron al verla.

–¿Qué tal va todo? Sonabas tan misteriosa por teléfono…

Bella levantó la mano para mostrarle el anillo.

–¡Dios mío! –exclamó Sadie–. ¡Te ha pedido que te cases con él!

–Baja la voz, está hablando por teléfono. Y sí, me ha pedido que me case con él… más o menos. En realidad, no me lo pidió, más bien me informó de que íbamos a casarnos.

Sadie frunció el ceño.

–¿Y tú estás contenta?

–Lo estaré porque Theron es todo lo que quiero. Pero sólo quiere casarse conmigo porque teme que haya quedado embarazada.

Su amiga hizo una mueca.

–¿Estás segura de que quieres casarte por esa razón? ¿Qué pasa con el amor? Al menos podría haberte dado una razón normal… algo que no fuera del pleistoceno.

Isabella dejó escapar un suspiro.

–No puedo hacer que se enamore de mí si no estamos juntos. Sí, lo ideal sería que me quisiera y que nos casáramos por amor, pero tengo que aprovechar esta oportunidad. Si no me caso con él, se casará con Alannis.

–Sí, tienes razón. Pero yo esperaba algo más… llevas tantos años soñando con este momento que me gustaría que hubiera sido perfecto.

Bella apretó la mano de su amiga.

–Será perfecto. Tal vez aún no, pero… el día que me diga que me quiere todo merecerá la pena.

–Bueno, pues después de recibir la noticia, deja que te dé las gracias por todo.

–¿Las gracias?

–El apartamento, la cuenta en el banco para que no tenga que volver al club… ¿es que no lo sabes? –preguntó Sadie al ver la expresión desconcertada de Bella–. ¿No has pagado el alquiler de mi apartamento durante un año para que no tenga que volver a trabajar en el club?

–No.

Las dos se volvieron hacia Theron.

–Entonces supongo que tampoco has arreglado mi encuentro con Howard.

–No tenía ni idea.

–Pues creo que te llevas un hombre estupendo –se rió Sadie entonces.

–Sí, es un hombre estupendo.

En ese momento, Theron levantó la mirada y Bella deseó estar a solas con él, entre sus brazos, para olvidarse de todo. Incluyendo que ella no fuera la mujer que habría elegido como esposa.

–¿Qué tal si le pido a Reynolds que te acompañe a casa?

Sadie sonrió mientras le daba un abrazo.

–No te vayas de la ciudad sin decírmelo, ¿eh?

–No, claro que no.

Isabella cerró la puerta de la suite y, por primera vez desde que Theron le había puesto el anillo en el dedo, se quedaron a solas. Aunque él seguía hablando por teléfono.

Sonriendo, se sentó a horcajadas sobre sus rodillas y, mientras él intentaba seguir con una conversación sobre números y hoteles, empezó a desabrocharle los botones de la camisa.

Si fuese una buena prometida, lo dejaría en paz, pensó, para que pudiera seguir trabajando. Pero ya había demostrado que no se le daba bien contener sus impulsos en lo que se refería a Theron Anetakis.

Le daría dos minutos más, pensó. Si era capaz de resistir, tendría que darle crédito por ser un hombre de hierro.

Cuando bajó la mano para desabrocharle el pantalón, notó que se ponía rígido, tanto como su igualmente rígida erección.

Quedaba un minuto. En fin… tendría que ir a por todas.

Bella inclinó la cabeza y cuando lo rozó con la boca, oyó que Theron se despedía apresuradamente… y luego el inequívoco choque de un teléfono contra el suelo.

Tuvo que sonreír cuando la abrazó, soltando una parrafada en griego.

–¿Qué me haces, loca? –se rió, llevándola al dormitorio–. Voy a tener que prohibirte que vayas a mi oficina si eso es lo que vas a hacer cuando estoy trabajando.

–Muy bien –se rió Bella.

–Desnúdate –dijo él, después de dejarla sobre la cama.

–¿No deberías hacerlo tú?

Con una mano, Theron tomó las suyas y las levantó por encima de su cabeza para desabrocharle la blusa. Siguió con el resto de la ropa y sólo la soltó cuando estuvo completamente desnuda.

–Date la vuelta.

–¿Qué?

–Haz lo que te digo, *pethi mou*.

El tono autoritario la hizo temblar. Ella había empezado aquello, pero aparentemente, él pensaba terminarlo. De modo que se dio la vuelta y, un segundo después, notó que Theron estaba acariciando el tatuaje que tenía en la cintura.

–¿Te gusta?

–Lleva días volviéndome loco. Tenía el absurdo deseo de acariciarlo con la lengua…

–Nada te lo impide.

–Claro que no.

Bella cerró los ojos al sentir su húmeda lengua haciendo contacto con su piel.

–El duende es engañoso. Deberías haberte tatuado un diablo.

Sonriendo, Bella se dio la vuelta para mirarlo a los ojos.

—¿Y dónde debería llevar ese diablo?

Theron inclinó la cabeza para besar la zona justo encima del triángulo de rizos del pubis.

—Ahí —murmuró—. Donde sólo yo pueda verlo.

—Theron, te deseo tanto…

—Entonces tómame —dijo él, colocándose encima—. Tómame todo.

Bella enredó las piernas en su cintura, sujetándolo mientras la llenaba una y otra vez. Él buscó sus labios y ella se los bebió, pero aun así quería más. Quería todo lo que pudiese darle.

Esa vez llegaron juntos al final, en una explosión que sintió hasta lo más hondo. Y cuando Theron se dejó caer sobre ella, saciado, Bella dejó escapar un suspiro de felicidad.

—¿Dónde has aprendido esas travesuras, *pethi mou*?

—¿Qué quieres decir?

—Eras virgen y, sin embargo, me seduces como si tuvieras mucha experiencia.

—No me digas que tú eres de los que creen que la existencia del himen significa total ignorancia por parte de la mujer.

Aunque dada su anticuada idea del honor y el hecho de que iba a casarse con ella precisamente por esa cosa llamada himen, tal vez era lógico que la creyera ignorante sobre temas sexuales.

Theron carraspeó, incómodo.

—No pensé que alguien sin experiencia pudiera ser…

133

–¿Tan buena en la cama? Yo nunca dije que no tuviera experiencia.

–¿Qué quieres decir con eso? ¿Con quién has experimentado?

Bella le puso una mano en el torso.

–Intenta controlar tu testosterona, por favor. Tú eres el único hombre con el que he hecho el amor en toda mi vida. Pero se puede adquirir experiencia sin participación.

–Mientras no decidas participar con otro hombre… –gruñó él–. Yo te enseñaré todo lo que tienes que saber.

–Y tal vez yo también te enseñe algo a ti.

Theron tiró de ella y Bella cayó sobre su pecho, riendo.

–¿Ah, sí? Entonces enséñame lo que quieras. Seré un alumno aplicado, Bella *mou*.

Capítulo Dieciséis

Theron alargó una mano para abrocharle el cinturón de seguridad y Bella abrió los ojos, sorprendida.

–Estamos a punto de aterrizar. Luego iremos en helicóptero a la isla.

–Estoy deseando conocer a Piers… bueno, le vi un par de veces cuando era niña, pero nunca he hablado con él. Aunque hace tanto tiempo que no veo a Chrysander que será como verlo por primera vez.

El viaje por el cielo oscuro fue un poco desconcertante para Bella, pero enseguida vio unas luces en la distancia y, unos minutos después, el helicóptero aterrizaba en una pista de cemento rodeada de jardines.

Cuando estaban llegando a la casa, un hombre salió a recibirlos e incluso a distancia Bella reconoció a Chrysander.

–¡Cuánto has crecido! –exclamó él cuando llegaron a su lado.

–Gracias por hacerme sentir como la chica del aparato en los dientes otra vez –se rió ella.

–No, discúlpame –sonrió Chrysander–. No quería decir eso. Marley está esperando en el salón, ven. Está deseando conocerte.

–Hola, Chrysander, ¿a mí no me dices nada? –bromeó Theron.

–Hola, hermano.

La casa era tan preciosa que Bella estaba deseando verla a la luz del día. Y la playa… podía oler la sal marina e incluso oír las olas a distancia, pero le habría gustado hundir los pies en la arena.

Una mujer de pelo oscuro que tenía un niño en brazos sonrió al verlos entrar en el salón.

–¡Theron! –exclamó.

–¿Cómo está mi cuñada favorita?

–Soy tu única cuñada –se rió ella.

–Marley, te presento a Isabella Caplan, mi prometida.

–Me alegro mucho de conocerte, Isabella.

–Por favor, llámame Bella. Y yo también me alegro mucho de conocerte.

–¿Ha llegado Piers? –preguntó Theron.

–Bajará enseguida, ha subido a cambiarse. Os hemos esperado para cenar.

En ese momento, un hombre alto y moreno entró en la habitación. Era el más alto de los tres, un poco más delgado que Chrysander y con los hombros más anchos que Theron. Mientras sus hermanos tenían los ojos de color marrón claro, los de Piers eran tan oscuros que parecían negros. Y su piel también era más oscura, como si pasara mucho tiempo al aire libre.

–Ah, aquí estáis. Y tú debes de ser la futura novia.

–Una de tantas, por lo visto –contestó ella, bromeando para evitar un momento incómodo.

–Me gusta, Theron. Tiene carácter –se rió Piers.

–Dímelo a mí.

Chrysander se acercó a su mujer y le pasó un brazo por la cintura.

–¿Quieres que me lleve al niño para que podamos cenar tranquilamente?

–Si se duerme… –suspiró Marley–. El pobre ha tenido un cólico y llevamos una semana con él en brazos. Espero que no os moleste por las noches.

–No te preocupes, *agape mou*. Yo me quedaré con él hasta que se duerma.

A Isabella se le encogió el corazón al ver que se miraban como dos enamorados… como a ella le gustaría que la mirase Theron algún día.

La cena fue muy agradable. Marley le preguntó por sus estudios, por lo que quería hacer… Piers permanecía callado, pero más de una vez lo encontró mirándola fijamente.

Fue un alivio cuando Chrysander se reunió con ellos y empezaron a hablar de negocios. Incluso Piers dejó a un lado su reserva y se metió de lleno en la discusión… momento que Marley aprovechó para llevarse a Bella del comedor.

–¿Quieres dar un paseo por la playa? Es preciosa a la luz de la luna y hace muchos días que no puedo dejar a Dimitri solo.

–Me encantaría –sonrió Isabella–. Estoy deseando ver este sitio a la luz del día.

Marley la guió por un camino de piedra que llevaba directamente a la playa. El sonido del mar se hacía más audible con cada paso y, poco después, sintió que estaba pisando arena. La cuñada de Theron se detuvo para quitarse los zapatos y le pidió que hiciera lo mismo.

–Esto es precioso –murmuró Bella, encantada.

El cielo estaba lleno de estrellas, descuidadamente colocadas en el cielo, como si alguien hubiera estado jugando a los dados con ellas. La luna estaba muy alta, reflejándose en el mar...

–Es mi sitio favorito en el mundo entero –dijo Marley–. Es asombroso, mi paraíso particular.

–Es un sitio maravilloso, sí.

Isabella se acercó a la orilla y esperó que una ola mojase sus pies, encantada al sentir el cosquilleo de la espuma en los dedos.

–Ya te dije que las encontraríamos aquí –oyeron entonces la voz de Chrysander.

Theron se quedó donde estaba, pero su hermano se acercó para tomar a Marley por la cintura.

–Ven, Isabella –la llamó entonces–. Vamos a dejar solos a estos dos tortolitos. Debes de estar cansada después del viaje.

Theron se llevó su mano a los labios y Bella se relajó por primera vez desde que salieron de Nueva York. Todo sería más fácil si actuase como si de verdad quisiera casarse con ella, como si sintiera algo más que deseo. Y tal vez era así. ¿Podría amarla? ¿Sería posible?, se preguntó.

–Parecen muy enamorados –murmuró, señalando a Marley y Chrysander.

–Lo están, aunque tienen una historia muy complicada detrás. Te la contaré algún día, pero ahora mismo lo único que deseo es una cama y una almohada blandita.

–Hay partes de mi anatomía que son más blanditas que una almohada –se rió ella.

–No… yo creo que es mejor que durmamos separados mientras estamos aquí –dijo Theron entonces.

–¿Por qué no vamos a compartir habitación? Estamos prometidos.

–Lo sé, *pethi mou* –sonrió él, tomándola por la cintura–. Pero debo mostrar respeto delante de mis hermanos. Ya es suficiente con que Chrysander sepa que te quité la virginidad. No quiero llamar más la atención…

–¿Chrysander lo sabe? –exclamó ella.

Theron parpadeó, sorprendido.

–Es mi vergüenza, cariño, no la tuya.

De modo que Chrysander y, por supuesto, Marley sabían que se casaba con ella sólo por un anticuado sentido del deber.

–Muy bien, entonces me iré a mi habitación. No te preocupes, seguro que alguien ha subido allí mis maletas, de modo que será fácil encontrarla.

–Bella…

Ella se volvió para mirarlo, decidida a no mostrar emoción alguna.

–¿Qué?

–No se lo he contado para hacerte daño.

Isabella sonrió, una sonrisa trémula y vacilante.

–Lo sé.

Luego se volvió y entró en la casa sin decir una palabra más.

Isabella miraba el techo de su habitación, con las manos detrás de la cabeza. No podía dormir y el sonido de las olas que entraba por la ventana le hacía compañía.

Pero cuando miró el despertador, se dio cuenta de que llevaba horas en vela y, suspirando, se levantó. Si no hacía ruido podría bajar a la playa a dar un paseo. Eso la tranquilizaría, pensó. Estaba demasiado inquieta para seguir tumbada.

La casa estaba en silencio cuando salió de su habitación. Sin hacer ruido, abrió la puerta que daba al jardín y respiró profundamente el olor del mar. El cielo empezaba a iluminarse hacia el este, el horizonte estaba volviéndose de un tono lavanda, y las olas acariciaban la arena. Bella se sentó sobre un tronco mientras el mundo entero se volvía de color dorado a su alrededor...

No sabía cuánto tiempo había estado allí, pero cuando por fin se levantó para volver a la casa, había amanecido del todo. Antes de entrar, se detuvo un momento para quitarse la arena de los pies y sonrió al oír voces en la terraza. Theron ya se había levantado y, por lo visto, Marley y Chrysander también.

Estaba a punto de reunirse con ellos cuando oyó su nombre. ¿Estarían hablando de la boda?, se preguntó.

Pero se detuvo al oír las palabras de Theron. Sonaba... resignado, triste incluso. Apoyada en la tapia de piedra que separaba el jardín de la terraza, mientras Theron le contaba su historia a Marley y Chrysander, poco a poco Bella fue doblando las piernas hasta quedar sentada en el suelo.

Las bromas que le había gastado, los flirteos, los descarados comentarios... en boca de Theron todo aquello sonaba más crudo de lo que ella había pretendido. Después lo oyó hablar de lo desconcertado que se había sentido, luchando entre el deseo que sentía por ella y el de casarse con Alannis.

Bella se tapó la cara con las manos. Su único consuelo era que lo contaba como si no hubiera sido a propósito, como si no lo hubiera hecho todo para seducirlo. No, seguía culpándose a sí mismo por eso.

Pero luego dijo algo que la dejó sin aliento:

—Yo quería lo que tenéis Marley y tú. Quería una esposa e hijos… una familia. Lo tenía bien planeado, pero todo se fue por la ventana tan rápido que aún me da vueltas la cabeza.

Con el corazón roto, Bella se levantó y, sin hacer ruido, volvió hacia la casa. Pero iba tan ciega de dolor que estuvo a punto de chocar con Piers.

—Cuando uno escucha detrás de una puerta, no suele escuchar nada bueno.

—No, parece que no –asintió ella.

Los ojos de Piers se suavizaron entonces.

—¿Qué ocurre?

—No le digas nada a Theron. No quiero que se sienta aún peor.

—¿Y tú, Bella? ¿Cómo te sientes tú?

—Parece que yo tengo mucho que solucionar –suspiró ella.

Una vez a solas en habitación se apoyó en la puerta, dejando que una lágrima rodase por su mejilla.

Theron no la quería porque quería a Alannis. Y por su culpa había perdido la oportunidad de formar una familia con ella. Bella se miró a sí misma y no le gustó mucho lo que vio.

Querer a alguien no debería doler tanto, no debería ser tan destructivo. ¿Qué era ella, una niña mimada que siempre quería salirse con la suya? ¿Alguien incapaz de aceptar que no podía tener lo que quería porque era de otra persona?

Y entonces, en ese momento de claridad, de angustia, supo que tenía que dejar ir a Theron. No quería ni pensar siquiera en lo que estaría pasando la pobre Alannis…

¿Qué le habría dicho Theron, que le había sido infiel con ella?

Entonces levantó la cabeza, decidida a encontrar la manera de solucionar aquel desaguisado.

Lo primero: Theron no debía saber que había escuchado la conversación porque se sentiría horriblemente culpable e insistiría en hacer lo que él consideraba su deber.

Pero, esa vez, Bella iba a hacer lo que debía hacer.

Secándose las lágrimas con la mano, buscó su bolso. Sophia le había dado una tarjeta con su dirección y su número de teléfono por si quería ir a visitarlas algún día. Y eso pensaba hacer, de modo que llamó a información para contratar un helicóptero… tarea nada fácil porque no hablaba griego.

Y después tendría que hablar con Theron.

Lo peor era tener que fingir que no había escuchado la conversación. Tener que sonreír y actuar como si no pasara nada… mientras su corazón se estaba rompiendo en mil pedazos.

***

Isabella miró su reloj. Se merecía un oscar, desde luego. Durante el desayuno, había sonreído y bromeado con todos como si no pasara nada... aunque se estaba rompiendo por dentro.

Pero tenía poco tiempo para hablar con Theron porque el helicóptero iría a buscarla enseguida, pensó, mirando el reloj.

–Theron –le dijo mientras se levantaba de la mesa–. ¿Podría hablar un momento contigo? A solas –añadió, disculpándose con la mirada.

–Claro, *pethi mou*. ¿Por qué no vamos a dar un paseo por la playa?

Fueron de la mano hasta la playa, pero esa vez el sonido de las olas no conseguía tranquilizarla. La inmensidad del mar, perdiéndose en el horizonte, la asustaba. Bajo la superficie había monstruos que nunca veían la luz...

–¿Qué te ocurre, Bella? Hoy pareces triste.

–Tengo que decirte algo.

–¿Qué?

Isabella tragó saliva.

–La razón por la que planeé un viaje a Londres este verano fue porque pensé que tú estarías allí.

Él la miró, confuso, pero cuando iba a decir algo, Bella lo silenció con un gesto.

–Por favor, deja que termine. Tengo que decirte muchas cosas y no podré terminar si me haces preguntas.

Theron vaciló durante un segundo, pero luego asintió con la cabeza.

–Cuando descubrí que te habías mudado a Nueva York y pensabas vivir allí de forma permanente,

143

cambié de planes y decidí alquilar un apartamento. Sabía que pensabas pedirle a Alannis que se casara contigo, que habías planeado tu vida con otra mujer... –Bella se pasó las manos por los brazos, helada de repente–, pero estaba decidida a seducirte. Te perseguí a todas horas, incluso planeé hacer una entrada espectacular en la fiesta en la que ibas a pedir la mano de Alannis... pero llegué demasiado tarde.

»Ésa es la razón por la que Marcus estaba en mi suite esa noche. Él me había seguido hasta el hotel cuando salí corriendo para intentar evitar que pidieses la mano de Alannis. Pensé que te había perdido, pero entonces hicimos el amor... y al día siguiente me dijiste que teníamos que casarnos. Yo sabía que no me querías, pero estaba decidida a tener una oportunidad contigo, así que dije que sí porque, fuera como fuera, tendría lo que más quería: a ti –Bella buscó su mirada, angustiada–. Theron, te he querido desde que era una cría. Pensé que era una obsesión juvenil, que se me pasaría con el tiempo, pero cada vez que te veía esa obsesión aumentaba... hasta que decidí que tenía que intentarlo por lo menos. Pero me había equivocado y lo siento muchísimo. Sé que he destrozado tu relación con Alannis.

Él seguía mirándola en silencio, con las manos en los bolsillos del pantalón.

–No me quieres –dijo Bella entonces, con sorprendente calma.

Y cuando Theron levantó la mirada, las pocas esperanzas que pudiera tener murieron de inmediato. Había muchas emociones en sus ojos: confusión, ira, sorpresa. Pero no amor.

Rápidamente, antes de que él pudiera reaccionar, Bella dio un paso adelante y lo besó en la mejilla.

—Espero que puedas perdonarme algún día —murmuró, quitándose el anillo para ponerlo en su mano. Luego, sin decir una palabra más, se dio la vuelta y corrió hacia la casa.

—¡Bella! ¡Bella, vuelve!

Chrysander, que salía de la casa en ese momento, intentó sujetarla.

—¿Dónde vas, Isabella?

Tragándose un sollozo, ella siguió corriendo hacia el helipuerto.

Capítulo Diecisiete

Theron miró el anillo que Bella había puesto en su mano, atónito. Sencillamente, no podía entender lo que había pasado. Ni lo que Bella le había dicho. ¿De verdad lo quería desde siempre? No le parecía posible…

—¿Qué ha pasado? —oyó la voz de su hermano.

—No lo sé muy bien. Me ha devuelto el anillo de compromiso —murmuró él, atónito.

—¿Te ha dicho por qué? Es evidente para cualquiera que esa chica está loca por ti.

—Me ha contado una historia increíble… que está enamorada de mí desde que era una cría y que decidió quedarse en Nueva York por mí… que fue ella quien me sedujo.

—¿Estás enfadado con Bella?

—¿Enfadado?

—Tú querías casarte con Alannis, ¿no? Isabella lo impidió.

—No fue ella quien lo impidió, Chrysander, fui yo —suspiró Theron, que aún no salía de su asombro—. No quise pedirle que se casara conmigo porque no podía dejar de pensar en Bella. Esa chica… lo ilumina todo en cuanto entra en una habitación. Me vuelve loco, absolutamente loco. Podría tener al hombre que quisiera, pero me quiere a mí... –entonces miró a su hermano, perplejo–. Estoy enamorado de ella. Todo este tiempo pensando que quería formar una familia y sentar la cabeza con una mujer adecuada... y tenía a la mujer perfecta delante de mis ojos.

–¿Y a qué esperas entonces? –le preguntó Chrysander–. Es con Bella con quien deberías hablar...

En ese momento oyeron las hélices de un helicóptero y se miraron, sorprendidos.

–¿Tú has llamado al helicóptero?

–No.

Theron no esperó un segundo más. Salió corriendo y, al ver que no era un aparato de la empresa Anetakis, empezó a asustarse de verdad. Y cuando vio a Isabella subiendo la escalerilla, se le heló la sangre en las venas.

–¡Bella!

Ella ni siquiera se volvió. Seguramente no lo había oído con el ruido de las hélices. Corría con todas sus fuerzas, pero no llegó a tiempo. Y tuvo que ver cómo despegaba el helicóptero sin poder hacer nada para evitarlo.

Chrysander llegó a su lado y lo tomó del brazo.

–Theron...

–Tengo que averiguar dónde ha ido –murmuró él, con un nudo en la garganta.

–¿Se puede saber qué pasa? –oyeron entonces la voz de Piers.

–Es Isabella. Se ha marchado –contestó Theron–. Y tengo que ir a buscarla.

–Espera un momento... creo que deberías saber

algo –dijo entonces su hermano–. Esta mañana, Isabella te oyó hablando con Chrysander y Marley en la terraza. Me suplicó que no dijera nada, pero me temo que ésa es la razón por la que se ha marchado.

Theron cerró los ojos al recordar que había estado contándole a su hermano y su cuñada lo que había soñado tener con Alannis... cuando lo que quería de verdad estaba delante de su cara.

–Soy un imbécil.

–Eso desde luego –asintió Piers–. La cuestión es qué vas a hacer para recuperarla.

Isabella no había tomado en consideración las repercusiones de un aterrizaje sorpresa en los jardines de lo que parecía una lujosísima mansión. En cuanto el aparato tocó el suelo, fueron rodeados por un montón de guardias de seguridad, todos armados.

De modo que quizá no había sido una buena idea.

Uno de ellos empezó a hacerle preguntas en griego y Bella tragó saliva, nerviosa.

–No hablo su idioma...

–¿Quién es usted? –le preguntó el hombre entonces, con un marcado acento–. ¿Qué quiere?

–He venido a hablar con Alannis Gianopoulos. Es muy importante.

–¿Cómo se llama?

–Isabella Caplan.

El escolta tomó un walkie–talkie y habló con alguien en griego... afortunadamente, un segundo después bajó la pistola y dio un paso atrás.

–Venga conmigo, señorita Caplan.

La llevó hasta la entrada de una palaciega mansión, donde la esperaba Sophia, con cara de total perplejidad.

–¡Isabella! –exclamó–. ¿Qué haces aquí? ¿Y dónde está Theron?

–Tengo que hablar urgentemente con Alannis. Es muy importante, Sophia.

–¿Qué ocurre?

–No puedo contártelo ahora… pero tengo que hablar con tu hija.

La mujer no dejaba de mirarla, sorprendida.

–Espera un momento. Voy a buscarla.

Bella se quedó esperando en la entrada, admirando la vista del mar desde el acantilado. Alannis incluso vivía en el sitio perfecto, cerca de Chrysander y Marley. Así podrían ser una familia feliz.

–¿Isabella?

–Alannis… he venido a pedirte perdón.

–No te entiendo.

Isabella respiró profundamente.

–Yo decidí conquistar a Theron… y robártelo. Sabía que iba a pedir tu mano, pero he estado enamorada de él desde siempre y lo quería para mí. No se me ocurrió pensar en lo que sufrirías tú o que estaba haciéndoles daño a dos personas por pensar sólo en mí misma.

–Pero… –empezó a decir Alannis.

–Theron quiere casarse contigo –siguió Bella–. Es a ti a quien quiere, no a mí. Ve con él, Alannis. El helicóptero está esperando para llevarte a la isla. Le he devuelto el anillo… y siento mucho haberte hecho daño, de verdad –le dijo, con los ojos llenos de lágrimas–. Pero espero que seáis felices.

–Isabella… tú no lo entiendes.

Pero Bella ya se había dado la vuelta para dirigirse al hombre de seguridad.

–Por favor, lléveme a la puerta. Allí tiene que haber un taxi esperándome.

Lo había contratado por teléfono, como el helicóptero, y, afortunadamente, el taxi estaba esperando en la calle, detrás de una verja de hierro.

–Al aeropuerto –le dijo–. Deprisa, por favor.

Cuando se alejaba, vio a Alannis haciéndole gestos para que volviese, pero no le hizo caso. Se sentía como si le hubieran arrancado el corazón.

–¿Cuánto tiempo puede tardar en llegar ese maldito piloto? –exclamó Theron, furioso.

–Tranquilo –dijo Chrysander–. El helicóptero llevó a Isabella a la casa de los Gianopoulos.

–¿Por qué iría Bella a ver a Alannis? ¿Y cómo sabe dónde vive?

–Me imagino que está intentando arreglar las cosas –suspiró su hermano–. Primero contigo y luego con ella.

Theron sacó el móvil del bolsillo, angustiado.

–Sophia, gracias a Dios. ¿Ha estado Isabella en tu…? ¿Se ha ido en un taxi? ¿Pero adónde ha ido?

Era imposible encontrar un billete en un vuelo de línea regular, de modo que Bella sacó su tarjeta de crédito, esperando que fuese tan de platino como decía ser, y alquiló un jet privado para que la llevase a Londres.

Al menos estaba ya a bordo, esperando que despegase, exhausta. Cerrando los ojos, apoyó la cabeza en el respaldo del asiento…

Oyó pasos y pensó que sería la azafata o alguien del equipo, pero al sentir el calor de unos labios en su frente abrió los ojos de inmediato.

Theron tomó su cara entre las manos mientras ella lo miraba, perpleja.

—¿Qué haces aquí?

Como respuesta, él inclinó la cabeza para besarla en los labios. Y siguió besándola hasta dejarla sin aliento. Luego se volvió para decir algo en griego y, para asombro de Bella, el avión empezó a moverse.

—Pero este avión va a Londres y… ¿qué pasa con Alannis?

Theron tiró de ella y la sentó sobre sus rodillas.

—Ahora que te tengo en mis manos y no puedes escaparte otra vez, vas a tener que escuchar todo lo que tengo que decirte.

Bella lo miró, boquiabierta. No entendía nada.

—Tonta, impetuosa, preciosa y frustrante mujer —murmuró—. Si crees que vas a poder librarte de mí, estás muy equivocada.

De repente, el corazón de Bella empezó a latir como loco, lleno de esperanza. Pero lo miraba sin saber qué decir. Tantas cosas pasaban por su cabeza…

—Te quiero, mi preciosa Isabella. Te adoro. No

puedo imaginarme mi vida sin ti. ¿Quieres casarte conmigo y hacerme el hombre más feliz de la tierra?

Theron sacó el anillo que ella le había devuelto y, después de ponerlo en su dedo, besó tiernamente su mano.

—Éste nunca ha sido el anillo de otra mujer, *pethi mou*. Lo elegí sólo para ti. Nunca le pedí a Alannis que se casara conmigo…

—¿No?

—No me habría acostado contigo si mi corazón fuese de otra mujer. Pensaba pedirle en matrimonio el día de la fiesta… incluso tenía el anillo, pero sólo podía verte a ti, sólo te deseaba a ti. Esa mañana, después de hacer el amor, fui a verla y le dije que iba a casarme contigo.

—Pero…

—Y tampoco Alannis está enamorada de mí, por cierto. La pobre está deseando que acabemos juntos, ella misma me lo ha dicho.

—¿No estás enamorado de ella? —repitió Bella, como en trance.

—Estoy enamorado de ti, sólo de ti.

—Pero le dijiste a Chrysander que querías formar una familia con Alannis…

—Quería formar una familia y quería todo lo que mi hermano tiene con Marley. Y todo eso estaba delante de mí sin que yo me diera cuenta —suspiró Theron—. Luchaba contra la atracción que sentía por ti porque entre Alannis y yo siempre había habido una especie de acuerdo… además, yo era tu tutor y debía protegerte, no inventar maneras de quitarte la ropa.

Bella levantó una mano temblorosa para acariciarlo y Theron apoyó en ella la cara.

—Cásate conmigo, *pethi mou.*

—¿Quieres casarte conmigo aunque yo no esté dispuesta a tener hijos enseguida?

—Tengo la impresión de que vas a mantenerme muy ocupado como para pensar en niños inmediatamente —sonrió él, buscando sus labios de nuevo—. Tenemos todo el tiempo del mundo, mi amor. Prométeme que estaremos juntos.

Bella estaba segura de que su sonrisa iluminaba el avión entero.

—Yo también te quiero —susurró—. Te quiero tanto…

—Podrías estar embarazada —dijo él entonces—. ¿Te importaría si…?

—No estoy embarazada. No puedo estarlo porque tomo la píldora.

Theron la miró, desconcertado. Pero entonces entendió…

—Serás bruja. No me lo habías dicho…

—No, es verdad. Debería haberlo hecho para que no estuvieras preocupado, pero no quería perderte.

—Bueno, si tú puedes perdonarme por ser tan idiota y por no haberte hecho precisamente la proposición más romántica del mundo, yo te perdonaré por haberme enganchado para siempre —se rió Theron.

—Sí —sonrió Bella, echándole los brazos al cuello.

—¿Sí qué, *pethi mou?*

–Sí, me casaré contigo, amor mío.

–Y ahora que todo está solucionado –dijo Theron entonces, levantándose y tirando de su mano–. ¿Por qué no vamos a descansar un rato?

Bella sonrió mientras la llevaba al dormitorio del jet, con el corazón lleno de felicidad. Y mientras se entregaban en cuerpo y alma el uno al otro, se prometieron amor eterno.

Epílogo

La novia, y el novio, aparecieron en su boda descalzos. Theron estaba en la playa de la isla Anetakis, esperando al lado del sacerdote mientras Chrysander llevaba a su futura esposa del brazo.

Bella llevaba la parte de arriba de un biquini blanco y un pareo de flores a la cintura. Las uñas de sus pies, que el propio Theron había pintado por la noche, eran de color rosa. La pulserita del tobillo brillaba bajo los rayos del sol y él sabía que su nombre estaba grabado en la pequeña banda de plata.

Luego miró el diamante que llevaba en el ombligo y que él mismo había comprado y se había deleitado poniéndole. Pero lo que lo dejó sin aliento fue su radiante sonrisa. Sólo para él.

Era tan preciosa que le dolía el pecho de mirarla.

Piers estaba a su izquierda, Sophia y Alannis sentadas al lado de Marley. Había un aire festivo en la playa y todos sonreían, alegres. Incluso podía detectar un brillo de lágrimas en los ojos de algunas mujeres.

Entonces alargó la mano para tomar la de Isabella. Daba igual que aún no hubieran hecho los votos matrimoniales o que el sacerdote se aclarase la garganta discretamente. Sencillamente, tenía que besarla.

Sus labios se encontraron y, cuando por fin se

apartó para dejar que el sacerdote oficiase la ceremonia, los ojos de Isabella estaban llenos de lágrimas.

Y a él se le quebró la voz mientras recitaba sus promesas.

Pero, por fin, fueron declarados marido y mujer.

Después del banquete, celebrado en los jardines de la casa, el helicóptero se llevó a los novios a una casita sobre un acantilado donde pasarían su luna de miel.

Theron la llevó en brazos a la cama, pero cuando iba a besarla, Bella le susurró que tenía un regalo de boda para él.

Intrigado, dio un paso atrás mientras ella se quitaba el pareo.

–Una vez me dijiste que debería hacerme otro tatuaje –le dijo, con un brillo travieso en los ojos.

–Bella, dime que no has ido a uno de esos horribles salones…

–No fui sola, Marley fue conmigo.

–¿Y Chrysander lo sabe? –exclamó Theron, incrédulo.

–Me imagino que le diría algo… cuando entró detrás de nosotras.

Isabella puso dos dedos en la braguita del biquini y lenta, sensualmente, empezó a bajarla. Y allí, justo encima del triángulo de rizos del pubis, en el centro, había un angelito sujetando un tridente.

Theron no pudo contener una carcajada antes de inclinar la cabeza para besar el tatuaje.

–Mi propio angelito travieso –murmuró, sin dejar de besarla.

DESEO

MAYA
BANKS

AVENTURA SECRETA

HARLEQUIN™

Prólogo

Jewel Henley estaba tumbada en la cama del hospital con una mano aferrada al móvil y la otra enjugándose unas ardientes lágrimas. Tenía que llamarle. No había otra elección.

¿Cómo reaccionaría Piers? ¿Le importaría siquiera?

Sólo había una manera de averiguarlo. Pulsó la tecla de llamada pero, casi de inmediato, colgó.

–¿Qué tal está hoy, señorita Henley? –sus pensamientos fueron interrumpidos por la enfermera.

–Bien –susurró débilmente Jewel.

–¿Ya lo ha organizado todo?

Jewel tragó saliva, pero no contestó.

–Sabe muy bien que el doctor no la dejará marchar hasta que tenga a alguien que le cuide mientras guarda reposo en cama –la enfermera la miró con reprobación.

–Estaba a punto de hacer una llamada –un suspiro se escapó de labios de la joven.

–Bien –asintió la enfermera–. En cuanto termine, la dejaré sola.

Tras respirar hondo, Jewel miró la pantalla del móvil y volvió a pulsar la tecla de llamada.

–Anetakis.

Ella sintió que se le escapaban las fuerzas.

–¿Quién es? –insistió la voz.

3

Jewel colgó. No podía. Tenía que encontrar otro modo que no incluyera a Piers Anetakis.

Antes de poder reflexionar sobre ello, el teléfono que aún tenía en la mano empezó a vibrar. Descolgó automáticamente, sin darse cuenta de que era él que le devolvía la llamada.

–Sé que estás ahí –rugió él–. ¿Quién demonios eres y por qué tienes mi número?

–Lo siento –susurró ella–. No debería haberte molestado.

–Un momento –dijo él antes de una larga pausa–. Jewel, ¿eres tú?

Habían pasado cinco meses. Jamás pensó que la reconocería. ¿Cómo era posible?

–Pues… sí –balbuceó ella al fin.

–Gracias a Dios –murmuró él–. Te he estado buscando por todas partes. Sólo una maldita mujer desaparecería así de la faz de la tierra.

–¿Qué?

–¿Dónde estás?

Ambas preguntas se produjeron simultáneamente.

–Yo primero –ordenó él–. ¿Dónde estás? ¿Estás bien?

–Estoy en el hospital –dijo ella tras recuperarse de la impresión.

–*Theos* –dijo él junto a unas palabras en griego que ella no comprendió.

–¿Dónde? ¿En qué hospital? Dímelo.

Completamente aturdida ante el giro que tomaba la conversación, le dio el nombre del hospital.

–Llegaré en cuanto pueda –dijo él sin darle tiempo de contestar antes de colgar.

4

Con manos temblorosas, Jewel dejó el teléfono a un lado antes de abrazar la barriga con las manos. De repente se dio cuenta de que no le había dado la noticia más importante. El motivo de la llamada. No le había dicho que estaba embarazada.

Capítulo Uno

Cinco meses antes...

Jewel se paró frente al bar y contempló el suelo cubierto de arena bajo las llameantes antorchas que bordeaban el camino que conducía a la playa.

Había llegado a aquella paradisíaca isla por casualidad. Un asiento libre en un avión, un billete barato y cinco minutos para decidir. Y allí estaba.

Lo primero que había hecho había sido buscar un trabajo y la suerte había querido que el propietario del lujoso hotel Anetakis fuera a residir temporalmente allí y necesitara una ayudante. Cuatro semanas. El tiempo perfecto para vivir en el paraíso antes de seguir su camino.

–¿Vas a entrar o has decidido pasar esta preciosa noche aquí fuera?

La masculina voz con un ligero acento le acarició los oídos. Se volvió y tuvo que mirar hacia arriba para encontrar la fuente de las roncas palabras.

Sus miradas se fundieron y el estómago se le agarró y, por un momento, no pudo respirar.

Ese hombre no sólo era guapo. Había muchos hombres guapos en el mundo, y ella había conocido a unos cuantos. Ése, en concreto, era... potente. Un depredador disfrazado de cordero. Reflejaban un claro interés.

Le devolvió la mirada, incapaz de despegarse de la fuerza de los masculinos ojos. Negros como la noche.

Su pelo era oscuro y su piel brillaba tostada bajo la suave luz de las antorchas.

Tenía la mandíbula cuadrada y un aire de fortaleza que reflejaba arrogancia, algo que siempre le había atraído en los hombres. Durante largo rato él se la quedó mirando antes de sonreír.

—Una mujer de pocas palabras por lo que veo.

—Estaba decidiendo si salir o no —ella se sacudió mentalmente.

—Si te quedas dentro, no podré invitarte a una copa —él enarcó una ceja, en un gesto de desafío.

Jewel ladeó la cabeza y sonrió tímidamente. La atracción sexual no era una sensación nueva para ella, pero no recordaba haberse sentido tan atraída, tan pronto, por ningún hombre.

¿Debería acceder a la silenciosa invitación que reflejaba la mirada de aquel hombre? Cierto que sólo le había invitado a una copa, pero era evidente que deseaba algo más.

¿Qué daño podría hacerle una sola noche? Normalmente, elegía a sus parejas con sumo cuidado. Y hacía más de dos años que no había tenido ningún amante. Sencillamente nadie le había interesado lo suficiente hasta la aparición de ese extraño de ojos oscuros, sensual sonrisa y burlona arrogancia. Decididamente lo deseaba.

—¿Estás aquí de vacaciones? —preguntó ella.

—Algo así —él sonrió casi imperceptiblemente.

La joven sintió un gran alivio. No. Una noche no le haría ningún daño. Él volvería a su vida y ella, con el tiempo, se marcharía a otro lugar y sus caminos jamás volverían a cruzarse.

—Una copa estaría bien —accedió ella al fin.

Los ojos de él emitieron un destello, casi depredador,

antes de sujetarla por el codo y acariciarle sutilmente el brazo con los dedos de la mano mientras la conducía desde la entrada del hotel hasta la oscuridad de la noche. A su alrededor, las llamas de las antorchas bailaban al ritmo del jazz. La brisa marina se enredó entre los cabellos de la joven que aspiró profundamente el aire.

—Antes de tomar esa copa, bailemos —le susurró él al oído y, sin esperar respuesta, la tomó en sus brazos y la acercó contra su cuerpo.

Encajaban a la perfección, hasta el punto de que ella no supo dónde acababa su cuerpo y dónde empezaba el de él.

La mejilla del hombre se apoyaba en la cabeza de ella y sus brazos la rodeaban protectores, fuertes. Ella le correspondió rodeándole el cuello con sus delicados brazos.

—Eres hermosa —susurró él en un tono dulce como la miel.

—Tú también —respondió ella.

—¿Hermoso? ¿Yo? —él rió en voz baja—. No sé si debo sentirme halagado u ofendido.

—De lo que estoy segura es de que no soy la primera mujer que te llama «hermoso».

—¿Lo sabes? —él le acarició la espalda y ella contuvo la respiración—. Tú también lo sientes.

Jewel ni siquiera fingió no saber a qué se refería. La química entre ellos era explosiva.

—¿Vamos a hacer algo para solucionarlo?

—Me gustaría pensar que sí —ella echó la cabeza hacia atrás y lo miró a los ojos.

—Directa. Me gusta eso en una mujer.

—Me gusta eso en un hombre.

La intensidad de la mirada de él se suavizó, pero fue sustituida por otra cosa. Deseo.

8

–Podríamos tomar esa copa en mi habitación.

Ella contuvo el aliento. La invitación hizo que se sintiera paralizada. Los pechos se endurecieron bajo el vestido y la excitación empezó a latir en sus venas.

–Yo no… –por primera vez aparentó cierta inseguridad.

–Tú no, ¿qué? –le apremió él.

–No estoy protegida –dijo ella en un tono casi imperceptible mientras bajaba la mirada.

–Yo te protegeré –él le sujetó la barbilla con una mano y la obligó a mirarlo a los ojos.

La promesa susurrada la envolvió con más fuerza que los masculinos brazos y durante un instante se deleitó en la fantasía de lo que podría ser dejarse cuidar por un hombre así el resto de su vida. Pero enseguida se sacudió la idea de la cabeza. Era algo absurdo.

–¿Cuál es el número de tu habitación? –ella se puso de puntillas y le susurró al oído.

–Te llevaré a ella.

–Nos encontraremos allí –ella negó con la cabeza.

Él entornó los ojos un instante, como si no estuviera seguro de poder creer en ella. Luego, deslizó una mano sobre la nuca de la joven, la atrajo hacia sí con firmeza y la besó en los labios.

Ella se fundió en sus brazos y empezó a deslizarse hacia el suelo, pero él la sujetó con fuerza antes de acariciarle los labios con la lengua, exigente, instándole a que los abriera.

Con un imperceptible estremecimiento, ella se rindió y abrió la boca para permitirle la entrada.

Los besos fueron húmedos y ardientes. Él le privó del aire antes de devolvérselo. Negándose a ser el elemento pasivo, Jewel entrelazó su lengua con la de él.

Al fin se separó de ella con la respiración entrecortada y un peligroso destello en los ojos.

–Última planta. Suite once. Date prisa –susurró mientras le entregaba una llave magnética.

Y sin más se dirigió al hotel con grandes zancadas.

Ella se le quedó mirando aturdida y con el cuerpo vibrando de excitación.

–Debo de estar loca. Me va a comer viva.

Con pasos temblorosos, se encaminó hacia el hotel. No era la timidez la que le había impulsado a aplazar el encuentro con su hombre misterioso. Su hombre misterioso… ni siquiera sabía su nombre, pero había accedido a acostarse con él.

Una noche de fantasía. Sin nombres. Sin expectativas. Sin compromiso ni implicación emocional. Nadie saldría herido. En realidad, era perfecto.

Con más calma de la que sentía, subió a su habitación y se contempló en el espejo del cuarto de baño. Sus cabellos estaban ligeramente desordenados y sus labios hinchados. Pasión.

No reconocía a la tórrida seductora que miraba desde el espejo, pero decidió que le gustaba. Parecía hermosa y segura de sí misma, y la excitación ante lo que le esperaba en la suite número once hacía que sus ojos brillaran.

Se obligó a respirar hondo varias veces y esperó a que el rostro del espejo hubiera perdido su expresión salvaje. Por último se apartó los largos y rubios cabellos de la cara.

Satisfecha por haber recuperado el control, salió del cuarto de baño y se sentó en la cama. Esperaría quince o veinte minutos antes de subir. No quería parecer ansiosa.

Capítulo Dos

Piers andaba de un lado a otro de la habitación, poco acostumbrado a la inquietud que lo consumía desde que se había separado de la explosiva rubia. Por tercera vez, consultó el reloj.

¿Aparecería?

La deseaba. La había deseado desde el instante en que la había visto a la puerta del hotel. Se había sentido hechizado por su imagen. Era alta y delgada, con unas bien torneadas piernas, una cintura de avispa y unos pechos altos y turgentes. Sus cabellos caían como la seda sobre los hombros y la espalda. Ardía en deseo de hundirse en esos cabellos y devorar sus carnosos labios. Nunca había reaccionado con tanta fuerza hacia una mujer.

Los suaves golpes de unos nudillos contra la puerta le pusieron en alerta. Al abrir, la encontró allí, deliciosamente tímida, mirándole con sus ojos, extraña mezcla entre esmeraldas y zafiros.

–Ya sé que me diste una llave –susurró ella–, pero no me pareció correcto entrar aquí sin más.

–Me alegra que hayas venido –dijo él cuando al fin recuperó la voz.

En cuanto estuvo dentro de la suite, la rodeó con sus brazos y sintió cómo la mujer se estremecía suavemente contra él.

Incapaz de resistirse, agachó la cabeza hasta que

11

sus bocas se juntaron. Quería saborearla una vez más. Sólo una vez. Pero cuando sus labios se fundieron, olvidó su intención.

Ella reaccionó con ardor y le rodeó con sus brazos. Las femeninas manos quemaban contra la masculina piel a través de la camisa. La deseaba desnuda. Deseaba estar desnudo contra ella.

La idea de seducirla poco a poco se esfumó mientras se impregnaba de la femenina dulzura. No estaba muy seguro de quién seducía a quién, pero en aquellos momentos tampoco importaba.

Los labios del hombre dibujaron un rastro por el cuello de ella mientras los dedos tiraban impacientes del cierre del vestido. Una piel suave y cremosa se hizo visible y la boca se dirigió impulsivamente hacia la piel desnuda.

Ella gruñó suavemente y tembló mientras la lengua de él se deslizaba por la curvatura de su hombro. El vestido cayó al suelo y ella quedó vestida sólo con una diminuta pieza de lencería.

Él se quedó sin aliento al contemplar la redondez de los senos. Los turgentes pezones parecían llamarlo a gritos. Jugueteó con ellos antes de tomar un pecho en la mano y agachar la cabeza para besar la areola color melocotón.

El sabor de Jewel le explotó en la boca. Dulce. Delicado como una flor. Femenino. Perfecto. *Theos*, esa mujer lo volvía loco. Le hacía reaccionar como si hiciera el amor por primera vez.

Finesse. Debía ir con calma. Primero la volvería loca, y sólo entonces la haría suya.

Jewel sintió que sus rodillas desfallecían y se agarró a los atléticos hombros. Aunque no tendría que haberse preocupado por ello, ya que él la tomó en sus brazos y la llevó al dormitorio.

La tumbó sobre la cama y empezó a quitarse la ropa. Los negros ojos le quemaban la piel.

Lo primero que se quitó fue la camisa, revelando unos atléticos hombros, un robusto pecho y una cintura cuya musculatura sugería que no se trataba de un ocioso hombre de negocios. El vello salpicaba el torso y se extendía hasta los pezones, y luego se espesaba a medida que descendía hacia el ombligo hasta extenderse justo por encima de la cinturilla del pantalón.

Ella contempló con deseo cómo se desabrochaba el pantalón, que él deslizó hasta el suelo junto con los calzoncillos. La erección quedó, al fin, liberada en medio de un oscuro nido velludo. Los ojos de Jewel se abrieron maravillados ante la imposible curvatura ascendente.

–¿Acaso alguien podría dudar de mi deseo por ti, *yineka mou?* –él se deslizó sobre la cama y sujetó las femeninas caderas con sus rodillas.

–No –ella sonrió.

–Te deseo mucho –dijo él con voz ronca antes de agachar la cabeza y besarla en los labios.

El cuerpo de la joven se arqueó para recibirlo. Había pasado mucho tiempo desde la última vez que había buscado deliberadamente la compañía de un hombre.

Él le sujetó los brazos por encima de la cabeza hasta que estuvo inmóvil y desvalida. No se limitó a besarla, la devoró.

Los jadeos de ella resonaron en la habitación cuando él lamió y succionó un pecho y otro. La lengua inició un camino descendente hacia el ombligo, seguida por las manos que recorrieron cada curva hasta posarse en las caderas. Luego deslizó los pulgares bajo la braguita y presionó con la boca contra el suave montículo, aún cubierto por la prenda de lencería.

Ella no pudo contener un pequeño grito al sentir la sensación eléctrica de la masculina boca sobre el lugar más íntimo, a pesar de que aún no había tocado su piel.

Las manos de él siguieron descendiendo por las piernas, arrastrando la ropa interior con ellas. Al llegar a las rodillas, la desgarró con impaciencia en dos mitades antes de volver con dedos ansiosos a los muslos.

Con suma delicadeza, le separó las piernas y ella empezó a estremecerse violentamente.

–No tengas miedo –murmuró él–. Confía en mí. Quiero darte el más dulce de los placeres.

–Sí. Por favor, sí –suplicó ella.

–Dame tu placer, *yineka mou.* Sólo a mí –con un dedo, despejó delicadamente el camino antes de acercar su boca a la maraña de rizos que protegía su zona más sensible.

Ella se arqueó hacia atrás mientras gritaba salvajemente al sentir la lengua de él que se hundía en su interior. Era demasiado. Hacía rato que lo era.

–Qué consentimiento. Qué salvaje. No puedo esperar más para tomarte.

Ella empezó a protestar al ver que él se echaba a un lado, antes de darse cuenta de que se estaba colocando un preservativo.

–Tómame. Hazme tuya –suplicó.

14

Él cerró los ojos antes de lanzarse al vacío con una fuerte embestida.

Jewel quedó sin aliento, inmóvil y disfrutando de la sensación de sentirlo dentro.

–¿Te he hecho daño? –él abrió los ojos con evidentes signos de esfuerzo para controlarse.

Ella le acarició una mejilla. Los negros ojos emitían fuego y fue consciente de lo cerca que estaba de perder el control. Durante unos instantes, Jewel se deleitó en su poder.

–No –contestó con dulzura–. No me has hecho daño. Te deseo. Tómame ahora. No te contengas.

Él hizo un último intento por controlarse, pero ella no lo permitió. Rodeando la masculina cintura con sus piernas, arqueó la espalda, acercándolo más a ella. Lo deseaba. Lo necesitaba.

Él se rindió con un gruñido y la atrajo hacia sí. La fuerza, cada vez más rápida y dura la desbordó. Sentía una deliciosa mezcla de dolor erótico y éxtasis sensual. Cielos. Jamás había experimentado nada igual. Era como montar a lomos de un huracán.

–Vámonos –le dijo él al oído–. Tú primero.

Ella obedeció sin protestar y se rindió completamente a su voluntad. El orgasmo estalló, terrorífico y maravilloso al mismo tiempo mientras sus gritos se entremezclaban con los de él.

El hombre se movía cada vez más rápido, y con más fuerza, embistiéndola con salvaje intensidad. Los labios de él se fundieron con los suyos en un casi desesperado intento de amortiguar los gritos que, a pesar de todo, escaparon, duros y masculinos.

De repente se quedó quieto dentro de ella mientras sus caderas temblaban incontroladamente. Le

15

acarició el dulce rostro y los cabellos antes de abrazarla con fuerza mientras le murmuraba al oído palabras que ella no entendía.

Después se hizo a un lado y se soltó del cálido abrazo para deshacerse del preservativo.

Ella esperó con anticipación. ¿Le iba a pedir que se marchara o que pasara la noche con él?

El hombre contestó su pregunta sin formular, tumbándose a su lado y abrazándola de nuevo. Minutos después, la relajada respiración le acarició los rubios cabellos. Se había dormido.

Con cuidado para no despertarlo, Jewel apoyó una mejilla en el velludo pecho mientras lo abrazaba por la cintura y aspiraba el masculino aroma de su piel.

Durante un fugaz instante se sintió segura. Aceptada. Incluso querida. Si lo pensaba, era estúpido, pero aquella noche no pensaría. Aquella noche sólo deseaba pertenecer a alguien.

Incluso mientras dormía, él sentía la inquietud de la mujer. La abrazó con más fuerza y ella sonrió mientras cedía al placer de rendirse al sueño.

Piers despertó sin saber qué hora era. Normalmente despertaba cada mañana antes del amanecer. Aquel día, sin embargo, el sueño le nublaba la mente y una inhabitual pereza agarrotaba sus músculos. Algo suave despertó sus sentidos. Ella aún seguía en sus brazos.

En lugar de apartarse de inmediato, se quedó inmóvil, aspirando su aroma. Debería levantarse y ducharse, dejar claro que la aventura había terminado, pero no quería echarla aún de su lado.

Ella se movió cuando le acarició la espalda y sus manos descendieron por las curvas de sus caderas. Deseaba poseerla de nuevo. Una vez más. A pesar de las señales de alarma, le giró el cuerpo y se deslizó sobre ella mientras alargaba la mano en busca de otro preservativo.

La penetró en el instante en que los azules ojos se abrían somnolientos. Se hundió en su interior más lentamente, con más cuidado que la noche anterior. Quería saborear ese último encuentro.

–Buenos días –murmuró ella con una voz seductora que le hizo estremecerse.

Jewel bostezó y se estiró como un gato mientras le rodeaba el cuello con sus brazos. Hermosa y suave, sus movimientos imitaron los de él en un dulce balanceo.

Si la noche anterior había sido una rugiente tormenta, aquella mañana era la suave lluvia.

Él le retiró los cabellos del rostro, incapaz de resistirse a la tentación de besarla una y otra vez. No conseguía saciarse. En su mente surgió la idea de que no quería que se marchara, pero la expulsó de su cabeza, decidido a no caer en una trampa emocional.

Había vivido demasiado tiempo sin ataduras para permitir que volviera a suceder.

Ella lo envolvió en su abrazo mientras él embestía y se retiraba. El ritmo era lento, destinado a prolongar el placer.

Cuando ya no hubo manera de retrasar el exquisito placer, los llevó a ambos a la cima, quedando jadeantes y temblorosos, abrazados el uno al otro.

Se quedaron inmóviles durante largo rato, él aún dentro de ella.

De repente, la realidad se impuso. Era de día. La velada había terminado.

Bruscamente, se echó a un lado, se levantó de la cama y buscó sus pantalones.

–Voy a ducharme –dijo secamente al ver que la mujer lo miraba.

Ella asintió mientras él entraba en el cuarto de baño con más pena que alivio. Diez minutos después volvió al dormitorio. Ella había desaparecido de la cama, de la habitación. De su vida.

Parecía, en efecto, que había entendido a la perfección las reglas del juego. Quizás demasiado bien. Por un instante se había permitido soñar con que quizás, sólo quizás, ella aún estuviera en la cama. Saciada del amor que él le había hecho. Saciada y suya.

Capítulo Tres

Jewel se paró ante la puerta de las oficinas del hotel Anetakis y se alisó los cabellos por tercera vez, aunque sólo consiguió deshacer un poco más el elegante moño que se había hecho.

Tenía un aspecto frío y profesional, su trabajo le había costado lograrlo. No quedaba rastro de la mujer que se había entregado con tanta pasión dos noches antes.

Había esperado encontrárselo de nuevo. Por casualidad. A lo mejor conseguiría otra noche de pasión, aunque ella se había jurado que sólo sería una.

Tanto mejor así. Seguramente se había vuelto ya a dondequiera que viviese. Ella misma seguiría su camino en unas semanas, provista del dinero suficiente para costear sus viajes.

Consultó el reloj. Pasaban dos minutos de las ocho. Estaba citada a las ocho. Al parecer, la puntualidad no era uno de los puntos fuertes del señor Anetakis.

–Señorita Henley –a su espalda, la puerta se abrió y una mujer de mediana edad asomó la cabeza–, el señor Anetakis la recibirá ahora.

Jewel sonrió y siguió a la mujer al interior del despacho. El señor Anetakis estaba de espaldas y hablaba por el móvil. Al oírles entrar, se dio la vuelta y la joven se paró en seco.

El señor Anetakis se limitó a enarcar una ceja en señal de reconocimiento antes de colgar.

–Ya puede retirarse, Margery. La señorita Henley y yo tenemos cosas de que hablar.

Jewel tragó con dificultad mientras Margery salía del despacho y el señor Anetakis la taladraba con la mirada.

–Debes saber que no tenía ni idea de quién eras –dijo ella con voz temblorosa.

–Desde luego –contestó él con calma–. Lo noté por la expresión de espanto que tenías cuando me di la vuelta. Aun así, hace que las cosas resulten un poco incómodas, ¿no crees?

–No veo por qué –dijo ella mientras se acercaba a él con una mano extendida–. Buenos días, señor Anetakis, soy Jewel Henley, su nueva ayudante. Confío en que trabajemos bien juntos.

Él sonrió con cinismo, pero antes de poder decir nada, el móvil sonó de nuevo.

–Discúlpeme, señorita Henley –dijo con voz relajada antes de contestar al teléfono.

Aunque ella no entendía el idioma en el que hablaba, resultaba evidente que la llamada no le había agradado. Frunció el ceño y empezó a gritar antes de murmurar algo ininteligible y colgar.

–Le pido disculpas. Debo atender de inmediato a un asunto. Reúnase con Margery en su despacho y ella se encargará de… instalarla.

Jewel asintió mientras él salía del despacho. Con las rodillas temblorosas, acudió en busca de Margery mientras rezaba para conservar la compostura durante las siguientes cuatro semanas.

***

Piers bajó del helicóptero y se dirigió al coche que había ido a recogerle. Camino del aeropuerto donde aguardaba el jet privado, hizo una llamada.

–¿En qué puedo servirle, señor Anetakis? –contestó el jefe de recursos humanos del hotel.

–Jewel Henley –rugió él.

–¿Su nueva ayudante?

–Deshazte de ella.

–¿Disculpe? ¿Hay algún problema?

–Limítate a deshacerte de ella. No quiero que siga ahí –respiró hondo–. Trasládala, asciéndela o págale el sueldo entero del contrato, pero deshazte de ella. No puede trabajar para mí. Tengo una política muy estricta sobre relaciones personales entre empleados.

Tras unos minutos sin oír nada al otro lado del teléfono, soltó un juramento y colgó. La llamada se había cortado. De todos modos, no quería una respuesta. Sólo quería que se solucionara.

La ayudante de su hermano había vendido información muy valiosa sobre la empresa a sus competidores. Después de aquel desastre, todos habían adoptado políticas muy estrictas sobre las personas que trabajaban con ellos. No podían permitirse otra Roslyn.

Aun así, sentía una opresión en el pecho mientras bajaba del coche y subía al jet. No podía negar que aquello había sido algo más que una aventura casual de una noche. Razón de más para cortarlo cuanto antes. No volvería a ceder ni un ápice de poder a otra mujer.

Jewel permanecía sentada ante el escritorio de Margery rellenando formularios. Había pasado la mañana en un estado de permanente nerviosismo mientras esperaba el regreso de Piers.

A la hora de la comida, bajó a la cafetería y comió un bocadillo mientras contemplaba las zambullidas de las gaviotas ante los turistas que les llevaban pan. Si Margery le permitía usar el ordenador por la tarde, mandaría un mensaje a Kirk.

Era su único amigo, aunque apenas se veían. Le divertía el hecho de que fueran dos almas errantes. Ninguno de los dos poseía un hogar, y a lo mejor por eso se entendían tan bien.

Un mensaje ocasional, una llamada de vez en cuando, y alguna reunión cuando sus caminos coincidían. Era lo más parecido a un hermano o un familiar de lo que jamás había soñado tener.

Terminó el bocadillo, arrojó el envoltorio a la papelera y se dirigió al ascensor de los empleados. ¿Habría vuelto Piers? Sintió un cosquilleo en el estómago, pero reprimió su nerviosismo. De nada serviría que él supiera hasta qué punto le había afectado su relación.

—El señor Patterson quiere verla de inmediato —fue el recibimiento de Margery.

Jewel frunció el ceño. Con un suspiro de resignación, se dirigió a la oficina del director de recursos humanos.

—Señorita Henley, pase —el hombre levantó la vista al verla entrar—. Siéntese, por favor.

Ella se sentó enfrente de él y esperó ansiosa.

—Cuando fue contratada —él carraspeó y tiró del cuello de la camisa antes de mirarla a los ojos—, fue para un puesto temporal. Como ayudante del señor Anetakis mientras estuviera aquí.

—Correcto —ya habían pasado por todo aquello.

–Siento mucho comunicarle que ya no necesita una ayudante. Ha cambiado de planes.

–¿Disculpe? –ella lo miró estupefacta durante unos segundos.

–Su contrato ha terminado con carácter inmediato.

–¡Bastardo! –exclamó ella–. ¡Es un completo y absoluto bastardo!

–El servicio de seguridad la acompañará a su habitación para que recoja sus pertenencias –continuó él como si tal cosa.

–Señor Patterson, puede decirle de mi parte, textualmente, al señor Anetakis, que es la peor de las escorias. Es una basura sin agallas y espero que se ahogue en su propia cobardía.

Acto seguido, se levantó y salió del despacho. El portazo retumbó por todo el pasillo.

No había tenido el valor de despedirla él mismo. Menudo farsante.

Dos guardas de seguridad se unieron a ella junto al ascensor, como si fuera una delincuente.

Subieron en medio de un tenso silencio y los hombres la siguieron por el pasillo hasta la habitación, apostándose cada uno a un lado de la puerta.

La joven se dejó caer sobre la cama como un globo desinflado. Maldito fuera ese hombre. No tenía dinero para seguir viajando. Había gastado hasta el último céntimo de sus ahorros en llegar hasta allí y ese trabajo debería haberle permitido recuperarse económicamente.

Pero en aquellos momentos sólo le quedaba una opción si quería tener un techo sobre la cabeza. Tendría que regresar a San Francisco y al apartamento de Kirk.

Tenían un acuerdo. Cada vez que ella necesitara un lugar en el que alojarse, podía ir allí.

Sólo podía ponerse en contacto con él por correo electrónico. Tan sólo esperaba que no coincidiera allí con ella, en una de las escasas ocasiones en que regresaba a su casa.

San Francisco pues, decidió al fin a regañadientes. A lo mejor encontraría un trabajo y podría ahorrar algo. Era una suerte disponer de alojamiento gratis, pero no le gustaba la idea de aprovecharse de la generosidad de Kirk.

–Maldito seas, Piers Anetakis –susurró. Ese hombre había conseguido convertir la noche más bella de su vida en algo sucio y odioso.

Se sacudió mentalmente. No servía de nada sentir lástima de sí misma. Sólo le quedaba recoger sus cosas, seguir adelante y, con suerte, aprender la lección.

Capítulo Cuatro

Cinco meses después...

Piers bajó la escalerilla del jet privado y se dirigió al coche que aguardaba. El conductor ya conocía el destino, de modo que no tuvo más que sentarse en el asiento de atrás mientras el coche se dirigía al hospital en el que estaba ingresada Jewel.

Debía de tener algo serio si había recurrido a él después de no dar señales de vida en cinco meses. La culpa era un fuerte estimulante, pero aun así había sido incapaz de localizarla.

Sin embargo lo importante era que la había encontrado. Se ocuparía de que tuviera los mejores cuidados para compensarle por la pérdida del empleo y, con suerte conseguiría sacársela de la cabeza.

Cuando llegaron al hospital, no perdió ni un segundo antes de correr hacia el ascensor.

Llamó con suavidad a la puerta, pero, al no recibir respuesta, entró en silencio.

Jewel estaba tumbada sobre la cama. La respiración, suave y rítmica, indicaba que dormía.

Sin embargo, tenía una expresión de preocupación en el rostro. Y las manos se aferraban a las sábanas a la altura del pecho. Aun así seguía tan hermosa como él la recordaba.

Arrojó la chaqueta sobre una silla junto a la cama

y se sentó. El movimiento alertó a la joven que abrió los ojos.

Lo primero que reflejó su rostro fue estupefacción, en un gesto parecido al pánico. De inmediato, las manos se deslizaron hasta el estómago, en un gesto protector que sólo le habría pasado desapercibido a Piers de haber sido ciego.

Había una inconfundible hinchazón, un tenso montículo que protegía a un bebé en su interior.

—¡Estás embarazada!

—No lo digas así —ella entornó los ojos—. No lo conseguí yo solita.

Durante unos segundos él estuvo demasiado aturdido para captar la insinuación y, cuando lo hizo, sintió una gélida sacudida en la columna. Los viejos recuerdos regresaron a su mente en una oleada de furia.

—¿Insinúas que eso es mío? —rugió. No volvería a caer en la misma trampa.

—Ella —corrigió Jewel—. Al menos habla de tu hija como si la consideraras un ser humano.

—¿Una hija?

En contra de su propia voluntad, la expresión de ira se relajó. Con impaciencia apartó las manos de la joven y dio un respingo cuando la tirante piel se movió al contacto con sus dedos.

—*Theos!* ¿Ha sido ella?

—Esta mañana está muy activa —Jewel asintió y sonrió.

Piers sacudió la cabeza en un intento de hacer desaparecer el hechizo. Una hija. De repente visualizó a una niña, idéntica a Jewel, pero con los ojos oscuros.

—¿Es mía? —la expresión volvió a endurecerse.

Jewel lo miró con calma a los ojos y asintió.

–Tomamos precauciones. Yo tomé precauciones.

–Es tuya –ella se encogió de hombros.

–¿Y esperas que me lo trague? ¿Así sin más?

–En dos años no me he acostado con ningún otro hombre –ella intentó incorporarse–. Es tuya.

–Entonces no te opondrás a la prueba de paternidad –él ya no era el confiado idiota de años atrás.

–No me opongo –ella cerró los ojos en un claro gesto de cansancio–. No tengo nada que ocultar.

–¿Y qué te pasa? ¿Por qué estás en el hospital? –preguntó él al fin. El descubrimiento del bebé, y la posibilidad de que fuera suyo, le habían hecho olvidar el motivo de su presencia allí.

–He estado enferma –dijo ella con voz cansada–. Tensión alta. Agotamiento. Mi médico dice que mi trabajo es en gran parte culpable y quiere que lo deje. Dice que no tengo elección.

–¿En qué demonios has estado trabajando? –preguntó él.

–De camarera. Fue lo único que encontré en tan poco tiempo. Necesitaba el dinero para poder marcharme de aquí. A algún lugar más cálido.

–¿Y por qué viniste aquí? Podrías haberte marchado a cualquier parte.

–Aquí dispongo de alojamiento. Alojamiento gratuito –ella lo miró con amargura–. Tras ser despedida no tuve elección. Necesitaba un sitio para dormir hasta poder ahorrar dinero.

–Escucha, Jewel, en cuanto al despido… –el remordimiento lo aguijoneó. No sólo la había despedido, sino que había empujado a una mujer embarazada a una situación desesperada.

–No quiero hablar de ello –la joven alzó una mano y lo miró con expresión airada–. Eres un cobarde y un bastardo. Jamás te habría vuelto a dirigir la palabra de no haber sido porque nuestra hija te necesitaba, de no ser porque yo necesitaba tu ayuda.

–De eso se trata. Jamás fue mi intención despedirte –dijo él con calma.

–Pues no me sirve de mucho consuelo teniendo en cuenta que sí fui despedida y escoltada hasta la puerta de la calle de tu hotel –ella lo miró furiosa.

Piers suspiró. No era el momento de intentar razonar. Cada vez estaba más alterada. Si había optado por pensar lo peor de él, estaba claro que en cinco minutos no iba a conseguir borrar cinco meses de ira.

–¿Y qué es lo que necesitas de mí? –preguntó–. Haré lo que pueda por ti.

Ella lo miró con la desconfianza reflejada en los ojos azules y él decidió que sin duda sería mucho mejor que la niña tuviera los ojos de su madre. El pelo oscuro y los ojos de color verde mar. ¿O eran azules? Parecían cambiar constantemente.

–Mi médico no me dará el alta hasta que le asegure que alguien cuidará de mí –ella cerró los ojos y dejó caer los hombros–. Deberé guardar reposo en cama hasta la operación.

–¿Operación? –Piers se echó hacia delante–. Creía que sufrías un problema de tensión alta –por el embarazo de su cuñada, sabía que el tratamiento para el estrés o la tensión alta era simplemente reposo–. No te pueden operar mientras estés embarazada. ¿Qué pasa con el bebé?

–Ése es el problema –dijo ella pacientemente–. Al realizarme una ecografía para comprobar el estado del bebé, encontraron un quiste en uno de mis ovarios. El quiste ha crecido y ahora empieza a presionar contra el útero. La única opción para que no dañe al bebé es operar.

—Esta operación… —Piers soltó un juramento—. ¿Es peligrosa? ¿Podría lastimar al bebé?

—El médico cree que no.

Él volvió a soltar un juramento. No quería verse nuevamente involucrado en una situación en la que podría perderlo todo. Ya no era tan idiota. Las cosas se harían a su modo.

—Vas a casarte conmigo —anunció secamente.

Capítulo Cinco

–¡Te has vuelto loco! –exclamó Jewel.

–No creo que hablar de matrimonio indique una mente trastornada –Piers entornó los ojos.

–Loco. Decididamente.

–No estoy loco –gruñó él.

–¡Hablas en serio! –ella lo miró con una mezcla de estupefacción y horror–. Por el amor de Dios. ¿De verdad crees que me casaría contigo?

–No hay motivo para mostrarte tan espantada.

–Espantada –murmuró ella–. Eso describe mejor mi reacción. Escucha, Piers. Necesito tu ayuda. Tu apoyo económico. Pero no necesito matrimonio. No contigo. Jamás contigo.

–Pues si quieres mi apoyo económico, puedes estar malditamente segura de que tendrás que casarte conmigo para conseguirlo –rugió él.

–Sal de aquí –espetó ella mientras con una mano temblorosa señalaba hacia la puerta.

–No debería haber dicho eso –Piers le tomó la mano y le acarició suavemente el interior de la muñeca–. Me has puesto furioso. Si es mi bebé, por supuesto que tendrás mi apoyo, Jewel. Sorprendida por el brusco cambio, ella sólo fue capaz de mirarlo fijamente sin saber qué decir.

–¿Entonces nos olvidamos de todo eso del matrimonio?

–No te he prometido eso –él apretó los labios–. Tengo la intención de casarme contigo en cuanto pueda, y desde luego antes de la operación.

–Pero…

–Vas a sufrir una peligrosa intervención –él la hizo callar alzando una mano en el aire–. No tienes familia, nadie que esté a tu lado, que tome decisiones si sucediera lo peor.

Un escalofrío recorrió la columna de la joven. ¿Qué sabía él de su familia? ¿La había hecho investigar? Una náusea le agarrotó el estómago. No soportaba la idea de que alguien supiera algo de su pasado. Por lo que a ella respectaba, el pasado no existía. Ella no existía.

–Tiene que haber otro modo –dijo ella con la voz quebrada.

–No he venido para pelear contigo –la expresión de él se suavizó–. Tenemos mucho que hacer. Hablaré con tu médico y te trasladaré a un lugar mejor. Quiero que un especialista se ocupe de ti. Nos podrá dar una segunda opinión. Y también me ocuparé de organizar nuestra boda.

–Alto ahí –exclamó ella, furiosa–. No tienes derecho a irrumpir aquí, hacerte cargo de mi vida y tomar decisiones por mí. Ya he hablado con los médicos. Soy plenamente consciente de lo que hay que hacer, y yo decidiré qué es lo mejor para mí y mi hija. Si te supone un problema, puedes volver a tu isla y dejarme en paz.

–No te alteres, Jewel –él alzó las manos–. Siento haberte ofendido. Estoy acostumbrado a hacerme cargo. Me pediste ayuda y te la he ofrecido, y ahora no pareces quererla.

–Quiero tu ayuda, pero sin condiciones.

–Pues me temo que no puedo mantenerme al margen.

–Ni siquiera estás convencido de que sea tu hija –espetó ella.

–Es verdad –él asintió–. Sería un idiota si aceptara tu palabra sin más. Apenas nos conocemos. ¿Cómo sé que no te lo has inventado todo? En cualquier caso, estoy dispuesto a ayudarte. Te lo debo. De momento, estoy dispuesto a asumir que llevas dentro de ti a mi hija. Y quiero que nos casemos antes de que te sometas a cualquier tratamiento médico.

–Pero eso es una locura –protestó ella.

–Haré redactar un acuerdo que proteja los intereses de ambos –continuó él–. Si resulta que me has mentido y el bebé no es mío, el matrimonio será anulado de inmediato. Os proporcionaré una manutención a ti y a tu hija, y cada uno seguiremos caminos separados.

A ella no se le escapó el modo en que dijo «tu hija», distanciándose a propósito de la ecuación. La opinión que parecía tener de ella no era precisamente una buena base para un matrimonio.

–¿Y qué pasa si es tuya? –preguntó con dulzura.

–Entonces permaneceremos casados.

–No –ella sacudió la cabeza–. No quiero casarme contigo. Y no es posible que tú sí lo desees.

–No pienso discutir, Jewel. Te casarás conmigo, y lo harás enseguida. Piensa en qué es mejor para tu hija. Cuanto más tiempo perdamos, más tiempo estaréis tú y el bebé en peligro.

–Me estás chantajeando –exclamó ella perpleja.

–Piensa lo que quieras –él se encogió de hombros.

–Es tu hija –dijo ella furiosa–. Hazte las malditas pruebas, pero es tuya.

–No te habría ofrecido el matrimonio si no pensara en esa posibilidad –Piers asintió.

–¿Y no quieres esperar a los resultados antes de que nos atemos el uno al otro?

–Lo dices de un modo muy raro –Piers parecía hasta divertirse–. Nuestro acuerdo está abierto a cualquier posibilidad. Si me has mentido, estaré dispuesto a mostrarme generoso. Y si, tal y como afirmas, ella es hija mía, lo mejor será que estemos casados y le demos un hogar estable.

–¿Un hogar con dos padres que apenas se soportan?

–Yo no diría eso –él enarcó una ceja–. Aquella noche en mi hotel parecíamos llevarnos muy bien.

–La lujuria no es un buen sustituto para el amor, la confianza y el compromiso –ella se sonrojó.

–¿Y cómo sabes que todo eso no va a surgir con el tiempo?

Ella lo miró estupefacta.

–Dale una oportunidad, Jewel. Quién sabe qué nos deparará el futuro. De momento, hay que ocuparse de la operación, y por supuesto del resultado de la prueba de paternidad.

–Claro. Qué idiota por mi parte pensar en el matrimonio cuando estamos hablando de casarnos.

–No hace falta ser tan sarcástica. Y ahora, si hemos terminado, sugiero que descanses un poco. Tenemos mucho que hacer, y cuanto antes lo organice todo, antes podrás quedarte tranquila.

–No he dicho que vaya a casarme contigo –contestó ella.

–No. Y espero tu respuesta.

La frustración martilleaba las sienes de Jewel. Qué enervante resultaba ese hombre. Arrogante. Convencido de salirse siempre con la suya. Y aun así, el muy idiota tenía razón en todo.

Se echó hacia atrás y cerró los ojos mientras la tristeza la invadía. Sentía ganas de llorar. Aquello se alejaba mucho de sus sueños de futuro. Había aceptado el hecho de que seguramente jamás se casaría, que jamás podría llegar a confiar en alguien. Pero eso no le había impedido soñar con un hombre que no abusara de su confianza. Alguien que la amara sin condiciones.

—No será tan malo —dijo Piers mientras le tomaba nuevamente la mano.

—De acuerdo, Piers —ella abrió los ojos con expresión agotada—. Pero tengo mis condiciones.

—Te proporcionaré un abogado que vele por tus intereses.

Todo aquello sonaba estéril y frío. Sintió un escalofrío. No tenía ninguna duda de estar cometiendo un error. Quizás el mayor de su vida. Pero por su hija haría cualquier cosa. Desde el momento en que había descubierto que estaba embarazada, el bebé se había convertido en su prioridad. Si hiciera falta, se casaría hasta con el mismísimo demonio.

—¿Y qué tal si elijo yo al abogado y le pido que te pase la minuta? —se ofreció ella.

—¿No te fías de mí? —él soltó una carcajada—. Supongo que tienes tus motivos. De acuerdo.

Ella entornó los ojos. Piers se mostraba magnánimo. Podía permitírselo. Había ganado.

—¿Necesitas algo? ¿Quieres que te traiga algo?

—Comida —dijo ella tras dudar un instante.

—¿Comida? ¿No te dan de comer aquí?

—Me refiero a comida que esté buena —dijo ella—. Me muero de hambre.

Él sonrió y Jewel sintió una sacudida que le llegó hasta la punta de los pies. Maldito fuera por ser tan atractivo. Con la mano acarició la barriga en una silenciosa disculpa. No lamentaba ni un instante de aquella noche, pero no estaba dispuesta a pagar por ella el resto de su vida.

–Veré qué puedo hacer con la comida. Ahora descansa. Volveré en un rato.

Piers la sorprendió con un casto beso en la frente, un gesto muy tierno.

–No quiero que te preocupes por nada. Descansa y ponte bien. Y cuida de tu… nuestra hija.

Las últimas palabras parecieron costarle un esfuerzo, como si estuviera cediendo. A lo mejor no deseaba tener hijos. Sin embargo, tenía una hija y más le valía acostumbrarse a la idea.

Tras una última mirada, él salió de la habitación del hospital y cerró la puerta.

Casada.

No se imaginaba casada con un hombre de tamaña dureza. Ya había tenido bastantes personas duras en su vida. Individuos fríos, sin emociones, sin corazón, sin amor. Y de repente se veía abocada a un matrimonio que sería una réplica de su infancia.

–Para ti nunca será así, cariño –dijo mientras acariciaba la barriga–. Te amo y no permitiré que pase un solo día sin que lo sepas. Te lo juro. Pase lo que pase, siempre me tendrás a mí.

Capítulo Seis

–He hecho algo terrible –dijo Piers en cuanto su hermano, Chrysander, descolgó el teléfono.

–¿Por qué se está convirtiendo en una costumbre que mis hermanos pequeños llamen en medio de la noche pronunciando esas mismas palabras? –Chrysander suspiró y se sentó en la cama.

–¿Se ha metido Theron en algún lío? –preguntó Piers.

–No desde que sedujo a una mujer bajo su protección –contestó secamente el hermano mayor.

–Ah, te refieres a Bella. ¿Y por qué creo que fue ella quien le sedujo a él?

–Nos estamos desviando del tema. ¿Qué es eso tan horrible que has hecho y cuánto va a costar?

–Puede que nada. Puede que todo –contestó Piers con calma mientras oía a su hermano soltar un juramento y decirle algo a Marley–. No preocupes a Marley con esto. Siento haberla despertado.

–Demasiado tarde –rugió Chrysander–. Dame unos minutos para bajar al despacho.

Piers esperó martilleando con los dedos en la mesa. Al fin Chrysander volvió a hablar.

–Ahora cuéntame qué pasa.

–He tenido una aventura. En realidad, una aventura de una noche.

–¿Y? –preguntó su hermano con impaciencia–. Eso no es nuevo para ti.

–Era mi nueva ayudante.

Chrysander soltó otro juramento.

–Pero no lo supe hasta que apareció el primer día de trabajo. Hice que la despidieran.

–¿Y por cuánto nos ha demandado? –gruñó el otro hombre.

–Déjame terminar –le interrumpió Piers con impaciencia–. No tenía intención de despedirla. Le pedí a mi director de recursos humanos que la trasladara, o la ascendiera o que le pagara todo el contrato, pero él sólo oyó la parte de «deshazte de ella», y la despidió.

–Muy bien, ¿y cuál es el problema?

–Está en el hospital. Está enferma, necesita una operación… y está embarazada.

–*Theos* –exclamó Chrysander–. Piers, no puedes consentir que vuelva a suceder. La última vez…

–Lo sé –contestó él con irritación. Lo último que quería era que su hermano se lo recordara.

–¿Estás seguro de que el bebé es tuyo?

–No. He pedido una prueba de paternidad.

–Bien hecho.

–Hay algo más que deberías saber –dijo Piers–. Me voy a casar con ella. Dentro de unos días.

–¿Qué? ¿Te has vuelto loco?

–Qué curioso, ella dijo lo mismo.

–Menos mal que uno de los dos tiene algo de sentido común –dijo Chrysander airadamente–. ¿Por qué demonios quieres casarte con esa mujer si ni siquiera sabes si el niño es suyo?

–Es increíble cómo se han vuelto las tornas.

–No empieces. Escuché lo mismo de Theron cuando se empeñó en casarse con Alannis. Poco importó que acertara vaticinando el desastre que fue. Vuestra advertencia sobre Marley fue algo totalmente distinto. Tú no mantienes ninguna relación con esa mujer. Te acostaste con ella una noche, y ahora asegura que eres el padre de su bebé, ¿y te vas a casar con ella? ¿Así sin más?

—Necesita mi ayuda. No soy imbécil. Haré que nuestro abogado redacte un acuerdo que contemple la posibilidad de que el bebé no sea mío. De momento lo mejor será casarnos. Si es mi hija, ¿cómo me sentiría si no hubiera hecho nada mientras esperaba el resultado?

—¿Hija?

—Sí. Al parecer, Jewel está embarazada de una niña —a pesar de sus dudas y sospechas no pudo evitar sonreír ante la imagen de una niña con grandes ojos y una dulce sonrisa.

—Jewel. ¿Cuál es su apellido?

—No lo hagas, hermano. No hace falta investigar su pasado. Puedo ocuparme de ello yo solo.

—No quiero verte herido de nuevo —dijo el hermano mayor.

Ahí estaba. Por mucho que intentara evitar el pasado siempre estaba ahí, como un oscuro nubarrón. Sin previo aviso, la imagen de otro niño se formó dolorosamente en su mente. Un niño dulce de cabello oscuro y sonrisa angelical. Eric.

—Esta vez me aseguraré de que mis intereses estén mejor protegidos —dijo Piers con frialdad—. Entonces yo era un estúpido.

—Eras joven, Piers —Chrysander suspiró.

—Eso no es excusa.

—Llámame si me necesitas. A Marley y a mí nos gustará asistir a la boda.

–No hace falta.

–Sí hace falta –lo interrumpió su hermano–. Hazme saber los detalles y tomaremos un avión.

Piers cerró la mano con fuerza en torno al auricular. Era bueno tener un apoyo incondicional. De repente fue consciente de que a Jewel no le había ofrecido su apoyo incondicional. La había amordazado y se había aprovechado de la situación.

–De acuerdo. Te llamaré cuando esté todo organizado.

–Avisa también a Theron. A Bella y a él les encantará estar allí.

–Sí, hermano mayor –Piers suspiró.

–No te pido gran cosa –Chrysander rió–. Además, casi nunca me escuchas.

–Dale un beso a Marley de mi parte.

–Lo haré y… ¿Piers? Ten cuidado. No me gusta cómo huele este asunto.

Piers colgó el teléfono y luego llamó a su abogado al que le describió brevemente la situación. Después tomó medidas de seguridad para Jewel. Desde lo sucedido con la esposa de Chrysander, Marley, él y sus hermanos no corrían riesgos. Luego llamó al hospital para averiguar la hora de la siguiente visita del médico. Por último, encargó en un restaurante cercano una cena completa para llevar.

Jewel intentó salir de la cama. Sólo se había levantado para ir al baño y acababa de decidir que estaba harta. El doctor le daría de alta al día siguiente al saber que tenía alguien para cuidarla.

Tras ducharse se puso un pantalón suelto y una

camisa premamá. Después se secó los cabellos lo mejor que pudo con la toalla y los dejó sueltos para que terminaran de secarse.

Se acababa de instalar en el sillón junto a la cama cuando la puerta se abrió y Piers entró con dos grandes bolsas de comida para llevar.

Ella se inclinó nerviosamente hacia delante mientras era inspeccionada por los negros ojos.

—No deberías haberte duchado antes de que yo viniera.

—¿Qué? —preguntó perpleja.

—Podrías haberte caído. Deberías haberme esperado o, al menos, haber llamado a la enfermera.

—¿Y cómo sabes que no llamé a ninguna de las enfermeras?

—¿Lo hiciste? —él la miró burlonamente.

—No es asunto tuyo —contestó la joven.

—Si estás embarazada de mi hija, entonces sí es asunto mío.

—Escucha, Piers, debemos aclarar algo desde el principio. El que yo esté embarazada de tu hija no te da ningún derecho sobre mí. No permitiré que tomes las riendas de mi vida.

Incluso mientras pronunciaba las palabras era consciente de lo estúpidas que sonaban.

Se mordió el labio y desvió la mirada mientras su mano se posaba amorosamente en la barriga.

Piers empezó a sacar la comida de las bolsas, actuando como si ella no hubiese dicho nada. El olor llegó hasta la joven cuyo estómago empezó a protestar.

—Gracias, me muero de hambre.

Él llenó dos platos y le sirvió uno antes de sentarse en el borde de la cama con el otro.

–Puedo volverme a la cama para que puedas sentarte en el sillón –se ofreció ella.

–Pareces estar cómoda ahí –él sacudió la cabeza–. Yo estoy bien.

Comieron en silencio aunque ella era consciente de que la observaba. Sin embargo, se obligó a ignorarlo y se concentró en la deliciosa comida.

–Ha sido maravilloso, gracias –suspiró cuando ya no pudo comer ni un bocado más.

–¿Te apetece volver a la cama? –él le retiró el plato y lo dejó sobre la mesita.

–Ya he tenido bastante cama para toda una vida –ella sacudió la cabeza.

–¿Pero no deberías estar en la cama con los pies en alto? –insistió él.

–Estoy bien. El médico quiere que haga reposo moderado hasta la operación. Eso significa que puedo levantarme y moverme un poco. Lo que no quiere es que permanezca de pie mucho rato.

–Y en tu trabajo estarías de pie todo el tiempo –él frunció el ceño.

–Era camarera. No me quedaba otro remedio.

–Deberías haberme llamado en cuanto supiste que estabas embarazada –dijo él airadamente.

–Me despediste –ella lo miró con expresión asesina–. Dejaste claro que no querías saber nada de mí. ¿Por qué demonios iba a llamarte? Jamás lo habría hecho de no haberte necesitado tanto.

–Entonces supongo que debo sentirme agradecido porque me necesites.

–Yo no te necesito –se corrigió ella–. Te necesita nuestra hija.

–Me necesitas, Jewel. Tengo que compensarte por

muchas cosas, y ésa es mi intención. Podemos hablar sobre tu despido cuando ya no estés en el hospital y te encuentres mejor.

–Sobre eso… –empezó ella.

–¿Sí? –él enarcó una ceja.

–El médico me dará el alta mañana por la mañana.

–Lo sé. Hablé con él antes de venir a la habitación.

Ella apretó los puños mientras intentaba evitar que su rostro reflejara la frustración que sentía.

–No necesito tenerte encima todo el tiempo. Puedes dejarme en mi apartamento…

–He alquilado una casa –intervino él con expresión resoluta–. Allí será donde te lleve. Y he contratado a una enfermera para que atienda a tus necesidades…

–No –interrumpió ella–. De eso nada. No consentiré que una enfermera haga de mi niñera. No soy ninguna inválida. Tengo que guardar reposo. Puedo hacerlo sin la ayuda de una enfermera.

–¿Por qué tienes que hacer que todo resulte tan difícil? –preguntó él con calma.

–Si quieres contratar a alguien, contrata a un cocinero –murmuró ella–. La cocina se me da fatal.

–Lo del cocinero puede solucionarse –él sonrió–. Por supuesto, deseo que mi hija y su madre estén bien alimentadas. ¿Significa eso que no te opondrás a instalarte en la casa?

–No me opondré –ella inició una protesta, pero la ahogó de inmediato y suspiró.

–¿Lo ves? ¿A que no ha sido tan difícil?

–Deja ya de burlarte.

La sonrisa de él se hizo aún más amplia. Lo increíble era que le hacía parecer encantador. «Peligroso,

Jewel. Es peligroso. No caigas en la trampa de ese encanto», se dijo.

—Voy a llevarte a casa conmigo, Jewel —dijo él con paciencia—. No te servirá de nada discutir. Mañana espero ocuparme de la organización de la boda. Tu salud era prioritaria.

Una incipiente jaqueca empezó a martillear las sienes de la joven. ¿Qué iba a ser de su vida? ¿Él daría las órdenes y ella obedecería humildemente? No si podía evitarlo. Aunque también le hacía sentirse bien trasladar sus problemas a otro. Aunque sólo fuera temporalmente.

—¿Te duele la cabeza? —preguntó él.

—Es el estrés —ella retiró la mano con la que, inconscientemente, había estado frotándose la frente—. Han sido dos semanas muy largas. Estoy cansada.

Para su sorpresa, Piers le tomó delicadamente las manos y le ayudó a ponerse en pie.

Demasiado estupefacta para hacer algo más que mirarlo atónita, cooperó sin quejarse. Él se colocó a su espalda y se sentó en el sillón antes de acomodarla sobre su regazo.

Jewel comprobó que los cinco largos meses, para su pesar, no habían reducido la química.

El calor de él la envolvió y la calmó a pesar de las efervescentes emociones. Cuando empezó a masajearle el cuero cabelludo con las fuertes manos, ella sintió pánico.

Totalmente desarmada, se hundió contra el fuerte pecho. Durante varios minutos, ninguno habló.

—¿Mejor? —preguntó él con dulzura.

Ella asintió, incapaz de formular ninguna frase coherente. Flotaba en una nube de placer.

–Te preocupas demasiado, *yineka mou*. El estrés no te hace ningún bien, ni al bebé. Todo saldrá bien. Te doy mi palabra.

La frase estaba destinada a consolarla y ella apreció el esfuerzo. Pero, por algún motivo, el juramento sonaba amenazador. Como si hubiera alcanzado un punto de inflexión en su vida a partir del cual nada volvería a ser igual. Como si estuviera cediendo el control.

«Pues claro que nada volverá a ser igual, idiota. Estás embarazada y vas a casarte».

Aun así, intentó consolarse con la promesa de Piers. Él no confiaba en ella, pero la deseaba, eso era evidente. Y ella lo deseaba a él. No bastaba. Ni de lejos. Pero era lo único que tenían.

Capítulo Siete

Jewel ladeó la cabeza para mirar por la ventana mientras Piers cruzaba la entrada de una extensa propiedad rodeada de un verde y bien cuidado césped. La casa, modesta en comparación con la extensión de la propiedad, apareció al coronar una colina.

Era espléndida. Dos plantas con buhardillas y hiedra colgando de la fachada.

Piers aparcó frente al garaje. Les seguía el coche que llevaba al servicio de seguridad. Uno de los guardas apareció y abrió la puerta. La cubrió protectoramente, protegiéndola de... ¿qué? Sólo se hizo a un lado cuando Piers le tomó la mano.

–No soy una inútil, ¿sabes? –dijo ella secamente cuando él la atrajo hacia sí. Sin embargo, habría mentido de haber negado que toda esa ayuda le encantaba. El masculino cuerpo era cálido y fuerte. La idea de que ya no estaba sola casi le hizo llorar.

–Lo sé –contestó él con su rudo acento–. Pero acabas de salir del hospital, y estás embarazada. Si hay un momento en que necesites ayuda, ése es ahora.

Ella se relajó, negándose a estropear los primeros momentos en su nuevo hogar.

Hogar. La palabra le golpeó en el pecho, pero sacudió la cabeza. Ella no tenía ningún hogar.

–¿Sucede algo? –preguntó él cuando se pararon frente a la puerta.

Avergonzada por el despliegue de emociones, ella negó con la cabeza.

Piers abrió la puerta y entraron en un amplio recibidor del cual surgía una elegante escalera que se curvaba en la parte superior donde un pasillo conectaba ambos lados de la casa.

–Ven al salón. Yo me ocuparé de tus cosas.

Ella se dejó conducir hasta un cómodo sillón de cuero que ofrecía una bonita vista del patio.

¿Cómo sería vivir en una casa así? Llena de risas y de niños. De repente, se le ocurrió que era totalmente posible que parte de ese sueño se hiciera realidad.

Jewel contempló la hinchada barriga y la acarició. El bebé dio una patada y su madre sonrió.

Quería darle a su hija todo lo que ella jamás había tenido. Amor, aceptación. Un hogar estable.

¿Le proporcionaría Piers todo eso? Todo, menos el amor. ¿Podría ella amar a su bebé lo bastante para compensar la existencia de un padre que no la quería a ella ni a su madre?

Había hecho justo lo que se había jurado a sí misma que nunca haría.

Piers entró en el salón con las dos maletas de la joven.

–Subiré esto arriba y bajaré a preparar algo de comer. ¿Necesitas algo mientras tanto?

–Estoy bien –contestó ella, nerviosa ante tanta consideración.

–Bien. Entonces, volveré enseguida.

Le oyó subir las escaleras y se acercó hasta la puerta de la terraza. Con las manos apoyadas en el cristal contempló el magnífico jardín.

Era precioso, pero tenía un aire casi estéril, como si nadie lo tocara jamás. Parecía… artificial. Sin un ser vivo. No como el mar, siempre vivo, rugiente y, a veces, pacífico y sereno.

Una mano se apoyó en su hombro y dio un brinco. Al girarse, vio a Piers con expresión dulce.

–Siento haberte asustado. Te llamé, pero al parecer no me oíste.

Ella sonrió tímidamente, repentinamente nerviosa en su presencia.

–Es precioso, ¿verdad?

–Sí, lo es –admitió Jewel–. Aunque yo prefiero el mar. Es más… indómito.

–¿Te parecen mansos estos jardines?

–Sí.

–Creo que sé lo que quieres decir. ¿Te apetece comer? Ya tengo algo preparado.

–¿Podríamos comer fuera? –ella lo miró de soslayo–. Hace un día precioso.

–Como gustes. ¿Por qué no vas saliendo? Llevaré la comida enseguida.

Cuando Piers desapareció por la puerta, ella salió al patio empedrado.

El frescor le provocó un escalofrío, pero el día era hermoso, uno de los escasos días en que ni una nube cubría el cielo azul, y no quería desperdiciarlo permaneciendo en el interior.

Se sentó en una silla y esperó a Piers. Le resultaba extraño que ese arrogante hombre la sirviera. Piers apareció con dos bandejas que dispuso sobre la mesa. Jewel agarró el tenedor, pero cometió el error de levantar la vista antes de empezar a comer. Él la miraba fijamente.

–Tenemos mucho de que hablar, Jewel. Después de comer, me gustaría mantener la conversación que deberíamos haber tenido hace mucho tiempo.

Sonaba siniestro, y una punzada de inquietud la atravesó. ¿Qué les quedaba por discutir? Le había exigido que se casara con él y ella había accedido.

Comieron en silencio, aunque el calor de su negra mirada le quemaba la piel.

Terminada la comida, ella dejó el tenedor en el plato, pero volvió la vista hacia el jardín.

–No te servirá de nada ignorarme.

Convencida de tener una expresión de culpabilidad en el rostro, se volvió. Se sentía como una niña, pero ese hombre le ponía nerviosa.

–Debemos aclarar unas cuantas cosas. Sobre todo lo de tu despido.

–Preferiría no discutir sobre eso –ella se puso tensa y apretó los puños–. No puede surgir nada bueno de ello, y se supone que debo controlar mi nivel de estrés.

–Jamás tuve intención de despedirte, Jewel. Fue totalmente indigno y acepto toda la culpa.

–¿Y de quién si no sería la culpa? –preguntó ella.

–No era lo que yo pretendía –insistió él.

–Lo pretendieras o no, fue lo que sucedió. Curiosa coincidencia que me echaras en cuanto averiguaste quién era, ¿no te parece?

–No me lo vas a poner fácil, ¿verdad? –Piers resopló con fuerza y entornó los ojos.

–¿Por qué debería facilitarte las cosas? –ella lo miró fijamente–. Para mí no fue fácil. No me quedaba dinero. No tenía trabajo. Vine aquí porque era el único lugar al que podía ir, y el de camarera fue el único trabajo que encontré. Poco después empecé a enfermar…

–Tienes razón. Lo siento.

Él parecía y sonaba sincero. Lo bastante como

para que la siguiente pregunta se escapara de labios de Jewel antes de que pudiera reflexionar sobre ella.

–Si se supone que no debía ser despedida, ¿exactamente por qué terminé así?

–Como te he dicho –Piers hizo una mueca y se pasó la mano por los cabellos–. Fue culpa mía. Le dije a mi director de recursos humanos que te trasladara, o te ascendiera o te pagará la totalidad del contrato, pero me temo que las primeras palabras que salieron de mi boca fueron que se deshiciera de ti. El resto, desgraciadamente, no lo oyó porque se cortó la comunicación. Cuando volví al hotel y descubrí que te habías marchado intenté, sin éxito, encontrarte. De hecho, ya había perdido toda esperanza de saber de ti hasta que llamaste.

Ella lo miró estupefacta. En primer lugar, no podía creerse que hubiera admitido su equivocación. En segundo lugar, no le cabía en la cabeza que la hubiera estado buscando.

–No lo entiendo –ella se sentía confusa–. ¿Por qué no nos comportamos como adultos? ¿Por qué era tan importante para ti deshacerte de mí? Comprendo que la situación no era la ideal, pero fue un error inocente. Ninguno de los dos sabíamos quién era el otro, o Dios sabe que jamás me habría acostado contigo aquella noche.

–Entonces me alegro de que no supieras quién era yo –susurró él.

–Sí –ella contempló su barriga–. Ya no lo lamento en absoluto.

–¿Lo hiciste al principio?

Él no parecía ofendido, sólo sinceramente curioso. Hasta ese momento se había mostrado franco con ella y se sentía obligada a mostrarse igualmente sincera con él.

–No. No lamento la noche que pasamos juntos.

–Contestando a tu pregunta –él pareció satisfecho con la respuesta–, no fue nada personal. Mantengo una estricta política sobre no permitir que nadie que trabaje cerca de mí tenga alguna clase de relación personal conmigo. Desgraciadamente, es una norma necesaria.

–Lo dices como si te hubiera sucedido algo –ella enarcó una ceja.

–En cierto modo. La ayudante personal de mi hermano se enamoró de él, pero también vendió secretos de la empresa y chantajeó a mi cuñada.

–Parece un culebrón –murmuró Jewel.

–Sí que lo pareció en su momento –él rió.

–Podrías simplemente habérmelo dicho. Me lo debías –ella lo miró fijamente–. De haber sido franco conmigo, nada de todo esto habría sucedido. No habría habido ningún malentendido.

–Tienes razón. Me temo que la sorpresa de descubrir quién eras me nubló la razón. Lo siento.

La disculpa consiguió mitigar parte del enfado de la joven. Para ser sincera, aún le guardaba rencor. No es que hubiera esperado amor eterno, pero ¿acaso esa noche no había significado nada? ¿Ni siquiera lo bastante como para despedirla en persona?

Sin embargo, era consciente de que debía librarse de parte de ese resentimiento si quería que el matrimonio no fuera complicado y plagado de animosidad.

–Acepto tus disculpas.

–¿De verdad? –él la miró sorprendido.

–No te he dicho que te hayas convertido en mi mejor amigo –dijo ella secamente–. Simplemente que acepto tus disculpas. Parece lo más correcto ante nuestras inminentes nupcias.

–Tengo la sensación de que vamos a llevarnos bien, *yineka mou* –él la miró divertido antes de bajar la vista a la prominente barriga–. Suponiendo que me estés diciendo la verdad.

Durante unos segundos, el dolor se reflejó en la mirada de Piers y ella se preguntó qué demonios le habría ocurrido en el pasado para hacer que se mostrara tan desconfiado. No deseaba ser el padre de su hija. Quería que ella fuera mentirosa y estafadora.

–No me hace ningún bien decirte que eres el padre de mi hija si estás empeñado en no creerme –dijo ella–. Tras la prueba de paternidad lo sabrás.

–Sí. Desde luego que lo sabremos –dijo él.

–Si me disculpas, necesito mi portátil –ella se puso en pie–. Debo enviar un mensaje.

–Y yo tengo que organizar los preparativos para la boda.

Ella asintió porque, si intentaba decir algo, se iba a atragantar. Sin mirar atrás, corrió dentro de la casa. Piers no le había dicho cuál era su dormitorio, pero lo encontró sin problema.

Empezó por sacar su ropa y guardarla antes de sentarse sobre la cama con el portátil. Comprobó su correo electrónico, pero no había ningún mensaje de Kirk. Tampoco lo esperaba. A veces pasaban meses sin comunicarse. Aun así, tenía la sensación de que le debía una explicación, y por eso le contó todo en un correo que le llevó media hora redactar.

Una vez terminado, se sentía agotada y bastante

estúpida. Kirk no podía darle ningún consejo, pero se sentía mejor si descargaba parte de sus preocupaciones. Él conocía mejor que nadie sus miedos hacia el matrimonio y el compromiso.

Sin apagar el portátil, se recostó sobre las almohadas y contempló el techo. Su futuro jamás le había parecido más terrorífico como en aquellos momentos.

Piers subió las escaleras hasta el dormitorio de Jewel. Llevaba dos horas ausente, tiempo más que suficiente para terminar sus asuntos personales.

Llamó a la puerta, pero no hubo respuesta. Preocupado, la abrió y entró en el dormitorio.

Jewel estaba tumbada con el rostro enterrado en las almohadas. Profundamente dormida. Parecía agotada.

El portátil estaba peligrosamente cerca del borde de la cama y él lo agarró antes de que cayera al suelo. Al colocarlo sobre la mesa, la pantalla se iluminó y vio un mensaje. Era de un tal Kirk.

Con el ceño fruncido, echó un vistazo a la vista previa y leyó el breve mensaje.

Jewel:
Voy de camino a casa. No hagas nada hasta que vuelva.
¿De acuerdo? Aguanta. Estaré allí en cuanto pueda tomar
un vuelo.
Kirk

Piers se puso tenso. El infierno se congelaría antes de permitir que ese hombre interfiriera en su relación con Jewel. Ella había accedido a casarse con él, y eso iba a hacer. Jamás permitiría que las decisiones las tomara otro hombre.

Sin dudar, eliminó el mensaje y vació la papelera para eliminarlo permanentemente del ordenador. A continuación dejó de nuevo el portátil sobre la cama.

Durante largo rato contempló el rostro de la joven. Incluso dormida, parecía preocupada.

¿Qué demonios había sucedido en su vida? No confiaba en él. Tampoco es que la culpara por ello, pero iba más allá de la ira o de un sentimiento de traición. En algún lugar, alguien le había hecho mucho daño. Ya tenían algo en común.

Por mucho que se jurara a sí mismo que jamás le haría daño y que la protegería de quienes sí se lo harían, sabía que, si le había mentido sobre el bebé, la aplastaría sin pensárselo dos veces.

Capítulo Ocho

Jewel estudió el severo rostro de su abogado y se preguntó si existiría algo parecido a un abogado con sentido del humor. Todos parecían unos fríos y calculadores tiburones.

Claro que, tratándose de su futuro y del de su hija, lo que quería era precisamente al tiburón más grande y malo de todo el océano.

—El acuerdo está bastante claro, señorita Henley. En síntesis, establece que, en caso de divorcio, tanto el señor Anetakis como usted conservarán los bienes de su propiedad.

Jewel sonrió. ¿Qué bienes? Ella no tenía nada, y Piers lo sabía.

—¿Y qué más? —preguntó ella con impaciencia. Tenía que haber algo, una cláusula oculta. Necesitaba averiguarlo—. Quiero una detallada explicación. Línea por línea.

—Muy bien —el abogado se puso las gafas y se volvió a sentar con los papeles en la mano—. El señor Anetakis se ocupará de su manutención, independientemente de la paternidad del bebé. Si el ADN demuestra que la niña es suya, él conservará la custodia en caso de divorcio.

—¿Qué? —ella se quedó boquiabierta y agarró la hoja que leía el hombre—. Se ha vuelto malditamente loco. De ninguna manera firmaré algo que me prive de la custodia de mi hija.

–Puedo modificar esta cláusula, pero es probable que él no se muestre de acuerdo.

–Me importa un bledo que esté de acuerdo o no –murmuró ella entre dientes–. No lo firmaré hasta que la dichosa cláusula sea retirada por completo –furiosa, volvió a arrancar la hoja de las manos del abogado que intentaba recuperarla–. Da igual. Lo haré yo misma.

Salió del despacho hecha una furia. Piers aguardaba en la sala de espera, sentado en un extremo con el portátil conectado mientras hablaba por el móvil.

–¿Ocurre algo? –levantó la vista y, lentamente, cerró el portátil.

–Ya te digo –rugió ella mientras le arrojaba la hoja de papel y le señalaba la cláusula sobre la custodia–. Si pretendes que firme cualquier cosa que me pueda privar de la custodia de mi hija, eres idiota. Sólo muerta me separarán de mi bebé. Por lo que a mí respecta, puedes tomar este… este acuerdo prenupcial y metértelo por donde nunca te dará el sol.

–Supongo que no pensarías que iba a renunciar a la custodia de mi hija –él enarcó una ceja y la miró en silencio–. En caso de que resulte ser el padre.

–No pierdes una oportunidad para criticarme –ella alzó las manos desesperada–. Sé que no crees que este bebé sea tuyo. Pero el que me lo recuerdes constantemente sólo servirá para fastidiarme cada vez más. ¿No has oído hablar de la custodia compartida? Ya sabes, cuando los padres piensan en el bien del hijo y acuerdan que pase la misma cantidad de tiempo con ambos.

–Si la niña es mía, no tengo intención de verla a temporadas, ni a plegarme a tu agenda. Desde luego yo le puedo dar mucho más que tú. Estoy seguro de que estará mejor conmigo.

–Eres un bastardo santurrón –ella apretó los puños, presa de la ira que ardía en sus venas como el ácido–. ¿De dónde sacas la idea de que mi hija estaría mejor contigo? ¿Porque tienes más dinero? Pues entérate, el dinero no puede comprar el amor, ni la seguridad. No puede comprar sonrisas ni felicidad. Todo aquello que más necesita un niño. Francamente, el hecho de que pienses que estaría mejor contigo me indica que no sabes nada sobre los niños o el amor. ¿Cómo ibas a saberlo? Dudo mucho que hayas amado a alguien en tu vida.

El pecho de Jewel se agitaba nerviosamente y el papel no era más que una bola arrugada en su mano. Hizo ademán de arrojárselo a los pies, pero él fue más rápido y le agarró la muñeca. Sus ojos reflejaban ira, la primera señal de una emoción sincera que ella le hubiera visto nunca.

–Das por hecho demasiadas cosas –contestó él con frialdad.

–No lo firmaré, Piers –ella se soltó y dio un paso atrás–. Por muy desesperada que estuviese, jamás firmaría la renuncia de mis derechos sobre mi hija.

–De acuerdo –dijo él al fin tras estudiarla impertérrito largo rato–. Haré que mi abogado modifique la cláusula. Le llamaré para que nos envíe un nuevo acuerdo.

–Yo esperaría un poco –dijo ella secamente–. Aún no he terminado.

Jewel se dio media vuelta y se encaminó hacia el despacho del abogado al que encontró en la puerta con una expresión divertida reflejada en el rostro.

–¿Qué está mirando? –rugió ella.

–¿Nos ponemos con sus alegaciones al acuerdo? –dijo él con voz seria, aunque sus ojos reflejaban un sospechoso brillo.

Tres horas más tarde el contrato definitivo salió del despacho del abogado de Piers y, tras leerlo detenidamente, ambos interesados lo firmaron juntos.

Jewel había insistido en un acuerdo inflexible según el cual compartirían la custodia de la niña, pero siendo ella la principal custodia. Era consciente de que Piers no se mostraba feliz con los términos, pero se había negado en redondo a firmar otra cosa que no fuera ésa.

–Está claro que no sabes nada sobre el arte de la negociación –dijo Piers secamente mientras abandonaban el despacho del abogado.

–Hay cosas que no son negociables. Que no deberían serlo. Mi hija no es una moneda de cambio. Y jamás lo será –dijo ella con firmeza.

–Lo único que pido –él alzó las manos en un gesto de rendición–, es que entiendas mi punto de vista. Tan decidida como estás tú a conservar la custodia, lo estoy yo a no ceder la mía.

Algo en la expresión del hombre hizo que ella se ablandara y parte de su ira desapareciera. Durante un instante habría jurado que parecía asustado y un poco vulnerable.

–Entiendo tu postura –dijo ella con calma–. Pero no pediré disculpas por reaccionar como lo hice. Fue algo sucio y vil.

–Entonces te pido disculpas. No era mi intención alterarte de ese modo. Simplemente pretendía que mi hija se quedara donde debía estar.

–A lo mejor lo que deberíamos estar haciendo era concentrarnos en que el divorcio nunca llegue a producirse –contestó ella–. Si conseguimos que funcione, no habrá que preocuparse por ninguna batalla por la custodia.

–Tienes razón –él asintió y abrió la puerta del coche ayudándole a entrar–. La solución está en asegurarnos de que nunca llegaremos al divorcio.

Cerró la puerta, rodeó el coche y se sentó al volante antes de poner el motor en marcha.

–Y ahora que nos hemos quitado de encima lo peor, pasemos a los aspectos más alegres de preparar una boda.

Y de ese modo se inició una tarde de compras. La primera parada fue en una joyería. Al serles mostrada una bandeja de anillos de compromiso de diamantes, ella cometió el error de preguntar el precio. A Piers no le gustó que lo hiciera, pero el joyero contestó con naturalidad. A la joven le faltó poco para tener que recoger la mandíbula del suelo.

Sacudió la cabeza y se separó del mostrador. Piers la agarró por la cintura y, divertido, la obligó a acercarse.

–No me defraudes. Como mujer, se supone que deberías estar genéticamente predispuesta a elegir el anillo más grande y caro de la tienda.

–Es cierto –dijo el joyero con solemnidad.

–De todos modos, no es de buena educación preguntar el precio –continuó Piers–. Elige el que quieras y finge que no lleva etiqueta.

–Su novio es un hombre muy sabio –dijo el hombre tras el mostrador con ojos burlones.

Mientras intentaba ignorar el hecho de que con

uno de esos anillos se podría alimentar a todo un país del tercer mundo, estudió cada pieza. Al fin encontró el anillo perfecto.

Era un sencillo diamante con forma de pera, perfecto hasta donde su profano ojo podía asegurar. A cada lado había un pequeño racimo de diminutos diamantes.

–Su dama posee un gusto exquisito.

–Sí. ¿Éste es el que quieres, *yineka mou?* –preguntó Piers.

–Pero no quiero saber cuánto cuesta –ella asintió intentando ignorar una náusea.

–Si te hace sentir mejor –Piers rió–. Haré un donativo por el valor del importe del anillo a la obra de caridad que prefieras.

–Te estás burlando de mí.

–De ninguna manera. Es bueno saber que mi esposa no me arruinará en un año.

Ella lo miró airada mientras él hacía un visible esfuerzo por no echarse a reír. Maravillada, contempló la soltura con que le entregaba la tarjeta de crédito al dependiente, como si estuviera pagando una copa y no un anillo que debía de valer miles de dólares.

–Déjatelo puesto –él le puso el anillo–. Es tuyo.

Ella contempló la mano, incapaz de disimular su admiración. Era un anillo fabuloso.

–Y ahora que hemos solucionado el tema del anillo, deberíamos pasar a otra cosa, como el vestido o cualquier otra ropa que puedas necesitar.

–¡Vaya! Un hombre al que le gusta ir de compras. ¿Cómo has conseguido permanecer soltero hasta ahora? –bromeó ella.

Toda expresión abandonó el rostro de Piers y ella

se recriminó mentalmente por haber dicho algo incorrecto en el momento menos correcto.

Decidida a salvar el resto del día, le tomó del brazo mientras salían de la joyería.

–Me muero de hambre. ¿Podemos comer antes de seguir con las compras?

–Por supuesto. ¿Qué te apetece comer?

–Me encantaría un enorme y poco recomendable filete –contestó ella con añoranza.

–Entonces que así sea –él rió–. Vamos a matar a una o dos vacas.

Capítulo Nueve

El hecho de que Jewel se escondiera en su habitación no le convertía en una cobarde. Simplemente era reservada y cautelosa. En la planta inferior, Piers saludaba a su familia, llegada para la boda. Ella seguía sin comprender por qué. No era una ocasión festiva para celebrar la unión de dos almas gemelas y toda esa almibarada parafernalia de las bodas.

Lo único que sabía de los Anetakis era que Piers tenía dos hermanos mayores, que ambos se habían casado recientemente, y que al menos un bebé se había incorporado al clan.

Por lo que Piers le había contado, sus hermanos estaban vomitivamente enamorados.

Cerró los ojos y tuvo que admitir que se moría de envidia, y que odiaba la idea de conocer a esa gente tan asquerosamente feliz.

Sin duda Piers les había contado que la boda se debía a un revolcón y un condón defectuoso.

Se miró en el espejo e intentó borrar la expresión sombría de su rostro. El vestido elegido para la ocasión era uno recto de color blanco con tirantes. La tela se fruncía delicadamente a la altura del pecho y se amoldaba a su cuerpo antes de ajustarse sobre la tripa y colgar suelto después.

Había dudado entre recogerse el pelo o dejarlo

61

suelto. A Piers parecía haberle encantado el peinado que había llevado la noche que se conocieron y, en un impulso de vanidad, se lo cepilló hasta hacerlo brillar y lo dejó caer suelto sobre los hombros.

Por último, perdió el tiempo, como la cobarde que era, consciente de que la esperaban.

No supo cuánto tiempo llevaba en su habitación cuando una cálida mano se posó sobre su hombro desnudo, pero no se dio la vuelta. No le hacía falta. Sabía que era Piers.

De repente, algo frío se deslizó por su cuello y ella se volvió.

—No te muevas —dijo él mientras cerraba la gargantilla—. Es mi regalo de bodas. Hay unos pendientes a juego, pero no me acordaba de si tenías los lóbulos perforados.

—Piers, esto es demasiado —ella se volvió hacia el espejo y soltó una exclamación de sorpresa al ver el exquisito collar de diamantes.

—Mis cuñadas me han asegurado que nada es demasiado para una esposa —él sonrió.

—Parecen unas mujeres muy sabias —ella le devolvió la sonrisa.

—¿A que no ha sido tan difícil?

—¿Qué? —ella frunció el ceño.

—Sonreír.

Jewel lo miró con expresión culpable mientras aceptaba la cajita que contenía unos impresionantes pendientes de diamantes.

—¿Tienes los lóbulos perforados?

—Casi nunca llevo pendientes —ella asintió—, pero están perforados.

—Entonces espero que hoy lleves éstos.

Ella se los puso sin dilación y se volvió hacia él. Piers la miraba fijamente.

–Hablando de mis cuñadas. Están ansiosas por conocerte.

–¿Y tus hermanos no? –preguntó ella.

–Ellos se muestran un poco más comedidos en su recibimiento. Se preocupan por mí. Me temo que es tradición familiar intentar arruinar la boda de los demás –dijo secamente.

–Bueno, al menos eres sincero –ella no sabía si reír o sentirse abatida. Al final ganó la risa–. Y te estoy agradecida. Evitará que haga el ridículo en su presencia.

–No tienes nada que ocultar –él se encogió de hombros–. Vas a convertirte en mi esposa y eso te da derecho a un merecido respeto. De todos modos, Theron es el blando de la familia. Le tendrás comiendo de la palma de tu mano en pocos minutos.

Ella no se imaginaba a nadie emparentado con Piers siendo «blando».

–¿Estás lista? –preguntó él mientras le daba un tranquilizador apretón en el hombro–. Tenemos el tiempo justo para presentarte a mi familia antes de que llegue el pastor para la ceremonia.

Ella respiró hondo y asintió.

Piers le tomó firmemente la mano y la condujo a la planta inferior de donde surgía el murmullo de las voces de los invitados.

El estómago se le llenó de mariposas y el bebé dio una patada, quizás una protesta por la intranquilidad de su madre.

Al entrar en el salón, Jewel se sintió algo abrumada. Los dos hombres eran, claramente, hermanos de Piers. Se parecían mucho. Ambos eran altos y de ca-

63

bellos oscuros, pero tenían los ojos más claros que Piers, de un tono ligeramente dorado.

Las dos mujeres no podían ser más diferentes entre ellas. Pero antes de poder continuar su silenciosa inspección, los invitados levantaron la vista y la vieron.

Los hermanos la miraron con reserva, mientras que las mujeres sonrieron acogedoras.

–Ven. Te presentaré –murmuró Piers mientras se acercaban al grupo–. Jewel, éste es mi hermano mayor, Chrysander, y su esposa, Marley. Su hijo, Dimitri, se ha quedado con la niñera.

–Encantada de conoceros –Jewel les ofreció una sonrisa temblorosa.

–Y nosotros nos alegramos de conocerte a ti –Marley sonrió y sus ojos azules brillaron amistosos–. Bienvenida a la familia. Espero que seas feliz. ¿Cuándo te toca?

–Estoy de poco más de cinco meses –contestó Jewel con una sonrisa.

–Hola, Jewel –dijo Chrysander con voz profunda.

–Y éste es mi hermano, Theron –Piers se volvió hacia la otra pareja–, y su esposa, Bella.

–Nos sentimos muy felices de conocerte –sonrió Bella–. ¿Verdad, Theron?

–Por supuesto, Bella *mou* –dijo el aludido en tono burlón. Daba la sensación de que toda intención de mantenerse serio se esfumara al mirar a su esposa–. Bienvenida a nuestra familia. No estoy muy seguro de si debo felicitarte o darte el pésame por casarte con mi hermano.

–Si ya has terminado de insultarme –Piers soltó un bufido–, quisiera ofreceros una copa para celebrar la ocasión. El pastor debe de estar a punto de llegar.

Piers fue en busca de una botella helada de champán y los demás contemplaron a Jewel con curiosidad. Tras servir una copa a todos, le entregó a su futura esposa un vaso de agua mineral y ella se sintió conmovida ante la consideración mostrada, sonriéndole a modo de agradecimiento.

–Nuestros mejores deseos para un… matrimonio largo y feliz –dijo Chrysander tras aclararse la garganta y mientras Marley le tomaba del brazo.

Todos alzaron sus copas y, por un instante, Jewel deseó que pudiera ser verdad y que aquélla se convirtiera en su familia, y que Piers y ella estuvieran enamorados y esperando su primer hijo con la alegría de una pareja felizmente casada.

Las lágrimas asomaron a sus ojos mientras se despedía del sueño y abrazaba la realidad.

–¿Qué sucede, *yineka mou?* –le susurró Piers al oído–. ¿Qué te pasa?

–Estoy bien –dijo ella mientras fingía una brillante sonrisa.

El timbre de la puerta sonó y ella dio un respingo.

–Será el pastor que viene para casarnos –él le acarició un brazo con la mano–. Voy a abrirle.

–Contigo y con Marley, Theron se va a armar un lío –dijo Bella.

–¿Y eso por qué? –preguntó Theron.

–Todos estos bebés y mujeres embarazadas –dijo ella–. Espero que al fin Theron capte la indirecta e intente dejarme embarazada también uno de estos días.

Jewel rió, encantada con el sentido del humor de Bella y lo relajada que se mostraba con todos. Resultaba obvio que su posición en la familia no le preocupaba. Y nadie parecía molestarse lo más mínimo por sus manifestaciones.

Marley intentó reprimir una carcajada mientras Chrysander gruñía. Los ojos de Theron emitieron un sensual brillo que casi hizo que Jewel se sintiera como un *voyeur*.

–De eso nada, Bella *mou*. Tenemos que practicar mucho antes de que te deje embarazada.

–¿Lo ves, Jewel? Los Anetakis no son tan difíciles de domar –dijo alegremente Bella–. Marley ha conseguido que Chrysander se ponga en una admirable forma física, y yo he conseguido que Theron piense como yo. Seguro que tú tendrás el mismo éxito con Piers.

–Theron, sujeta a tu mujer –dijo Chrysander con dulzura–. Está sembrando la rebelión entre las filas femeninas.

Marley le dio un codazo, pero su mirada reflejaba diversión y amor.

Piers volvió con un hombre mayor. El pastor sonrió y avanzó hacia Jewel con las manos extendidas.

–Tú debes de ser la novia. Eres encantadora. ¿Preparada para empezar con la ceremonia?

Ella tragó con dificultad y asintió. Le temblaban las piernas.

El pastor saludó a los demás y, tras unos momentos de conversación, Piers le hizo un gesto para que comenzara.

Al menos para Jewel, aquello resultaba de lo más extraño. El resto se comportaba como si acudiera a diario a esa clase de ceremonias. Piers y ella se colocaron frente al pastor, flanqueado cada uno por una pareja.

Un nudo se le formó en la garganta al oír a Piers prometerle amor y honra el resto de sus días, hasta que la muerte los separara. De repente fue consciente de que deseaba que él la amara. ¿Por qué? ¿Significaba eso que ella lo amaba a él? No, no era así. No podía. No sabía amar a nadie, más de lo que sabía ser amada. Pero eso no le impidió sentir un anhelo en su interior.

Concluida la ceremonia, Piers la besó furtivamente en los labios y se hizo a un lado para recibir las felicitaciones, no demasiado efusivas, de sus hermanos.

Chrysander insistió en invitarles a todos a comer, y una limusina condujo a las tres parejas al centro de la ciudad, a un lujoso restaurante famoso por su marisco.

Jewel tenía hambre, pero la idea de estar casada atemperó ligeramente su apetito. Picoteó del plato una y otra vez hasta llamar la atención de Piers.

Él le tomó la mano, y la alianza que le había puesto unas horas antes brilló bajo la tenue luz junto al anillo de diamantes de pedida.

–¿Lista para volver a casa? –susurró él–. Puedo deshacerme de ellos en cuanto quieras.

–Es tu familia –protestó ella–. No tengo intención de acortar su visita.

–Eres muy considerada, *yineka mou* –él rió–, pero nos vemos a menudo, y si hay un día en que tengo pleno derecho a deshacerme de ellos, ése es sin duda el día de mi boda. Lo comprenderán, no hace mucho que celebraron sus propias noches de boda.

Ella se quedó helada a medida que la verdad se hacía patente. No podía estar pensando en… ¿o sí? Había estado presente cuando el médico había dicho que no había motivo por el cual no pudieran hacer el amor, pero ella había dado por hecho que Piers había comprendido que el médico pensaba que su relación era normal. ¿Acaso deseaba hacerle el amor? ¿Pretendía consumar el matrimonio?

Piers le acarició el dorso de la mano mientras se volvía a los demás y les explicaba que Jewel y él estaban listos para marcharse.

Se sucedieron abrazos, besos y despedidas. Piers abrazó a sus cuñadas y fue correspondido por un evidente afecto.

A continuación se marcharon. Piers había cedido la limusina a los invitados y llamó a un coche para que fuera a recogerles. El trayecto a la casa fue silencioso y, al fin, incapaz de soportar más tiempo la tensión, Jewel se volvió hacia su marido y se encontró con la negra mirada fija en ella.

—¿Qué te preocupa, *yineka mou*?

—¿En serio esperas una noche de bodas? —balbuceó ella.

Unos dientes blancos brillaron en la penumbra del coche. Una sonrisa claramente depredadora.

—Por supuesto. Ahora eres mi esposa. Lo normal tras una boda es una noche de bodas, ¿no?

—Es que… no estaba segura. Quiero decir que esto no es un matrimonio de verdad y no pensé que quisieras tener nada que ver conmigo.

—Al contrario. Mi intención es que sea un matrimonio de lo más real —dijo él con dulzura—. Del mismo modo que pretendo que esta noche, y todas las demás noches, duermas en mi cama.

Capítulo Diez

Lo único que tenía que hacer era decir «no». Jamás la forzaría. Jewel bajó del coche, ayudada por Piers, que le tomó de la mano. El aire frío de la noche le provocó un escalofrío e, inconscientemente, se arrimó más a él buscando su calor.

La cuestión era si de verdad quería decirle que no. ¿De qué serviría, salvo para hacerle confiar aún menos en ella y sus motivos?

En cuanto la idea se materializó en su mente, apretó los dientes con rabia. Si el único motivo para acostarse con él era evitar que desconfiara de ella, necesitaba que le examinaran la cabeza.

«Admítelo. Lo deseas».

Eso era. El recuerdo de la única noche que habían compartido aún ardía en su mente. Estaba casada con él y deseaba que la amara.

Decidida a entregarse al matrimonio sin pasar por el martirio, apretó con más fuerzas la mano de Piers y corrió con él al interior de la casa.

–Hoy ha sido un día duro, *yineka mou*. Espero que no haya sido demasiado para ti y el bebé.

¿Había cambiado de idea? Daba la sensación de estarle ofreciendo una salida.

–Estoy perfectamente bien –aclaró ella con dulzura.

–¿En serio? –él apoyó suavemente las manos sobre los delicados brazos.

Ella lo miró a los ojos, plenamente consciente de qué le estaba preguntando en realidad. Después, asintió lentamente mientras la excitación aumentaba por momentos.

–Debes estar segura, Jewel. Debes estar completamente segura.

Ella volvió a asentir y, antes de poder decir o hacer nada más, Piers la atrajo hacia sí y la besó en los labios con pasión.

Ella se quedó prácticamente sin aliento. ¿Cómo era posible que le hiciera sentir tal debilidad?

La lengua de Piers invadió su boca, deslizándose sensualmente, primero sobre los labios y luego en el interior, saboreándola y ofreciéndole su sabor.

–Qué dulce –murmuró–. Qué dulce. Te deseo, *yineka mou*. Dime que tú también me deseas. Déjame llevarte arriba. Quiero volver a hacerte el amor.

–Sí. Por favor, sí –al ser levantada en vilo, soltó una exclamación–. Piers, no. Peso demasiado.

–¿Acaso dudas de mi fuerza? –preguntó él en tono burlón mientras subía las escaleras.

–Estoy tremenda –insistió ella con exasperación.

–Estás preciosa.

Él la llevó en brazos hasta el dormitorio principal y la tumbó cuidadosamente sobre la cama. Con delicadeza, le deslizó los tirantes sobre los hombros y los dejó caer. Tiró un poco más hasta que el vestido cedió sobre los sensibles pechos.

Poco a poco fue bajando el vestido por el cuerpo de Jewel. Tras deslizarlo por los tobillos lo dejó caer al suelo.

Una fuerte sensación de cosquilleo le recorrió las piernas a medida que él las acariciaba con las manos hasta las caderas. Deslizó los pulgares bajo las braguitas y se agachó para besar dulcemente la barriga antes de desnudarla por completo.

Las piernas de ella se abrieron en dulce anticipación mientras la boca de él bajaba más y más.

Piers deslizó las manos por debajo del cuerpo de Jewel y la obligó a abrirse un poco más mientras la lengua encontraba su punto más sensible. Ella arqueó la espalda salvajemente hacia atrás mientras el placer la consumía.

A ella le costaba respirar, le costaba pensar, le costaba hacer nada que no fuera sentir. Y justo cuando pensaba que ya no podría soportarlo más, él se retiró y ella gruñó a modo de protesta.

–Shhh –él le murmuró dulces palabras en griego mientras se acomodaba sobre ella.

¿Cómo se había desnudado sin que ella lo hubiera advertido?

Piel contra piel. Suave. Reconfortante. Un bálsamo para sus enloquecidos sentidos. La masculina boca se cerró sobre uno de los erectos pezones, chupando y tironeando. Con una mano apoyada sobre la barriga, los dedos acariciaron posesivamente.

Era el primer movimiento de reconocimiento hacia la presencia del bebé.

–Separa las piernas para mí, *yineka mou*. Dame la bienvenida.

Ella apenas era capaz de responder. Temblaba violentamente mientras él se acomodaba entre sus muslos con el miembro viril empujando impacientemente.

De repente, con una suave embestida, estuvo dentro de ella.

Ella gritó y hundió las uñas en los hombros de Piers.

–Eso es. Sujétate a mí. Te tengo.

Sus labios se fundieron y sus lenguas se enredaron salvajemente mientras sus cuerpos se acercaban y separaban. La presión aumentó hasta que ella no fue capaz de soportarlo más. Su liberación explotó con la fuerza de un huracán.

Él la siguió, hundiéndose dentro de ella, una y otra vez hasta que su ronco gemido le llenó los oídos mientras se vertía en su interior.

Jewel cerró los ojos y permitió que la dulce felicidad la inundara antes de volver a la realidad, a los fuertes brazos de Piers que la rodeaban y la sujetaban tumbada contra su costado.

En un gesto posesivo, él posó una mano sobre la espalda de ella, que se derritió contra él y suspiró de felicidad. Se sentía segura. Más que eso: se sentía amada.

Jewel despertó a la mañana siguiente al sentir la presencia de Piers junto a la cama con la bandeja del desayuno y una rosa. Llevaba únicamente el pantalón del pijama de seda y la mirada de la joven se posó en el atlético pecho, un pecho sobre el que había dormido casi toda la noche.

–Buenos días –dijo él–. ¿Tienes hambre?

–Estoy hambrienta –admitió ella mientras se sentaba en la cama.

De repente se dio cuenta de que aún estaba desnuda y tiró de la sábana.

–No seas tímida conmigo –Piers le tomó la mano impidiendo que la sábana completara su trayecto ascendente–. He visto y saboreado cada centímetro de tu dulce cuerpo.

Ella soltó la sábana y relajó los hombros. Él se agachó y la besó lenta y prolongadamente.

Una noche de pasión, desayuno en la cama, tiernos besos y dulces palabras.

Si fuera real...

¿Acaso jugaba con ella? ¿Con sus emociones? ¿Cómo podía comportarse con tanto cariño si pensaba de ella que era una mentirosa y manipuladora?

—Ahora mismo te daría lo que me pidieras por tus pensamientos.

Ella pestañeó y se dio cuenta de que él la miraba fijamente. Lo mejor sería que no supiera en qué pensaba.

—Pensaba en lo agradable que es despertarse así —contestó ella con una sonrisa.

Él le acarició el labio inferior con el pulgar y luego la mejilla.

—Desayuna. Tu cita es dentro de dos horas.

Se había olvidado de la cita. Tenía una ecografía programada, junto con un análisis de sangre y debía decidir una fecha para su ingreso en el hospital.

—Voy a ducharme y a afeitarme —él dejó la bandeja sobre las piernas de su mujer—. Tengo que hacer unas cuantas llamadas y luego te llevaré a tu cita.

—Gracias.

—No hay de qué. Ahora te dejaré para que desayunes.

Ella lo contempló alejarse. A pesar del delicioso desayuno que tenía delante, su mente estaba en la ducha de Piers. De haber sido más atrevida, se habría unido a él, pero no se atrevía. Hasta ese momento había sido él quien había iniciado los movimientos. Y eso le había permitido estudiarlo y descubrir más cosas sobre ese hombre que había puesto su vida patas arriba.

Una vez más contempló el deslumbrante diamante que adornaba su dedo corazón. El peso le resultaba extraño. Aún no se había acostumbrado a él, pero se sentía fascinada por su aspecto y también por su significado. En cierto modo era una marca de posesión. Pertenecía a alguien.

Consciente de haberse pasado mucho tiempo soñando, desayunó aceleradamente. Tras ducharse y vestirse bajó a la planta baja donde encontró a Piers, al teléfono, en su estudio.

Al verla junto a la puerta, él hizo un gesto con la mano para indicarle que tardaría un minuto.

Sin querer interrumpir, ella decidió esperarlo en el salón. Piers no tardó mucho.

–He contratado a un chef. Llegará esta tarde, a tiempo para preparar la cena de hoy.

–No hacía falta. Te lo dije de broma.

–Al contrario. Fue una idea excelente. Lo que menos necesitas es estar de pie en la cocina y, si tuviera que encargarme yo, me temo que te cansarías de mi limitado repertorio culinario.

–Me estás malcriando –protestó ella sin demasiada convicción.

–Ésa es la idea –él sonrió tímidamente y sus ojos emitieron un peculiar brillo, el que siempre reflejaban cuando la miraban a ella–. ¿Estás lista? Deberíamos irnos por si hay tráfico.

Ella asintió y se levantó del sofá.

Cuando llegaron a la cita, Piers la sorprendió permaneciendo a su lado en todo momento.

Al llegar el momento de la ecografía, se comportó como un niño en una tienda de caramelos.

–¿Es ella? –preguntó mientras señalaba un diminuto puño.

–Se está chupando el pulgar –el ecografista sonrió–. Ahí está la barbilla y ahí el puño.

–Es preciosa –las lágrimas se deslizaron por las mejillas de Jewel al contemplar a su hija.

–Sí, lo es, *yineka mou* –Piers se volvió hacia ella con la voz cargada de emoción–. Tan preciosa como su madre.

–¿Y qué pasa con el quiste? –preguntó ella con ansiedad–. ¿Se ha encogido?

–Desgraciadamente no. Tendré que compararlo con la última vez, pero creo que ha crecido.

Jewel se sintió desfallecer y cerró los ojos. Había esperado un pequeño milagro. Que quizás el quiste se hubiera encogido para no tener que someterse a la operación.

–Hablaremos con el médico. Todo saldrá bien –Piers le tomó la mano y la apretó.

Ella se aferró a esa mano y a la confianza de las palabras de Piers, una confianza que necesitaba porque la suya se esfumaba por momentos.

El ecografista se marchó de la consulta y los futuros padres esperaron en medio de un silencio cargado de ansiedad. Él parecía demasiado tranquilo, pero ¿qué esperaba? Piers no deseaba a ese bebé. Ni siquiera pensaba que fuera suyo.

«Pero está aquí conmigo».

Y eso quería decir algo, ¿no?

El silencio fue interrumpido por el médico que, con gesto pensativo, estudiaba los resultados.

–Señorita Henley, me alegro de verla.

–Ahora es la señora Anetakis –Piers se aclaró la garganta–. Yo soy su marido, Piers –añadió mientras extendía una mano hacia el médico y Jewel pestañeaba perpleja al ver a su marido tomar el mando de la situación.

Los dos hombres discutieron sobre su estado y la cirugía como si ella no estuviera en la consulta. Enseguida la ira empezó a tomar forma. Se trataba de su salud, y de su bebé.

–Yo decidiré para cuándo se programará la operación –dijo ella furiosa.

–Por supuesto, *yineka mou* –Piers le acarició una rodilla–. Simplemente intento comprender qué nos jugamos aquí.

Ella se sonrojó, segura de parecer una quisquillosa. Sin embargo, sentía literalmente cómo se le escapaban los hilos de su vida, enredándose permanentemente en la de él.

–Cuanto antes mejor, señora Anetakis –dijo el doctor–. He consultado a un colega mío que asistirá a la intervención. Se trata de una operación delicada, pero confiamos en su éxito.

–¿Y mi bebé? –susurró ella.

–Su bebé estará bien –el hombre sonrió tranquilizadoramente.

–De acuerdo.

Mientras se preparaban para marcharse, Jewel recibió instrucciones de la enfermera sobre su ingreso en el hospital. Estaba muerta de miedo. Hasta ese momento había sido capaz de no pensar en ello, pero ya no podía postergarlo más.

–Ven –dijo Piers con calma mientras la conducía hasta el coche y la ayudaba a sentarse.

Durante los primeros kilómetros, viajaron en silencio.

–Cuéntame una cosa. Si pudieras elegir cualquier lugar en el mundo para vivir, ¿dónde sería?

–Supongo que en una playa –sobresaltada por la

pregunta, ella se volvió para mirarlo–. Siempre he soñado con una de esas grandes casas sobre una colina con vistas al mar –cerró los ojos mientras se imaginaba el sonido de las olas al estrellarse contra las rocas–, con una terraza para contemplar la puesta de sol. ¿Y tú?

–Nunca he pensado demasiado en ello –dijo sin desviar la mirada de la carretera, aunque su cuerpo se tensó ligeramente.

–¿Dónde vivías antes? Quiero decir antes de todo este asunto.

–No tengo una residencia fija –los labios de Piers dibujaron una sonrisa cínica–. Viajo mucho y, cuando no estoy en viaje de negocios, elijo uno de mis hoteles para alojarme.

–Tu vida se parece mucho a la mía.

–¿Y eso? –él inclinó la cabeza hacia un lado y la miró unos instantes.

–No tengo un hogar –ella se encogió de hombros.

–Supongo que tienes razón –él frunció el ceño como si nunca lo hubiera considerado–. Por muchas residencias que posea, no tengo un hogar. Quizás tú podrás solucionar eso, *yineka mou*.

El coche avanzó por el largo camino que conducía a la casa pero, hasta que no llegaron a la puerta, Jewel no reparó en el coche aparcado. ¿Esperaba Piers compañía?

–¡Kirk! –de repente, su mirada se posó en el hombre sentado en las escaleras.

En cuanto el coche se hubo parado, ella corrió hacia su amigo.

–¿Qué demonios está pasando, Jewel? –Kirk se puso en pie con una expresión sombría, aunque la abrazó con fuerza.

–Creo que soy yo quien debería hacer esa pregunta –intervino Piers con frialdad.

–Piers –Jewel se volvió hacia él–, éste es mi buen amigo, Kirk. Kirk, éste es Piers… mi marido.

–Maldita sea, Jewel –exclamó Kirk–. Te dije que esperaras hasta que yo viniera.

–¿De qué demonios me estás hablando? –ella se volvió hacia su amigo.

–Te envié un correo como respuesta al tuyo –furioso, hizo amago de avanzar hacia Piers.

–Yo no recibí ningún correo. Lo juro. Ni siquiera sabía si habías recibido el mío.

Piers se colocó junto a Jewel y la rodeó con un brazo con tanta fuerza que no le dejaba moverse.

–¿Y has venido hasta aquí sólo para felicitarnos? –preguntó con fingida amabilidad.

–Me gustaría hablar a solas con Jewel –Kirk frunció el ceño–. No me marcharé de aquí hasta que ella me convenza de que es esto lo que realmente desea.

–Cualquier cosa que tengas que decirle a mi esposa, puedes decirla delante de mí.

–Piers, basta –dijo ella bruscamente–. Kirk es un amigo muy querido, y le debo una explicación –ella se soltó y posó una mano sobre el brazo de Kirk–. ¿Has comido?

–He venido directamente desde el avión –él negó con la cabeza.

–Entonces, entra. Comeremos en el patio y hablaremos.

Sin decir una palabra, Piers se dio media vuelta y desapareció dentro de la casa.

–Un tipo simpático –murmuró Kirk.

–Vamos dentro –Jewel suspiró–. Comeremos algo.

Capítulo Once

Piers se quedó en el salón, y miró taciturno hacia la terraza donde Jewel entretenía a su invitado.

¿Exactamente qué significaba ese Kirk para ella? ¿Era el padre de su bebé? ¿La había dejado tirada y luego se había arrepentido? También era posible que los dos le estuvieran estafando.

Al ver sonreír a Jewel, y luego reírse abiertamente ante algún comentario de ese hombre, Piers entornó los ojos. Y mucho más cuando la atrajo hacia sí para abrazarla.

Los puños de Piers se cerraron con fuerza. Decidió darse media vuelta y marcharse. No iba a darle la satisfacción de morder el anzuelo.

A medio camino se paró en seco, repentinamente consciente de lo que hacía: huir. Su ira aumentó aún más ante la idea de hacer el ridículo. Ninguna mujer iba a obligarlo a huir.

Se dio media vuelta y abrió la puerta de la terraza, enfrentándose a los dos. Jewel le recibió con el ceño fruncido y un reflejo de reproche en la mirada.

–¿Ya lo habéis aclarado todo? –preguntó él con suavidad.

–No del todo –contestó Kirk secamente–. Le he ofrecido a Jewel mi apoyo para que el matrimonio no sea su única alternativa.

–Qué amable, pero llegas tarde. Ya es mi esposa.

–El divorcio no es complicado de obtener.

–No lo sería, suponiendo que yo estuviera dispuesto a ello. Cosa que no estoy.

–Ya basta, vosotros dos –exigió Jewel–. Kirk, por favor. Aprecio muchísimo tu ayuda, pero Piers tiene razón, es demasiado tarde. Estamos casados y me gustaría que esto saliera bien.

–Si necesitas algo, lo que sea, ponte en contacto conmigo –la expresión de Kirk se suavizó al mirar a Jewel–. Puede que tarde unos días en llegar, pero vendré, ¿de acuerdo?

–Gracias, Kirk –ella sonrió y lo abrazó con fuerza–. Agradezco todo lo que has hecho por mí, y por permitirme alojarme en tu apartamento.

De modo que el apartamento era de Kirk, no de Jewel. No había exagerado al afirmar que no tenía dinero ni un lugar adonde ir.

Una sensación de culpa se agolpó en su mente ante la idea de la joven, sola y desesperadamente necesitada de ayuda.

–Si estás segura de que no puedo hacer nada –Kirk la besó en la frente–, me vuelvo al aeropuerto para ver si puedo tomar un avión hoy mismo. Con suerte, estaré allí de vuelta en un día o dos.

–Siento mucho que hayas hecho este viaje en balde. Si hubiera recibido tu mensaje, te habría dicho que no te molestaras en venir.

A Piers le costó mantener una expresión neutra. El hecho de borrar el mensaje se había vuelto en su contra. Suponiendo que ella dijera la verdad.

Jewel acompañó a Kirk hasta la puerta. Minutos después, Piers oyó el sonido del coche al marcharse y enseguida apareció ella con expresión furiosa.

–¿De qué demonios iba todo eso? –preguntó.

–Qué curioso –él enarcó una ceja–. Soy yo quien debería preguntarlo.

–¿De qué estás hablando? Kirk es un buen amigo. El único que tengo. Si eso te supone algún problema, ya sabes dónde está la puerta.

–Cuánta lealtad –murmuró él–. Me pregunto si esa lealtad también se extiende a mí.

–Déjalo ya, Piers. Si quieres discutir, discutiremos, pero no tengo tiempo de juegos mentales.

–¿Eso hacíamos? ¿Discutir? Es un poco pronto para una riña matrimonial, ¿no?

–Vete al infierno.

Sin decir nada más, ella se dio media vuelta y subió las escaleras. Segundos después, la puerta del dormitorio se cerró con un fuerte estruendo.

De modo que tenía carácter. Él la había provocado a propósito sólo porque estaba furioso a causa de los celos. Esa mujer le había sorbido el seso, y no le gustaba ni un poquito.

Si ese Kirk estaba tan dispuesto a acudir en ayuda de Jewel, ¿dónde había estado cuando ella le había necesitado de verdad? Si era el padre del bebé y la había abandonado, ¿había regresado al descubrir que tenía competencia? ¿O acaso obedecía todo a un plan urdido por ambos para despojarle de parte de su fortuna? Se lo había puesto en bandeja a Jewel al ofrecerle un acomodado futuro si el bebé resultaba no ser suyo y se divorciaban. Seguramente ése era su plan desde el principio.

Sin embargo, todo dependía de que él le concediera el divorcio. Sonrió con frialdad. Se moría de ganas de informarle de que jamás habría tal divorcio.

La cena transcurrió tensa y en silencio. Jewel seguía furiosa por el modo en que Piers se había comportado con Kirk, y el rostro de Piers parecía esculpido en piedra. Comió como si nada hubiera sucedido, lo que le puso aún más furiosa. ¿Cómo iban a discutir si él no estaba dispuesto a colaborar?

Llegó el postre, pero, por mucho que intentara disfrutar de la tarta, le sabía a corcho.

–He estado pensando –dijo Piers con frialdad.

Ella no contestó y continuó concentrada en diseccionar el postre.

–El divorcio ya no me parece una opción.

–¿Qué? –espantada, ella dejó caer el tenedor ruidosamente sobre el plato–. ¿Ahora crees que el bebé es tuyo? ¿Antes de tener los resultados?

–No soy idiota, Jewel –él enarcó una ceja–. Y harías bien en no olvidarlo.

–¿Entonces a qué viene esta tontería sobre el divorcio? El bebé es tuyo, pero jamás te has mostrado dispuesto a creerlo. ¿Por qué demonios sugieres ahora que no haya divorcio?

–A lo mejor simplemente pretendo informarte de que tu plan no funcionará. No te concederé el divorcio, independientemente de si el bebé es mío o no.

Él parecía estudiarla. Como si aguardara una reacción. Pero ¿qué reacción esperaba?

De repente lo comprendió todo y se quedó boquiabierta.

–Piensas que tengo un plan para extorsionarte.

Crees que Kirk es el padre y que yo soy una especie de fulana que se acuesta con los dos.

Había creído que nadie más tendría el poder de hacerle daño. Hacía mucho tiempo que había desarrollado una impenetrable armadura contra la clase de dolor que inflingían los humanos. Pero el dolor le sobrecogió. Se sentía traicionada, aunque jamás hubiera contado con su lealtad.

Con piernas temblorosas, se levantó torpemente de la silla. Estaba decidida a no derrumbarse delante de él. Antes de salir del comedor, se volvió una última vez.

–¿Quién te hizo daño, Piers? ¿Quién te convirtió en un bastardo que no se fía de nadie, y cuánto tiempo necesitarás para darte cuenta de que yo no soy esa persona?

Incapaz de soportar más su mirada, salió corriendo.

En lugar de subir al dormitorio, salió a la terraza. El aire frío atemperó su ira y cruzó los brazos sobre el pecho mientras caminaba por el sendero que se adentraba en el jardín.

Casi todo el camino estaba iluminado por anticuadas farolas y al fin encontró una mesa redonda de piedra con un banco circular. Era el lugar perfecto para sentarse a disfrutar de la noche.

¿Qué había hecho? Inconscientemente, se frotó la barriga mientras pensaba en su hija y en el futuro. Un futuro que ya no parecía tan brillante como unas horas antes. Piers se vengaba por un daño que ella no le había hecho y había decidido unilateralmente que no habría divorcio.

De todos modos, sabía bien que jamás se produciría el divorcio por la sencilla razón de que el bebé era suyo, a pesar de lo que él pensara.

¿Qué clase de vida le había reservado a su hija? ¿Se suavizaría la actitud de Piers hacia la niña cuando supiera la verdad? ¿Y ella qué? ¿Sería relegada a ser la mujer que había dado a luz al bebé o también suavizaría su postura ante ella?

–No deberías estar sola aquí fuera.

–No creo que esté sola –ella se volvió bruscamente al oír la voz de Piers y la rabia resurgió de inmediato–. Seguro que hay un montón de agentes de seguridad a mi alrededor.

–Sí –él asintió mientras se acercaba a la mesa–, pero no deberías arriesgarte innecesariamente.

–Y dime una cosa, Piers. ¿Me protegerá tu equipo de seguridad de ti?

–Una pregunta interesante. Porque tengo la sensación de que soy yo quien necesita protección.

–Me voy, Piers –ella se estremeció mientras le daba la espalda–. De inmediato.

–Ya te he dicho que no te concederé el divorcio.

–Llegados a este punto, no podría importarme menos. No tengo intención de volver a casarme. Sólo quiero alejarme de ti. Quédate con tu maldito acuerdo. No quiero nada de ti. Sólo mi libertad. Me marcharé enseguida.

Ella retomó el sendero en dirección a la casa, pero Piers fue más rápido y la agarró del brazo.

–No puedes ir a ningún lugar a estas horas, Jewel. Ten un poco de sentido común.

–¿Sentido común? –ella rió–. Ahora me dices que tenga sentido común. Debería haberlo tenido cuando volviste a mi vida y tomaste el mando.

–Quédate hasta mañana. No tendrás que preocuparte de que reclame mis derechos maritales.

–¿Y dejarás que me vaya? –preguntó ella incrédula.

–Si quieres marcharte, sí.

Ella lo estudió en la oscuridad y sacudió la cabeza. ¿Alguna vez sentía algo ese hombre? ¿Tenía alma o la había entregado hacía tiempo?

–Muy bien. Me iré a primera hora de la mañana. Ahora, si me disculpas, quisiera irme a la cama.

Piers la observó marcharse con una sensación de opresión en el pecho, muy parecida al pánico. De todas las reacciones que podía haber esperado ésa no era una de ellas. Confrontada a su traición, había esperado lágrimas, recriminaciones, incluso súplicas. No había esperado que le mandara al infierno y lo abandonara. ¿Qué beneficio obtenía con ello?

Tenía que pensar en algo para convencerla de que se quedara. Hasta que se le ocurriera, necesitaba tenerla controlada. Por primera vez, sintió un cosquilleo de excitación en la nuca. ¿Sería posible que ese bebé fuera realmente suyo? ¿Sería posible que en esa ocasión tuviera derechos con respecto a esa criatura?

De ser así, jamás permitiría que Jewel saliera de su vida.

Capítulo Doce

Incapaz de dormir, Jewel se puso a hacer la maleta. Aún no la había deshecho del todo por lo que no necesitó mucho tiempo. El resto de la noche la pasó sentada en la cama con las manos apoyadas en el colchón mientras reflexionaba en silencio.

¿Por qué se había casado con Piers? Se había sentido desesperada, pero no tanto como para acudir a Kirk. No, había llamado a Piers y luego le había permitido tomar las riendas de su vida y exigirle matrimonio.

«Admítelo. Eres una soñadora incurable».

Durante los últimos cinco meses se había dejado llevar por todo aquello en lo que no creía.

A las dos de la mañana se tumbó en la cama, a oscuras, mientras observaba la luna llena por la ventana. Acababa de cerrar los ojos cuando un agudo dolor le atravesó el costado.

Automáticamente dobló las rodillas antes de que otra punzada de dolor le desgarrara el abdomen. No podía respirar, no podía pensar, ni siquiera decidir qué hacer.

Cuando la agonía se suavizó, rodó hasta el borde de la cama. Sentía un terror tan fuerte como el dolor. Terror por su hija. ¿Iba a perder a su bebé?

Las lágrimas inundaron sus ojos. A punto de apoyar los pies en el suelo, sintió una nueva punzada y cayó pesadamente al suelo de lado, sin poder respirar mientras el dolor le desgarraba por dentro.

–¡Piers!

La voz surgió débil y la puerta estaba cerrada.

–¡Piers! –gritó con más fuerza antes de derrumbarse ante una nueva punzada de dolor.

Cielo santo. Él no iba a acudir y ella era incapaz de ponerse en pie.

Las lágrimas empezaron a brotar con fuerza.

De repente oyó abrirse la puerta. La luz se encendió y unas pisadas atravesaron la habitación.

–¡Jewel! ¿Qué sucede? ¿Es el bebé?

Piers se arrodilló a su lado mientras con las manos repasaba el cuerpo de su mujer. Al intentar girarla, ella soltó un grito de dolor.

–Dime qué te pasa, *yineka mou.* Dime cómo puedo ayudarte –añadió desesperadamente.

–Duele –consiguió balbucear ella–. Duele mucho.

–¿Dónde?

–El costado, mi estómago. Abajo. Por la pelvis. Dios, no lo sé. Me duele por todas partes.

–Tranquila, yo te cuidaré –dijo él con voz suave–. Todo saldrá bien. Te lo prometo –la tomó en brazos y la levantó del suelo–. ¿Estarás bien si te dejo tumbada en la cama un momento? Tengo que vestirme y luego te llevaré al hospital.

Ella asintió, incapaz de decir una palabra.

Piers entró en su dormitorio y dejó a su mujer en la misma cama sobre la que habían hecho el amor la noche anterior. El masculino aroma la envolvió y, curiosamente, la consoló.

Pareció tardar una eternidad en vestirse, pero al fin volvió y la levantó en vilo antes de bajar las escaleras y salir a la fría noche.

–Te instalaré en el asiento de atrás para que puedas tumbarte –murmuró–. Enseguida estaremos en el hospital. Intenta aguantar, *yineka mou*.

El coche arrancó y ella se acurrucó y apretó los puños. Intentaba combatir su deseo de gritar.

«El bebé no. Por favor, que no sea el bebé».

Apenas fue consciente de que el coche se paraba y de que Piers la tomaba en brazos otra vez. A su alrededor sonaban voces, sintió un pinchazo en el brazo, las frías sábanas de una cama, luces brillantes y luego un hombre que no conocía que la miraba a los ojos.

–Señora Anetakis, ¿me oye?

Ella asintió e intentó hablar, pero Piers le apretó el brazo, ¿cuánto tiempo llevaba sujetándola?

–El quiste de su ovario ha provocado una torsión en la trompa. He llamado a su obstetra. Quiere que la preparemos para cirugía.

Un pequeño gemido surgió de la garganta de la joven. Piers se acercó aún más a ella y le acarició la cabeza.

–Todo saldrá bien, *yineka mou*. El médico me ha asegurado que recibirás los mejores cuidados. Nuestro bebé estará bien.

«Nuestro bebé». ¿Había dicho, «nuestro bebé», o se lo había imaginado? No conseguía pensar con coherencia. El dolor había disminuido y se sentía flotar sobre una nube.

–¿Qué me habéis hecho? –preguntó.

–Le hemos puesto algo para que se sienta un poco mejor –la enfermera rió suavemente–. En unos momentos la llevaremos al quirófano.

–¿Piers?

–Estoy aquí, *yineka mou*–de nuevo le acarició la cabeza.

–Dijiste «nuestro bebé» –ella luchaba por mantener los ojos abiertos–. ¿Crees que es tuya?

Hubo un momento de silencio durante el cual ella tuvo que pestañear con fuerza para mantenerlo en su línea de visión. Unas arrugas de preocupación cruzaban la frente de Piers. ¿Estaba preocupado por el bebé?

–Sí, es mía –dijo él con voz ronca–. Ella es nuestra hija, y estoy seguro de que cuidarás bien de ella durante la operación. Ahora descansa y no intentes hablar. Deja que la medicina te cure.

Ella le sujetó la mano con fuerza, temerosa de que, si lo soltaba, se marcharía. El movimiento de la camilla le asustó y tiró con fuerza de la mano.

–No te vayas.

–No me iré a ninguna parte –dijo él tranquilizadoramente.

Piers se inclinó para besarla suavemente en la frente y ella se relajó, cerrando los ojos.

A su alrededor las voces se hicieron más tenues. Piers volvió a besarla y a asegurarle que la esperaría. ¿Por qué? ¿Adónde iba a ir? Ella quería preguntárselo, pero le faltaron las fuerzas para hacer algo más que no fuera seguir allí tumbada.

La camilla volvió a moverse y, de repente, se encontró en una habitación helada. Fue levantada en vilo y tumbada sobre una superficie mucho más fría y dura. Una alegre voz le dijo al oído que contara hacia atrás desde diez.

Abrió la boca para obedecer, pero ningún sonido surgió de ella. Incluso consiguió abrir los ojos, pero al llegar a ocho, todo se volvió negro.

Piers paseaba en la sala de espera de cirugía como un león enjaulado, nervioso e impaciente. Comprobó el reloj por enésima vez para descubrir que sólo habían pasado tres minutos desde la última vez que lo había hecho. ¿Cuánto más iban a tardar? ¿Por qué no le decían nada?

–Piers, ¿cómo está?

Piers levantó la vista y vio entrar a Theron con los cabellos revueltos como si acabara de levantarse. Y así era. Su hermano pequeño se sintió culpable por haberle sacado de la cama en medio de la noche, pero se sintió agradecido por tenerle cerca.

Tras un breve abrazo, ambos se sentaron.

–Todavía no lo sé. Se la llevaron hace unas horas, pero no he tenido noticias desde entonces.

–¿Qué pasó? ¿El bebé está bien?

–El quiste de su ovario le ha provocado una torsión en la trompa. Sufría unos dolores atroces y la llevaron al quirófano para extirpar el quiste, y seguramente también la trompa. De todos modos iban a intervenirla dentro de una semana, de modo que sólo se ha adelantado un poco.

–¿Y el bebé?

–Existe algún… riesgo, pero me han asegurado que harán todo lo que puedan para evitar que le suceda algo.

–¿Cuánto tiempo lleva en el quirófano?

–Cuatro horas –contestó abatido Piers–. ¿Por qué tardarán tanto?

–Pronto sabrás algo –le consoló Theron–. ¿Has hablado con Chrysander?

–No había ninguna necesidad –Piers sacudió la cabeza–. Le llevaría demasiado tiempo venir desde la isla. Para cuando lo consiguiera, todo habría terminado.

–Aun así deberías llamarle. Querrá saberlo. Marley y él querrán saberlo.

Los dos hermanos se quedaron en la sala de espera. Tras un buen rato, Theron se marchó y volvió con café para ambos.

–Estás diferente.

–¿De qué hablas? –Piers miró a su hermano mayor con expresión de sorpresa.

–Pareces más asentado… incluso más contento. Me di cuenta por la expresión en tus ojos durante la boda.

–¿Comparado con qué? –preguntó él en tono burlón.

–Comparado con tu comportamiento desde que Joanna se aprovechó de ti y se largó con Eric.

Piers hizo una mueca de disgusto. Nadie mencionaba el nombre de Eric en su presencia. Estaba seguro de que la familia lo hacía a menudo a sus espaldas, pero nunca cuando él estaba presente.

–No arruines tu oportunidad de ser feliz, Piers. Es la ocasión de tenerlo todo.

–O perderlo todo otra vez. A lo mejor ya lo he hecho.

–¿A qué te refieres?

–Iba a abandonarme por la mañana –confesó Piers tras tomar otro sorbo de café–. Ya tenía hecho el equipaje cuando la encontré tirada en el suelo retorciéndose de dolor.

–¿Quieres hablar de ello? –preguntó Theron–. Más de una mujer me ha acusado de ser un idiota.

–Pareces muy seguro de que soy yo el causante del problema –dijo Piers secamente.

–Eres un hombre, y los hombres siempre son los que se equivocan. ¿No has aprendido nada?

–Fui un imbécil –los labios de Piers esbozaron una tímida sonrisa.

–Ya, pues no será la última vez. Parece algo genético en nosotros.

–Un amigo suyo apareció ayer con la intención de rescatarla. Yo no me lo tomé muy bien.

–Nadie podría culparte por ello. Forma parte de nuestro sentido de la territorialidad.

–Y ahora vas a decirme que somos todos unos cavernícolas que vamos por ahí marcando el territorio como los perros.

–No está mal como ejemplo, hermanito. Y creo que eso es precisamente lo que hacemos, aunque no en sentido literal –Theron miró a Piers de soslayo–. ¿De modo que iba a abandonarte porque no te gustó que apareciera su amigo?

–Puede que le acusara de ser el padre del bebé y le dijera que ambos habían urdido una estratagema para estafarme.

–Maldita sea –Theron hizo una mueca–. Cuando decides salirte del tiesto lo haces bien.

–Ya te he dicho que fui un imbécil. Estaba enfadado. Le dije que no le concedería el divorcio y ella me dijo que podía irme al infierno con mi acuerdo.

–Eso no suena mucho a una mujer que vaya tras tu dinero.

–Quiero confiar en ella, Theron –él había pensado lo mismo que su hermano.

–Y eso te asusta.

Habían llegado al meollo de la cuestión. Su hermano enseguida llegaba al origen del problema. Sí, quería confiar en ella, pero tenía miedo y eso le ponía furioso.

–No quiero que ninguna otra mujer vuelva a ejercer tanto poder sobre mí.

–Lo entiendo, de verdad que sí –Theron suspiró y apoyó una mano sobre el hombro de su hermano–. Pero no puedes aislarte del mundo el resto de tu vida porque una vez te hicieron daño.

–¿Daño? –Piers rió amargamente–. Ojalá sólo me hubiera hecho daño. Me quitó lo que más amaba en el mundo. Eso va más allá de un simple daño.

–Aun así, y aunque suene a tópico, la vida continúa. Quiero que seas feliz, Piers. A Chrysander y a mí nos preocupas. No puedes vivir de hotel en hotel toda tu vida. En algún momento tendrás que asentarte y formar una familia. Jewel te ha dado esa oportunidad. Deberías aprovecharla.

–Señor Anetakis.

Los dos hermanos se volvieron al ver entrar a la enfermera.

–La señora Anetakis ya ha salido del quirófano. Podrá verla en reanimación un ratito si lo desea.

–¿Está bien? ¿El bebé? –Piers se levantó de un salto y corrió hacia la enfermera.

–La madre y el bebé están bien –la mujer sonrió–. La operación ha salido bien. El médico pasará por la sala de reanimación para informarle antes de que sea llevada a planta. Estará muy aturdida, pero podrá hablar con ella unos minutos.

–Te espero aquí –dijo Theron–. Ve tú.

–Gracias –dijo Piers, y siguió a la enfermera en busca de Jewel.

Capítulo Trece

El dolor había cambiado. Ya no era agónicamente punzante. Se había estabilizado en un dolor sordo, superficial. Jewel intentó cambiar de postura y se quedó sin aliento al sentir que la barriga se le desgarraba en dos.

–Cuidado, *yineka mou*. No debes intentar moverte. Dime qué necesitas y yo te ayudaré.

Piers. Ella abrió los ojos con dificultad ante la cegadora luz y los volvió a cerrar.

Y entonces se acordó.

–El bebé –susurró. Alargó una mano hacia la barriga y una nueva punzada de dolor le asaltó.

Piers le tomó las manos entre las suyas y se las retiró suavemente de la tripa.

–El bebé está bien, y tú también, ¿lo ves? –con delicadeza le apoyó una mano sobre la tripa.

Ella contempló con extrañeza el abultado vendaje. La tripa aún era evidente. Las lágrimas inundaron sus ojos mientras el alivio la embargaba.

–Tenía tanto miedo. No puedo perderla, Piers. Lo es todo para mí.

–La operación fue un éxito –Piers le tomó el rostro entre las manos y le secó las lágrimas con el pulgar–. El médico dice que el bebé está bien. Te están monitorizando las contracciones –señaló una máquina junto a la cama–. ¿Lo ves? Puedes oír y ver los latidos de su corazón.

–¿De verdad es ella? –Jewel giró la cabeza y escuchó el suave eco de unos latidos.

–Sí –Piers sonrió–. Nuestra hija se hace notar.

Jewel se quedó sin aliento al recordar de repente la escena vivida instantes antes de entrar en el quirófano. Al principio había pensado que se lo había imaginado, pero lo había vuelto a decir. ¿Por qué había cambiado de opinión?

–Gracias por traerme tan deprisa –susurró ella–. Temía que no me oyeses llamarte.

–No habrías sufrido tanto de haber estado yo contigo –él la miró fijamente con sus oscuros ojos–. A partir de ahora dormirás en mi cama y, si volviera a sucederte algo, yo lo sabría de inmediato. No quiero ni pensar qué habría ocurrido de no haberte oído gritar.

Ella meditó sobre ello y pestañeó para aclarar la nube de su mente. Todo estaba muy turbio, y él la confundía cada vez más. Era como si jamás hubieran discutido, como si él no le hubiera acusado de intentar endosarle el bebé de otro hombre.

–Ya hablaremos más tarde –dijo él con dulzura–. Estás agotada. Debes descansar. Estaré aquí cuando despiertes, y entonces podrás hacerme todas esas preguntas que se reflejan en tus ojos.

–No. Necesito saberlo ahora –ella sacudió la cabeza e hizo una mueca de dolor–. Dijiste, insinuaste, cosas terribles, Piers. No me quedaré junto a un hombre que piensa así de mí, ni siquiera por mi hija. Kirk está dispuesto a ayudarme. Debería haberle llamado a él el primero.

–Pero no lo hiciste –contestó Piers con suavidad–. Me llamaste a mí, como debe ser. Creo que lo mejor será que dejemos a Kirk fuera de todo esto.

Ella empezó a protestar, pero él la silenció apoyando un dedo sobre sus labios.

–No te alteres. Te debo una disculpa, *yineka mou*. Y estoy seguro de que no será la última. Te agradecería que tuvieras paciencia conmigo. No soy un hombre de fácil convivencia. Soy consciente de ello. No debí haber sugerido lo que sugerí. A partir de hoy funcionaremos como una familia. Vas a tener un hijo mío.

Ella lo miró estupefacta. La sinceridad de sus palabras estaba grabada en el rostro, y ardía en su mirada. No había rastro de arrogancia en la voz. Simplemente arrepentimiento.

Algo dentro del pecho de la joven, peligrosamente cerca del corazón, se soltó. Por un instante olvidó el dolor y el aturdimiento provocado por la meditación. Un dulce y bendito calor le inundó las venas. Esperanza. Hacía tanto que no había sentido nada parecido que le costó identificarlo. Por primera vez en su vida, sentía esperanza.

–¿Me perdonarás? –Piers le besó el dorso de la mano–. ¿Me darás otra oportunidad?

–Sí, por supuesto –susurró ella con voz temblorosa.

–¿Y te quedarás? ¿Ya no hablarás más de marcharte?

Ella negó con la cabeza, incapaz de articular palabra.

–No lo lamentarás, *yineka mou* –dijo él muy serio–. Haremos que funcione. Podemos hacerlo.

Jewel sonrió antes de hacer un gesto de dolor al sentir otra punzada. Piers se inclinó hacia delante y concentró su atención en un pequeño dispositivo que había junto a la cama.

–Esto es para el dolor. Aprietas el botón y te inyecta una pequeña cantidad de medicamento en la sangre. Si hace falta, puedes pulsar el botón cada diez minutos.

Él mismo pulsó el botón y un segundo más tarde Jewel sintió una ligera quemazón en las venas. El alivio fue casi instantáneo.

–Gracias.

–Cuidaré de ti y del bebé –dijo con solemnidad–. No quiero que te preocupes por nada, salvo por ponerte bien.

–Estoy cansada –ella sonrió y lo miró con ojos somnolientos.

–Entonces será mejor que duermas. No me moveré de aquí.

Ella se volvió hacia él y se aferró con fuerza a la robusta mano, impidiéndole soltarse. Piers se relajó y le apretó la mano con fuerza.

–¿Cuándo podré salir de aquí? –murmuró mientras caía en un profundo sueño.

–No hay prisa –él rió–. Te marcharás cuando lo diga el médico. Mientras tanto, disfruta de la atención de todos.

–Sólo de la tuya –balbuceó antes de sumirse en la oscuridad.

–¿Estás seguro de que todo está preparado? –Piers hablaba por el móvil mientras entraba en la habitación de Jewel.

Ella lo miró y sonrió mientras él le indicaba con un gesto que terminaría de hablar enseguida.

–Bien. Muy bien. Te debo una, y no me cabe duda que te la vas a cobrar.

Tras apagar el móvil corrió junto a Jewel. Se inclinó y la besó suavemente en los labios.

–¿Qué tal están mis chicas hoy?

–Tu hija está muy activa, lo cual es, a la vez, una bendición y un castigo.

–¿Te duele la incisión por culpa de sus movimientos? –dijo él con preocupación.

–Creo que está haciendo prácticas de puntería –ella hizo un gesto de fastidio–. Y parece tener la molesta habilidad de acertar siempre en el lugar adecuado.

–Lo siento. Debe resultarte muy doloroso.

–La alternativa ni siquiera es una opción, de modo que me alegra que se mueva tanto.

–¿Te ha visto ya el médico?

–Vino mientras estabas fuera. Dijo que, si hoy todo iba bien, y no tengo más contracciones, me darán de alta mañana. Deberé guardar reposo absoluto en cama durante una semana y luego podré levantarme y moverme, siempre que no me exceda.

–Ya me ocuparé yo de que obedezcas sus instrucciones al pie de la letra.

–¿Por qué tengo la sensación de que vas a disfrutar con mi convalecencia? –ella sonrió divertida.

–¿Y por qué has pensado algo así? –él la miró con inocencia.

–Porque estás acostumbrado a mandar y a que todos te obedezcan –contestó ella.

–Lo dices como si fuera algo malo.

Jewel no pudo reprimir una carcajada y de inmediato gruñó al sentir la protesta de su barriga.

Últimamente había disfrutado de unos días buenos, teniendo en cuenta que estaba postrada en la cama de un hospital.

Piers se había comportado maravillosamente bien. El reservado hombre de negocios que le había dejado claro que jamás le concedería el divorcio parecía haber desaparecido, sustituido por alguien que atendía a cada una de sus necesidades.

Alguien llamó suavemente a la puerta y, para su sorpresa, aparecieron los hermanos de Piers con sus esposas. Piers le apretó la mano tranquilizadoramente.

—No te preocupes, *yineka mou*. Estás preciosa. Y yo me encargaré de que no se queden el tiempo suficiente para cansarte.

Era mentira, pero ella le agradeció el gesto.

La idea le asaltó de repente, y fue más dolorosa que la incisión llena de grapas de su barriga. ¿Amor? Cielo santo. Se había enamorado de él.

Intentó sonreír, pero lo único que quería era esconderse en un profundo y oscuro agujero. ¿Cómo se había permitido enamorarse de él... de cualquier hombre? Al parecer, no había sufrido lo bastante en su vida. No, era evidente que deseaba más dolor y desilusión.

Ser amada estaba muy bien, pero ¿ofrecerle su amor en bandeja de plata? Eso era pedir a gritos que la rechazaran.

—¿Jewel? ¿Hemos venido en mal momento? —preguntó Marley.

—No, no, claro que no —Jewel se dio cuenta de que ambas parejas la miraban con preocupación—. Lo siento, es que sigo aturdida por la medicación contra el dolor.

A su lado, Piers frunció el ceño. Hacía tres días que no le administraban ningún medicamento contra el dolor. Era demasiado peligroso para el bebé.

Sonrió abiertamente a Marley y a Bella, y optó por desviar la mirada de Chrysander y Theron. La intimidaban enormemente y no estaba acostumbrada a darle esa ventaja a nadie.

–¿Qué tal te encuentras? –preguntó Bella mientras se apoyaba en el borde de la cama–. ¿Te ha dado mucho la lata Piers? Marley y yo podemos sacarlo de la habitación y darle un repasito.

Jewel sonrió y tragó con dificultad para evitar soltar una carcajada.

–No le hagáis reír –rugió Piers–. Le duele demasiado. Además, no olvides que Marley y tú coméis en la palma de mi mano.

–Que no te engañe, Jewel –Chrysander soltó un bufido–. Cualquier mujer que mire a este idiota a la cara, conseguirá que le dé todo lo que le pida, para desesperación mía y de Theron.

–Como si vosotros dos no las mimarais hasta la extenuación –protestó Piers.

–Puede que sí, pero una mujer nunca tendrá bastantes hombres a su disposición –dijo Marley alegremente.

–Sólo hay un hombre a tu disposición, *agape mou* –gruñó Chrysander–. Y procura no olvidarlo.

Mientras presenciaba la discusión entre los tres hermanos y las dos mujeres, Jewel, por primera vez no se sintió como una extraña, sino como si perteneciera a ese íntimo círculo familiar.

–Debes sentirte mejor –dijo Bella–. Tienes una preciosa sonrisa reflejada en el rostro. Estás radiante para haber sufrido recientemente una intervención.

–Es el embarazo –dijo Theron secamente–. No hay mujer más hermosa que la embarazada.

–Buen intento –espetó Bella–. Pero tus halagos no te llevarán a ninguna parte. Y si empiezas a perseguir a mujeres embarazadas, haré que jamás puedas engendrar hijos.

Jewel no pudo evitar reírse al ver la palidez que se instaló en el semblante de Theron. Puso una mano sobre la barriga y gruñó, pero, incluso con el dolor, era muy agradable poder reír.

–¿Estás bien? –preguntó Piers.

–Estoy bien –ella agitó una mano en el aire–. De verdad –luego se volvió hacia Bella–. ¿Por qué tengo la sensación de que hay alguna disputa entre Theron y tú?

–Si Theron se saliera con la suya –Bella sonrió–, ya tendría toda una camada de hijos, pero soy demasiado joven y tenemos muchas cosas que hacer antes de engendrar bebés. Al final cederé y llenaré una guardería, pero hasta entonces vivo para atormentarlo.

Mientras Bella hablaba, Jewel estudió el rostro de Theron. Los ojos brillaban de amor por su esposa y era evidente que no había ninguna tensión entre ellos.

–Además, Marley ya se ha propuesto tener bastantes Anetakis para dar y tomar –añadió Bella.

–¿Marley? –Piers alzó las cejas.

Marley se sonrojó mientras Chrysander sonreía y la rodeaba con un brazo.

–¿Estás embarazada otra vez? –preguntó Piers.

–Dentro de siete meses me dará la hija que tanto deseo –dijo el hermano mayor con arrogancia.

–¿Y si es otro niño? –le provocó Marley.

–Entonces habrá que intentarlo de nuevo hasta acertar –Chrysander la miró con pasión.

Marley y Bella se echaron a reír y Jewel se unió a ellas sin dejar de sujetarse la barriga.

Qué familia más maravillosa. Una familia de la que ella formaba parte. Era demasiado para poder soportarlo.

–Será mejor que nos marchemos –dijo Chrysander tras estudiar el rostro de Jewel–. Parece que sufres dolores y no queremos cansarte en exceso. Sólo queríamos verte y decirte que, si necesitas algo no tienes más que decirlo. Ahora formas parte de la familia.

–Por favor, no os marchéis –contestó ella con lágrimas en los ojos–. No me molestáis en absoluto. Me ha encantado que hayáis venido a verme.

–Dime una cosa –Bella se inclinó hacia delante–. ¿Te dejan comer comida de verdad? Me muero por una pizza. Theron opina que es una barbaridad y necesito una excusa para comerme una grasienta pizza llena de queso.

–¿A eso lo llamas «comida de verdad»? –Theron fingió sentirse horrorizado.

–Me encantaría una pizza –dijo Jewel mientras la boca se le hacía agua–. Con doble de pimiento y extra de queso.

–Te diré qué vamos a hacer –dijo Bella–. Pediremos una a nuestro gusto y los demás que se apañen solos. Tu sugerencia me parece divina.

Jewel miró a Piers, que suspiró resignado.

–¿Cómo podría un hombre negarse ante una mirada así?

Theron y Chrysander se echaron a reír y el segundo le dio una palmada en el hombro a Piers.

–Ahora empiezas a entenderlo, hermanito. Empiezas a entenderlo.

Capítulo Catorce

–Tengo una sorpresa para ti –dijo Piers mientras empujaba la silla de ruedas hasta la salida del hospital–. Tardará un poco, de modo que quiero que te relajes e intentes descansar.

Un cosquilleo de emoción burbujeó en el estómago de Jewel. Se sentía como una niña en Navidad. Para ser alguien que no estaba acostumbrada a las sorpresas, le empezaban gustar mucho. Al menos la anticipación de recibir una.

El equipo de seguridad de Piers esperaba fuera de la limusina. Abrieron la puerta trasera y Jewel fue levantada en vilo por su marido y depositada cuidadosamente en el asiento trasero. Después, él se sentó a su lado mientras los agentes de seguridad entraban en otro coche.

–¿Dónde vamos? –preguntó ella con curiosidad al ver que el coche se dirigía en dirección contraria a su casa.

–Al aeropuerto.

–¿Adónde vamos? –ella enarcó las cejas.

Una familiar excitación le inundó las venas. Lo que más le gustaba en el mundo era viajar y experimentar la emoción de conocer nuevos lugares, gentes y costumbres. Pero en aquella ocasión no viajaría sola y eso le gustaba más de lo que habría creído posible.

–Si te lo hubiera contado, habría estropeado la sorpresa –él sonrió y le tomó una mano.

–Pero mi ropa, mis cosas… No he hecho el equipaje.

–Todo resuelto –dijo él con dulzura–. ¿Para qué te crees que tengo empleados?

–¿También has empaquetado al cocinero? –preguntó ella–. Hacía una comida deliciosa.

–Te aseguro que no vas a morir de hambre –Piers rió.

Minutos después pararon junto a un pequeño jet aparcado en una pista privada de despegue.

Piers aguardó mientras el servicio de seguridad se subía primero al avión. Después ayudó a su esposa a bajarse del coche.

–Si quiere, yo la acompañaré, señor Anetakis –se ofreció Yves, el único al que ella conocía por su nombre. Los demás eran unos desconocidos, pero Yves parecía el guardaespaldas privado de Piers.

–Gracias Yves, pero yo llevaré a la señora Anetakis hasta el avión –contestó Piers.

Con mucho cuidado la llevó en brazos hasta el avión y, tras subir la escalerilla, se agachó para entrar.

Jewel jamás había estado en un jet privado y se equivocó al esperar una versión reducida de un avión comercial. En la parte delantera había unos asientos cubiertos de suave cuero, de aspecto increíblemente lujoso y cómodo. Detrás había una zona de descanso con un sillón reclinable y un sofá, junto con una mesa de café, un televisor y un minibar.

–En cuanto despeguemos te enseñaré el resto –Piers siguió la dirección de su mirada–. Al fondo hay un dormitorio en el que podrás acostarte. También hay una pequeña cocina, de modo que, si deseas algo, no tienes más que pedírselo a la azafata.

–¿Azafata? –ella abrió los ojos de par en par–. ¿Hay una azafata en este avión?

–Por supuesto. Viaja junto al piloto. Son marido y mujer. Y ahora, ¿prefieres asiento de pasillo o ventanilla?

–Ventanilla –contestó ella.

Él la ayudó a sentarse antes de hacer lo propio a su lado. Después ajustó los cinturones de ambos.

–Me alegra conocerla, señora Anetakis –la azafata apareció y saludó sonriente a Piers antes de volverse hacia Jewel–. Cualquier cosa que necesite durante el vuelo no tiene más que decírmelo. En breve tendremos la autorización para despegar. ¿Le gustaría beber algo mientras espera?

–No, gracias –contestó Jewel–. De momento estoy bien.

Minutos después avanzaron a toda prisa por la pista y despegaron. Jewel apoyó la cabeza sobre el hombro de Piers y se acurrucó contra él. A pesar de la curiosidad que sentía por ver el resto del avión, levantarse y moverse dolía demasiado y prefería quedarse donde estaba durante el resto del vuelo.

–¿Todavía no vas a decirme adónde vamos? –preguntó Jewel varias horas después mientras avanzaban en coche por una autopista llena de curvas.

–Paciencia, *yineka mou* –Piers sonrió–. Creo que la espera merecerá la pena.

Ella suspiró y se relajó en el asiento. Dondequiera que estuvieran, era un lugar precioso y salvaje. Estaba casi segura de que se trataba del Caribe o algún otro lugar tropical. ¿Se dirigían a uno de sus hoteles?

El coche se paró frente a una puerta de seguridad y Piers marcó un código de seguridad. La enorme verja de hierro se abrió lentamente y continuaron camino.

A su alrededor abundaba el verde follaje. Era como conducir en medio de un paraíso privado. Había flores, plantas, fuentes e incluso una pequeña catarata que caía sobre unas rocas a lo lejos.

De repente vio la casa y se quedó boquiabierta ante la increíble mansión que, a pesar de su tamaño, tenía el aspecto de una acogedora cabaña de piedra.

–¿Vamos a alojarnos aquí mientras estemos en este lugar? –preguntó ella cuando el coche se paró frente a otra enorme fuente con flores que flotaban en el agua.

–Es tu casa, *yineka mou*. Nos pertenece.

Ella se quedó sin habla.

–Pero lo mejor está aún por llegar –dijo él.

Ella lo contempló bajarse del coche y se preguntó cómo demonios podría mejorarse aquello.

Piers la ayudó a salir del coche y les hizo un gesto a los hombres de seguridad que desaparecieron de inmediato mientras él rodeaba a su esposa por la cintura y la conducía por un camino que bordeaba la casa.

De repente lo oyó. El lejano rumor de las olas. Respiró hondo, embriagándose del aire salado.

–¡Oh, Piers! –exclamó.

Ascendieron hasta un pequeño promontorio entre una sección del jardín y la terraza de madera que volaba desde la casa por encima de un escarpado acantilado. Al asomarse vio la gran extensión de océano, de un color azul tan brillante que casi hacía daño a la vista.

El paseo continuaba y, en algunos puntos, era interrumpido por unas escaleras que conducían a la playa. La casa estaba situada sobre el acantilado, guarecida entre dos enormes rocas. Disponía de una pequeña extensión de playa, completamente privada.

Era la vista más maravillosa que jamás hubiera podido imaginarse. Y era suya.

–No sé qué decir –susurró–. Éste era mi sueño, Piers. No puedo creerme que sea nuestro.

–Es tuyo, *yineka mou*. Mi regalo de bodas. Tengo entendido que está equipada con un servicio completo, incluyendo a cierto cocinero al que, al parecer, tienes en gran estima.

–Gracias –ella le rodeó el cuello con los brazos, haciendo caso omiso de la punzada de dolor que la asaltó. Es maravilloso, Piers. No sé cómo podré agradecértelo.

–Cuidándote mucho, y a mi hija –dijo él con solemnidad–. No quiero que vayas por el camino que baja a la playa a no ser que yo te acompañe.

–Te lo prometo –le aseguró ella. En ese momento, le prometería hasta la luna.

–Vamos dentro. La cena nos espera. Comeremos en la terraza mientras vemos la puesta de sol.

Ella lo siguió ansiosa por ver el interior de la casa. Tras un breve recorrido por la planta baja, salieron a la terraza. La mesa estaba puesta y se sentó en una silla dispuesta a cenar.

–Es maravilloso –dijo al fin. Se sentía completamente abrumada ante la idea de vivir en aquel lugar, y de que fuera suyo. Era sencillamente demasiado bueno para ser cierto.

–Me alegra que te guste. Tenía miedo de no tenerlo todo listo antes de que te dieran de alta.

–¿No era tuya antes?

–Hice que mis agentes buscaran el lugar ideal el día que me describiste dónde te gustaría vivir. Cuando encontraron esta propiedad, supe que era perfecta. La venta aún no está cerrada, pero he convencido al dueño de que nos permita tomar posesión de ella antes de terminar el papeleo.

–Es la cosa más maravillosa que nadie haya hecho por mí –ella no podía dejar de sonreír.

–Dime una cosa, *yineka mou* –él colocó su mano sobre la palma de la de ella–. ¿Alguna vez alguien ha hecho algo maravilloso por ti? Tengo la impresión de que tu vida no ha sido fácil.

Ella se puso tensa e intentó retirar la mano, pero él no lo permitió.

–¿Qué es eso que no quieres contarme? –preguntó con calma–. Entre marido y mujer no debería haber secretos.

Ella se volvió hacia el mar. La brisa del océano le secó las invisibles lágrimas que derramaba.

–Tampoco es tan trágico –dijo con naturalidad–. Mis padres murieron siendo yo muy pequeña. Apenas los recuerdo e incluso sospecho que esas personas que recuerdo como mis padres no son más que unos de los muchos padres de acogida que tuve.

–¿No tenías ningún pariente que pudiera ocuparse de ti?

–Al menos ninguno que quisiera hacerlo –ella sacudió la cabeza.

Una mujer joven apareció en la terraza con una bandeja y Jewel suspiró aliviada. No le pasó desapercibido el ceño fruncido de Piers, claro indicativo de que la conversación no había terminado, simplemente se había postergado.

Sin embargo, nada bueno podía surgir de remover el pasado.

Comieron en un amigable silencio. Jewel disfrutó de los sonidos y aromas del mar y se sintió más relajada de lo que había estado en mucho tiempo.

A medida que el sol descendía por el horizonte, el cielo se tiñó de suaves tonos de rosa y morado con franjas doradas. El océano relucía a lo lejos, reflejando el brillo de la puesta de sol.

Tan hechizada estaba por la vista que no se dio cuenta de que había dejado de comer. Únicamente cuando volvió la camarera para retirar los platos, despertó de su ensoñación.

–Pareces cansada, *yineka mou* –dijo Piers con dulzura–. Creo que debería llevarte arriba para que te acuestes.

–Eso suena muy bien –ella bostezó–. ¿Tiene el dormitorio ventanas que puedan abrirse? Me encantaría poder oír el mar.

–Creo que encontrarás la vista desde nuestro dormitorio magnífica, y, desde luego, podemos abrir la ventana si es lo que deseas.

Él la ayudó a ponerse en pie y entraron en la casa. Subieron lentamente las escaleras y ella se mordió el labio ante el dolor que le producía cada movimiento.

Al entrar en el dormitorio principal, no pudo reprimir una exclamación. Toda la fachada que daba al mar estaba acristalada desde el suelo hasta el techo. Contempló la vista con las palmas de las manos apoyadas contra el frío ventanal.

–Éste ha sido el día más maravilloso de mi vida –dijo con un nudo en la garganta–. Gracias.

–Me alegra que te guste –dijo él con voz ronca.

Jewel devolvió su atención al paisaje mientras los últimos destellos naranjas desaparecían en el mar.

–¿Qué pasará con tu trabajo? ¿Con tus hoteles?

–La mayor parte de mi trabajo puedo hacerla desde aquí –él se colocó a su lado–. Tengo un teléfono, un ordenador y un fax. Tendré que hacer algunos viajes. Hasta ahora he viajado sin parar, pero ya no estoy dispuesto a continuar por ese camino. Mis hermanos tendrán que ayudarme con eso, o contrataremos a alguien que se dedique a los viajes.

–¿No lo echarás de menos? –preguntó ella.

–Hace unos meses te habría dicho que sí, mucho. Pero ahora no me apetece tanto alejarme de mi esposa y de nuestro bebé.

Ella sintió que el calor inundaba su pecho. Aquello sonaba a una familia de verdad. No sabía qué le había hecho cambiar de opinión, pero tampoco quería saberlo. Tan sólo esperaba que aquello durase.

Capítulo Quince

Durante los días que siguieron, Jewel descansó y se recuperó bajo la atenta vigilancia de Piers y del personal que había contratado. Al principio le resultó extraño ver a otras personas en la casa, pero eran tan discretas que pronto se acostumbró a su presencia.

Piers incluso hizo llamar a un médico para que comprobara el estado de la incisión y para que le retirara las grapas, ahorrándole el viaje a la ciudad.

En poco tiempo se convirtió en una joven mimada y malcriada, y se sentía mortalmente aburrida. Se moría de ganas de dar un paseo por los alrededores. Más que nada deseaba bajar a la playa, pero también recorrer el resto de la isla.

Según Piers, la isla era pequeña y no muy conocida por los turistas que viajaban al Caribe. La principal fuente de ingresos de los lugareños era la pesca. Había muchos planes para construir un exclusivo centro de vacaciones para gente adinerada.

El objetivo era mantener la isla tan privada y virgen como fuera posible sin dejar de asegurar un flujo de ingresos para la población local.

El día siguiente de la visita del médico, quien le había retirado las grapas y declarado en buena forma, Jewel abordó el tema de un paseo por la playa tras el desayuno.

–No estoy seguro de que debieras bajar escalones tan pronto, *yineka mou* –Piers frunció el ceño.

–Pero puedo sujetarme a ti –insistió ella con voz mimosa–. Por favor, Piers, me voy a volver loca. Llevo tanto tiempo mirando a lo lejos que empiezo a tener la sensación de estar contemplando una postal.

–No sé decirte que no –él sonrió–. De acuerdo, después del desayuno bajaremos a la playa. Haré que el cocinero nos prepare una cesta de comida para llevar.

–¡Gracias! –ella saltó en la silla como una niña–. ¡Qué ganas tengo de ir!

–Asegúrate de llevar calzado cómodo. No quiero que resbales en las escaleras.

Ella sonrió. La situación que vivía en esos momentos era perfecta. Atrás había quedado la sensación de que el mundo se desmoronaría a su alrededor en cualquier momento. Sólo faltaba que él consiguiera abrirse.

Durante días había discutido consigo misma, vacilado ante la falta de valor para preguntar. El otro problema era que, si conseguía hacerle hablar de su pasado, ella se vería obligada a hablarle del suyo.

Pronto, se prometió. Pero no aquella mañana. Nada iba a arruinar el paseo por la playa.

Con la cesta de picnic en una mano y la otra sujetando con firmeza a su esposa, Piers inició el descenso por las escaleras esculpidas en el acantilado. Con cada peldaño que bajaban, el sonido del mar se hacía más fuerte y Jewel se sentía más excitada.

Cuando al fin posaron los pies sobre la arena, la joven miró hacia arriba, hacia el impresionante acantilado que aislaba del resto del mundo esa franja de playa.

–Es como si estuviésemos en nuestro pequeño mundo particular –dijo ella impresionada.

–Nadie puede vernos, salvo desde un barco –Piers sonrió–, y sé de buena tinta que los lugareños no pescan en este lado de la isla.

–Eso abre la puerta a toda una serie de inconfesables posibilidades, ¿verdad?

–Puedes estar segura de que, una vez recuperada, pienso ceder a unas cuantas de esas posibilidades –dijo él con la mirada brillante.

Ella se echó a reír y se quitó los zapatos, hundiendo los dedos de los pies en la cálida arena. Incapaz de resistirse a la llamada de las espumosas olas, se apresuró hacia la orilla, deseosa de sentir el agua alrededor de los tobillos.

El agua le cubrió los pies y ella extendió los brazos para recibir la suave brisa, sonriendo encantada mientras sus cabellos flotaban al viento. Cerró los ojos y respiró hondo mientras deseaba poder parar el tiempo en ese preciso instante.

–Pareces una ninfa del mar –dijo Piers–. Más hermosa de lo que debería estarle permitido a ninguna mujer –estaba a su lado, con los pantalones remangados hasta las rodillas y los pies desnudos.

–¿Es segura esta playa para nadar?

Él asintió.

–Pues tendremos que hacerlo alguna vez.

–Pareces feliz, *yineka mou*. ¿Es gracias a mí?

La vulnerabilidad que reflejaban los negros ojos hizo que se quedara sin aliento. Ese hombre, fuerte y arrogante, era tan humano como cualquier otro. Sin plantearse la sensatez del gesto, se arrojó en sus brazos.

–Eres muy bueno conmigo, Piers. Me haces sentir muy feliz.

Él le devolvió el abrazo con cautela mientras sus miradas se fundían. Tenían los labios separados por milímetros y ella se los lamió, nerviosa por la sensación de anticipación.

Pero en lugar de esperarlo, fue ella la que lo atrajo hacia sí y lo besó. Él pareció conforme porque fuera ella quien tomara la iniciativa, explorando cada rincón de su boca con la delicada lengua.

Los dedos de Piers le acariciaron la nuca como un susurro antes de hundirse en sus cabellos y sujetarla con más firmeza a medida que el beso se intensificaba. La sal del mar bailaba sobre sus lenguas y se mezclaba con la dulzura de su pasión.

–¿Y yo te hago feliz a ti? –al fin ella lo soltó y lo miró con los ojos medio entornados.

–Me haces muy feliz –él le acarició una mejilla con el pulgar.

–¡Vamos! –ella sonrió alegremente antes de tomarlo de la mano y tirar de él–. Vamos a seguir.

Él se dejó arrastrar y juntos recorrieron cada centímetro de la playa antes de volver al lugar en que se encontraba la cesta de picnic.

–Ayúdame con la manta –dijo ella mientras intentaba, en vano, extenderla sobre la arena.

–Déjame a mí –Piers colocó un zapato en cada esquina para sujetarla–. Siéntate rápido antes de que se vuele otra vez.

Ella se sentó y colocó la cesta en el centro de la manta. Él se sentó a su lado y empezó a sacar la comida.

El sol brillaba con fuerza sobre sus cabezas y la arena brillaba como millones de diminutas gemas. Jewel suspiró y se volvió hacia el sol.

–Pareces muy contenta, *yineka mou*. Como un gato tumbado al sol.

–¿Nunca has deseado que un momento dure eternamente?

–No, creo que no –dijo Piers tras reflexionar un instante–, pero si fuera dado a esas cosas, elegiría un momento como éste.

–Es perfecto, ¿a que sí? –ella sonrió.

–Sí, lo es.

Terminaron de comer y Jewel se tumbó sobre la manta, disfrutando de los sonidos y olores del mar. El calor de los rayos del sol hizo que, poco a poco, se quedara dormida.

–Es hora de volver a la casa, *yineka mou* –Piers la sacudía suavemente–. El sol está a punto de ponerse.

Ella bostezó y pestañeó perezosamente. Después sonrió a Piers y le tendió una mano.

Juntos, recogieron los restos de la comida y lo guardaron todo, junto con la manta, en la cesta. Al llegar a las escaleras, él le tomó una mano y ella deslizó los dedos entre los suyos.

Aquella noche. Aquella noche abordaría el tema de su pasado y, por primera vez en su vida, no evitaría el suyo propio. Deseaba conocer sus secretos, la causa del dolor asentado en las profundidades de los negros ojos.

¿Compartiría sus secretos con ella o la dejaría fuera? ¿Tenía derecho a presionarle sobre algo de lo que, claramente, no quería hablar?

***

Fiel a su palabra, después de que Piers la hubiera encontrado tirada en el suelo del dormitorio, retorciéndose de dolor, ella había dormido en su cama cada noche. Por miedo a hacerle daño, él acostumbraba a acurrucarse contra la espalda de la joven y ella disfrutaba del calor y la seguridad que emanaba del atlético cuerpo.

La mayoría de las noches, Jewel se preguntaba si volverían a hacer el amor una vez que estuviera recuperada del todo de la operación. Sin embargo, aquella noche, se acurrucó contra él mientras intentaba reunir el valor suficiente para abordar el tema de su pasado.

–¿Piers?

–Hummm...

–¿Vas a contarme quién te hizo tanto daño? –ella se volvió lentamente y él se puso rígido–. ¿Quién te volvió tan desconfiado con las mujeres? –continuó–. ¿Y por qué no quieres que este bebé sea hija tuya?

–Ahí te equivocas, *yineka mou* –él la silenció colocando un dedo sobre sus labios–. Deseo que sea mía.

–Pero pareces convencida de que no lo es –ella se tumbó de lado.

Piers se tumbó de espaldas y se quedó con la mirada fija en el techo. Ella apoyó la cabeza sobre su hombro y, al no notar ninguna resistencia por su parte, se relajó y le acarició el velludo torso.

–Hace diez años conocí a una mujer y me enamoré de ella. Joanna. Yo era joven y estúpido, y convencido de ser el dueño del mundo.

–Eso nos ha pasado a todos a esa edad –ella sonrió.

–Supongo que sí –él rió–. En cualquier caso, se quedó embarazada, y nos casamos de inmediato.

Jewel soltó un respingo ante la semejanza, pero no dijo nada.

–Tuvo un hijo. Le llamamos Eric. Yo lo adoraba. Era el hombre más feliz del mundo. Tenía una hermosa mujer que parecía amarme. Tenía un hijo. ¿Qué más podía pedir?

Jewel hizo un gesto de pesar. Se imaginaba lo que seguiría.

–De repente, un día llegué a casa y la encontré haciendo el equipaje. Eric tenía dos años. Recuerdo cómo lloraba mientras yo intentaba razonar con Joanna. No entendía por qué quería irse. No habíamos tenido ningún problema. Al menos ninguno que me pusiera sobre aviso. Cuando al fin le dije que se marchara, pero que de ninguna manera se llevaría a mi hijo, me contestó que el niño no era mío.

–¿Y la creíste? –Jewel contuvo la respiración.

–No, no la creí –dijo él con sarcasmo–. Pero, resumiendo, su amante, con quien ya mantenía una relación cuando nos conocimos, había ideado el plan perfecto para extorsionarme. Varios meses, y una prueba de paternidad, después se demostró que Eric no era mío. Joanna se lo llevó, junto con una gran parte de mi dinero, y no he vuelto a saber nada de ninguno de los dos.

–¡Piers! –susurró ella–. Lo siento muchísimo. Qué horrible por su parte permitirte que te enamoraras de un niño que creías tuyo y luego arrancártelo con tanta crueldad. ¿Cómo pudo hacerlo?

–A veces sufro pesadillas –él le acarició el brazo desnudo–. Oigo a Eric que me llama y me pregunta por qué no lo ayudo, por qué lo abandoné. Lo único que recuerdo es el día que se marcharon, y cómo lloraba y chillaba Eric. Cómo alargaba sus bracitos en un intento de alcanzarme, mientras que lo único que yo podía hacer era verla marchar con mi hijo. Esa escena jamás se borrará de mi mente.

–Lo echas de menos.

–Durante dos años fue toda mi vida –dijo él–. Ahora me doy cuenta de que no amaba a Joanna. Estaba encaprichado de ella, pero a Eric sí lo amaba.

Jewel se incorporó y le acarició la mejilla mientras se inclinaba para besarlo en la boca. Después deslizó una mano hasta la barriga en la que el bebé daba patadas entre ambos cuerpos.

–Ella es tuya, Piers. Tuya y mía.

–Lo sé, *yineka mou*. Lo sé.

Capítulo Dieciséis

–Piers parece más relajado de lo que le había visto nunca –dijo Marley sentada en la terraza con vistas al mar.

–¿De verdad? –Jewel se volvió hacia su cuñada y sonrió–. Espero tener algo que ver con ello.

–Por supuesto que tienes algo que ver –Bella rió y tomó otro sorbo de vino–. Juraría que ese hombre está enamorado.

Jewel se mordió el labio y desvió la mirada. Deseaba que Piers la amara, pero él jamás pronunciaría las palabras. No creía que fuera capaz de ofrecerle su amor a otra mujer después de lo sucedido con Joanna.

–Tienes una casa preciosa, Jewel –dijo Marley–. Ojalá no estuviera tan lejos de Grecia.

–O de Nueva York –dijo Bella con sequedad–. ¿Crees que Piers lo planeó?

–Siempre nos quedan los jet privados, ¿no? –Jewel rió.

–Creo que tienes razón –reflexionó Marley–. El mundo parece mucho más pequeño cuando hay aviones por medio. No hay ninguna razón por la cual no podamos reunirnos en Nueva York para ir de compras. Theron es un encanto y seguro que nos alojaría sin problemas.

–Sólo porque no se comporte como un simio, saltando de rama en rama y golpeándose el pecho reclamando la posesión de su hembra, no quiere decir que sea un blandengue.

—Cuando se trata de Theron, se vuelve muy protectora y posesiva —Marley puso los ojos en blanco—. Lo que quería decir es que, de los tres hermanos, Theron sería el que se mostraría más conforme ante la idea de reunirnos todos. Chrysander y Piers se pasarían un mes entero organizando al equipo de seguridad.

—En eso tienes razón —Bella asintió.

—Marley, cuando le pregunté por qué hacía falta tanta seguridad, Piers mencionó que te había sucedido algo —Jewel miró a su cuñada inquisitivamente—. ¿Aún no se ha resuelto el asunto?

—En realidad —Marley suspiró con tristeza—, creemos que los hombres que me secuestraron han sido arrestados. Chrysander recibió ayer la llamada, pero no queríamos estropear nuestro viaje aquí. De vuelta, pasaremos por Nueva York para que pueda identificar a los sospechosos.

—Lo siento mucho, Marley —Bella rodeó a su cuñada por la cintura—. Qué momento, ahora que lo estás pasando tan mal con el embarazo.

—A Chrysander le preocupa que sea demasiado para mí —Marley se acarició la barriga, aún plana—, y aún se siente muy culpable. Odia la idea de que tenga que pasar por esto.

—Aun así, debe suponer un alivio saber que han sido arrestados —Jewel le acarició una mano—. No quiero ni imaginarme el miedo con el que debes haber vivido.

—Y las molestias que os habrá causado a ti y a Bella —añadió Marley—. Sé que Theron y Piers han tomado medidas ante el potencial peligro para cualquier persona cercana a ellos. A lo mejor ahora podremos relajarnos un poco.

–Por la libertad y la tranquilidad –Bella alzó su copa de vino en un brindis.

Jewel y Marley alzaron sus vasos de agua.

–Me alegro mucho de que estéis aquí –dijo Jewel.

–Te estamos muy agradecidas por haber hecho feliz a Piers –Bella abrazó a Jewel–. Ha sido tan… difícil.

–Le llevó mucho tiempo aceptarme –Marley asintió–. Ahora haría cualquier cosa por mí si se lo pidiera, pero al principio no fue así.

–Marley –Jewel se puso seria–, ¿crees que podrías conseguirme un rato a solas con Chrysander? Me gustaría hablar con él de algo, y prefiero que Piers no lo sepa por el momento.

–De acuerdo –Marley enarcó una ceja–, creo que podré. Pero debes saber que somos insaciablemente curiosas y que tendrás que darnos los detalles primero.

–Os lo contaré después de haber hablado con Chrysander –Jewel rió y le apretó una mano a Marley–. No quiero que intentéis hacerme cambiar de idea.

–¡Uf! –gruñó Bella–. No me gusta cómo suena eso.

–Siento demasiada curiosidad para intentar disuadirla –dijo Marley–. Si te quedas aquí fuera, Bella y yo nos ocuparemos de Piers mientras tú hablas con Chrysander.

–Gracias.

Las otras dos mujeres entraron en la casa y dejaron a Jewel tan absorta contemplando el mar que no se dio cuenta de la llegada de su cuñado.

–Marley dice que quieres hablar conmigo.

Sobresaltada, se volvió bruscamente y tragó con dificultad ante la presencia del hermano mayor de Piers que enarcó una ceja.

–¿Te asusto, Jewel?

–No, claro que no… bueno, sí –admitió ella.

–Pues desde luego no es ésa mi intención –dijo él–. Y ahora, cuéntame, ¿qué puedo hacer por ti?

Ella se retorció los dedos de las manos con nerviosismo. Seguramente era una mala idea, y Chrysander iba a decirle que estaba loca. Incluso podría llegar a enfadarse ante sus intenciones.

–Piers me ha hablado de Joanna y… Eric.

La mirada de Chrysander se volvió fría.

–Sé cuánto sufrió por lo ocurrido.

–Lo destrozó, Jewel –Chrysander suspiró y se acercó a Jewel–. Sufrir es decir muy poco. Amaba a Eric y lo consideró hijo suyo durante dos años. ¿Imaginas lo que debe de ser sentir durante tanto tiempo que un niño es hijo tuyo, y que después te lo arrebaten?

–No, no me lo puedo imaginar –ella bajó la mirada–. A mí también me destrozaría.

–A lo mejor lo entiendes ahora que te ha hablado de ellos.

–Ésa es la cuestión –ella lo miró fijamente–. Necesito tu ayuda.

–¿Mi ayuda? –Chrysander frunció el ceño confuso–. ¿Para qué?

–Para encontrar a Eric.

–No. Ni hablar. No permitiré que Piers vuelva a pasar por lo mismo otra vez.

–Por favor, déjame explicarme –Jewel agarró a Chrysander de una mano cuando éste se volvió para entrar de nuevo en la casa–. Parte del problema es que

Piers no pudo despedirse. No pudo echar el cerrojo. La herida sigue abierta y sangrando. Todavía llora a ese pequeño de dos años que perdió. Su único de recuerdo de Eric es del día que ella se marchó con él, de cómo el niño chillaba y lloraba. A lo mejor si pudiera verlo, lograría aliviar parte de ese dolor. Durante todos estos años debe haberse preguntado si Eric estaba bien, si era feliz, si necesitaba algo. Si ve que todo va bien, a lo mejor le serviría para aliviar el horrible dolor que siente.

—¿Estarías dispuesta a hacerlo? —preguntó Chrysander—. ¿Devolverías a su vida a un niño al que sabes que ama? ¿Te arriesgarías a que volviera a entrar en contacto con una mujer a la que una vez amó, sólo para que sea feliz de nuevo?

—Sí —contestó ella con voz ronca—. Haría lo que fuera para aliviar tanto dolor.

—Quieres mucho a mi hermano —dijo Chrysander tras contemplarla largo rato.

—Sí —susurró ella tras cerrar los ojos—. Es cierto.

—Muy bien, Jewel. Te ayudaré.

—Gracias —ella le apretó la mano.

—Tan sólo espero que cuando esto haya acabado, mi hermano siga dirigiéndome la palabra.

—Le diré que no tuviste nada que ver —ella sacudió la cabeza con energía—. Aceptaré toda la responsabilidad.

—Creo que mi hermano tiene mucha suerte.

—Espero que él piense lo mismo —dijo ella con tristeza.

—Dale tiempo. Estoy seguro de que se dará cuenta.

—Haré algunas investigaciones —Chrysander besó a su cuñada en la frente—. Te informaré.

–Me temo que ya no podemos sujetarle por más tiempo –Bella apareció en la terraza–. Espero que hayáis terminado. Theron y Piers están convencidos de que estamos tramando algo maligno.

–Bella –Chrysander rió–, no me cabe la menor duda de que, en cuanto a ti, sería absolutamente cierto. No he olvidado que arrastraste a mi mujer a un salón de tatuajes no hace mucho.

–¿Un salón de tatuajes? –Jewel soltó una carcajada–. Tienes que contármelo, Bella. ¿Le dio un infarto a Chrysander?

–Puede que gritara con bastante fuerza antes de arrastrarnos a la calle –dijo Bella con una sonrisa inocente.

Jewel la abrazó en un gesto de solidaridad.

–Lo que faltaba. Otra mujer para causar problemas –dijo Chrysander con fingido fastidio.

La puerta de la terraza se abrió y apareció Marley seguida de Piers y Theron. Los dos hermanos miraron con expresión de sospecha a Chrysander que reía con Bella y Jewel.

–Sea lo que sea que os haya contado, es mentira –dijo Theron mientras atraía a Bella hacia sí.

–¿Por qué tengo la sensación de que mi familia está tramando algo contra mí? –murmuró Piers mientras se colocaba junto a Jewel.

–Te estás poniendo paranoico –ella lo abrazó con fuerza y lo besó en la barbilla–. Chrysander sólo nos estaba contando algunos secretos familiares.

–No os preocupéis –aclaró Chrysander ante las miradas de horror de Piers y Theron–. No les he contado nada que podáis lamentar después.

–¿Te refieres a que hay cosas de las que se lamentan? –preguntó Bella–. Cuéntalo todo, por favor. Theron siempre se comporta como si yo fuera la díscola de la familia.

Jewel se relajó contra el cuerpo de Piers y disfrutó con las risas y las bromas. Le gustaban mucho Bella y Marley, y cada vez se sentía menos incómoda con Theron y Chrysander.

Como tantas otras veces, la mano de Piers se deslizó hasta la barriga de Jewel, que sentía aumentar el amor que sentía por su marido cada vez que lo hacía.

Empezaba a darse cuenta de que se trataba de un hombre muy apasionado. Cuando amaba, lo hacía con todas sus consecuencias. Tanto ella como su hija serían afortunadas por poder disfrutar de su amor y devoción. Jamás tendría que volver a preocuparse por estar sola.

–¿Lista para la cena, *yineka mou*? –murmuró él–. Me han dicho que el chef ha preparado tus platos favoritos esta noche.

–Creo que empiezo a acostumbrarme a todos estos mimos –suspiró ella.

–Te conformas con poco –bromeó él.

–Sólo te necesito a ti –dijo ella con semblante serio.

–No me provoques o me olvidaré que tenemos invitados y te llevaré en brazos a la cama.

–¿Y por qué tendría que ser algo malo? Tus hermanos están casados. Lo comprenderían.

–Me haces perder el control, *yineka mou* –él rió y le besó la punta de la nariz–. Vamos a cenar. Después te llevaré a la cama.

Capítulo Diecisiete

–Señora Anetakis, tiene una llamada.

Jewel le dio las gracias a la doncella y esperó a que se fuera para contestar.

–¿Diga?

–Jewel, soy Chrysander. Tengo información sobre Eric. Las noticias no son buenas.

Jewel frunció el ceño y entró en la casa para oír mejor, sin el eco del rugido del mar.

–¿Qué sucede?

–Lo he encontrado. Está en un hogar de acogida. El estado de Florida se hizo cargo de su custodia hace dos años. Desde entonces ha pasado por seis hogares.

–¡No! –susurró ella mientras agarraba el teléfono con fuerza. La noticia iba a destrozar a Piers.

–¿Estás bien, Jewel?

–Estoy bien –contestó ella con voz temblorosa mientras tragaba con dificultad. Los recuerdos que había reprimido tanto tiempo afloraron a su mente–. Gracias por tu ayuda, Chrysander. Me gustaría que me enviaras todo por correo electrónico. Quiero estudiar toda la información a fondo antes de contárselo a Piers.

–Lo comprendo. Te lo enviaré en cuanto colguemos. Y, Jewel, si necesitas que te ayude en algo más, dímelo.

–Gracias, Chrysander. ¿Qué tal está Marley?

126

–No ha sido fácil para ella –él suspiró–. No se encuentra bien con el embarazo, y el estrés de haber tenido que identificar a los secuestradores y de volver a declarar le está afectando.

–Lo siento –contestó Jewel con dulzura–. ¿Os quedaréis mucho más tiempo en Nueva York? ¿Tendrá que quedarse hasta el juicio?

–No si puedo evitarlo –exclamó él–. El fiscal del distrito ha ofrecido un acuerdo. Si lo aceptan, se librarán del juicio y Marley habrá acabado con esta pesadilla.

–Dale muchos besos de mi parte.

–Lo haré. Si hay algo más que pueda hacer, dímelo.

–Lo haré, Chrysander.

Tras colgar el teléfono, Jewel fue en busca del portátil. Minutos después, recibió el mensaje de Chrysander. Lo leyó con detalle y frunció el ceño. Habría que hacer algunas llamadas, pero se moría de ganas de contarle a Piers lo que había descubierto. Eric no tenía ninguna necesidad de continuar en un hogar de acogida cuando tenía una familia dispuesta a quererlo.

Piers se hundió en la silla tras su escritorio y contempló con tristeza el montón de cartas. Jamás se había relajado tanto en cuestiones de trabajo. Jewel era la culpable de su falta de atención.

Los correos electrónicos se contaban por cientos, su buzón de voz estaba saturado y llevaba días sin abrir ninguna carta. Sus hermanos le iban a mandar al infierno, pero también se alegrarían de saber que el trabajo ya no el único sentido de su vida.

Suspiró y encendió el ordenador para echar un vistazo a los mensajes acumulados. Después descolgó el teléfono para escuchar los mensajes del buzón de voz. La mayoría era informes rutinarios. Unos cuantos eran mensajes de pánico de algún gerente de sus hoteles, y uno le ofrecía comprar el nuevo hotel de Río de Janeiro. El último mensaje le hizo sonreír: no muchas empresas podían permitirse comprar un hotel Anetakis. No reparaban en gastos.

En cuanto hubo terminado con el buzón de voz, telefoneó a Chrysander. Quería preguntar por Marley y saber qué había pasado con la identificación de los secuestradores.

Al no recibir respuesta, llamó a Theron. Tras hablar durante varios minutos sobre negocios, Theron le puso al día sobre Chrysander y Marley.

Mientras conversaban, repasó distraídamente las cartas amontonadas sobre el escritorio. Al descubrir una que llevaba el remite de un laboratorio, se quedó helado.

–Luego te llamo, Theron. Dale un beso a Bella de mi parte.

Tras colgar, contempló fijamente el sobre. Una sonrisa se formó en sus labios mientras jugueteaba con la carta. Ahí estaba la prueba de su paternidad. Negro sobre blanco, la prueba irrefutable de que era el padre.

La última vez había resultado al revés y había perdido todo aquello que más le importaba en el mundo. En esa ocasión… en esa ocasión sería perfecto. Tenía una hija en camino. Su hija.

«Mía».

Dejó el sobre a un lado. No había necesidad de

abrirlo. Ya sabía qué ponía. Su confianza en Jewel le sorprendió, pero tuvo que admitirlo: confiaba en que ella no lo traicionaría.

Tras repasar algunas otras cartas, volvió a concentrarse en el sobre. Lo abriría para deleitarse con la sensación. Luego iría en busca de Jewel para hacerle el amor apasionadamente.

La idea hizo que su cuerpo se tensara de necesidad.

Tenía ganas de celebrarlo. A lo mejor llevaría a Jewel de viaje a París. A ella le encantaba viajar y el médico le había dado el alta definitiva de la operación. Para estar tranquilos, le pediría cita para una revisión y una ecografía. Después se marcharían en el jet privado. Podrían hacer el amor en París y luego, quizás, continuar viaje hacia Venecia. Podrían disfrutar de la luna de miel que no habían tenido al casarse.

Sin dejar de sonreír, dudó un instante y abrió la carta.

Tras repasar rápidamente los saludos de rigor y los agradecimientos por elegir ese laboratorio, llegó al final, donde se reflejaban los resultados.

Y se quedó de piedra.

Lo leyó una y otra vez, seguro de no haber comprendido bien. Pero no, no había ninguna duda.

No era el padre.

La furia inundó sus venas, inflamándolo hasta que estuvo a punto de explotar. Otra vez. Le había vuelto a ocurrir. Pero aquella vez era distinto. Muy distinto.

¿Qué había pretendido Jewel? ¿Quería, como Joanna, que estableciera algún lazo afectivo con el bebé antes de marcharse? ¿Utilizaría al bebé como moneda de cambio?

¿Sería Kirk el padre o había algún otro hombre más en su vida?

¿Más mayor y maduro? Tenía ganas de golpearse a sí mismo ante su estupidez. Había estado convencido de que jamás volverían a engañarlo como en el pasado, pero ¿acaso había hecho algo para evitarlo?

Con manos temblorosas, volvió a leer el insultante documento. Maldita fuera esa mujer.

Ella se había abierto paso en su vida, en su familia. Sus cuñadas la adoraban, y sus hermanos la habían aceptado. Por él. Porque él la había impuesto en sus vidas.

Jamás se había sentido tan mal en su vida. Ojalá no hubiera abierto el maldito sobre.

Qué idiota había sido. Qué idiota sería siempre. Había perdido un valioso tiempo construyendo una relación basada en mentiras y traiciones. Le había comprado la casa de sus sueños, hecho todo lo posible por hacerle feliz.

Peor aún, había caído en su propia fantasía. Había empezado a pensar que podrían ser una familia. Que le había sido dada otra oportunidad para tener una esposa y un hijo. Que al final podía albergar esperanzas.

Miró fríamente el papel entre sus manos. Lo peor era que le había seguido el juego y le había asegurado su manutención independientemente de la paternidad del bebé. De cualquier modo ella ganaba. ¿Y él?

Lo había perdido todo.

Jewel sujetó los papeles contra el pecho y corrió al despacho de Piers. Sabía que sufriría al conocer el destino de Eric y el hecho de que Joanna lo hubiera abandonado hacía dos años, pero lo más importante era sacar al niño de la situación en la que estaba.

Una sensación de angustia la invadió al pensar en el pequeño yendo de una a otra casa de acogida. ¿Habría albergado las mismas esperanzas que ella de pequeña antes de sufrir una decepción tras otra?

Ni siquiera se molestó en llamar a la puerta e irrumpió, casi sin aliento. Al ver el gesto de Piers, sentado tras el escritorio con un documento arrugado entre las manos, se paró en seco. La horrible expresión casi le hizo olvidar el motivo de su presencia allí.

—¿Piers?

Él la miró con expresión gélida, provocándole un escalofrío.

—¿Va todo bien? —Jewel dio un paso al frente.

—Dime, Jewel —él se puso lentamente en pie, con calculada precisión—. ¿Cómo habías pensado salirte con la tuya? ¿O acaso ibas a prolongar la farsa hasta tenerme a tu merced?

Ella se sintió desfallecer. ¿Cómo había averiguado lo de Eric? ¿Por qué estaba tan enfadado?

—Venía a contártelo ahora mismo. Pensé que te gustaría saberlo.

Él soltó una carcajada que era de todo menos alegre. Jewel dio un paso atrás ante el evidente enfado. Ira. Esa era la palabra.

—Ah, sí, Jewel. Me gustaría saberlo. Y hubiera preferido saberlo cuando toda esta pantomima empezó. ¿Disfrutaste cuando me quejé en voz alta de Joanna y su traición? ¿Te dio satisfacción saber que la tuya era aún más sólida?

Ella sacudió la cabeza confusa. ¿De qué demonios hablaba?

–No te comprendo. ¿Por qué estás tan enfadado conmigo? Yo no te he hecho nada, Piers.

–¿No me has mentido? –rugió él–. ¿No has intentado endosarme el hijo de otro hombre? Me dejas estupefacto, Jewel. ¿Cómo consigues parecer la víctima? La única víctima aquí soy yo, y esa pobre criatura de la que estás embarazada.

El dolor la asaltó y le hizo encogerse en un familiar gesto defensivo perfeccionado con los años.

–Me odias –susurró ella.

–¿Acaso sugieres que podría amar a alguien como tú? –exclamó él–. Aquí tienes la verdad –añadió mientras le arrojaba el papel que tenía en la mano–. La verdad que no estabas dispuesta a contarme. La verdad que me merecía.

Ella tomó la hoja de papel con una mano temblorosa y, entre la cortina de lágrimas de sus ojos, lo leyó. Tuvo que hacerlo tres veces para comprender antes de quedarse helada.

–Esto está equivocado –dijo en voz baja.

–¿Todavía insistes en la farsa? –él rió amargamente–. Todo ha terminado, Jewel. Las pruebas no mienten. Dejan claro sin lugar a dudas de que no hay posibilidad de que yo sea el padre.

Ella lo miró con el rostro inundado de lágrimas. Él la miraba frío. Muy frío. Duro. E implacable.

–Has estado esperando este momento. Mi caída –balbuceó ella–. Desde el día que te llamé. Es el único resultado que te satisfacía. No ibas a quedarte a gusto hasta que no demostraras que yo no era mejor que Joanna.

–Tienes un gran don para el dramatismo.

–Los resultados están equivocados –ella se enjugó las lágrimas, furiosa por haberle dejado verla llorar–. Es tuya, Piers. Tu hija.

Ante la seguridad en la voz de Jewel, algo brilló un instante en los ojos de Piers, pero enseguida volvió a ser la gélida mirada de siempre.

Jamás lograría convencerle. Ya la había juzgado y sentenciado. Todavía le quedaba un rastro de orgullo. No le suplicaría. No se humillaría. No le permitiría saber lo destrozada que se sentía ante su rechazo. Ni cuánto lo amaba.

Alzó la barbilla y se obligó a mirarlo a los ojos.

–Algún día lo lamentarás –dijo con calma–. Un día despertarás y te darás cuenta de que arrojaste por la borda un tesoro. Espero, por tu bien, que ese día no tarde demasiado y que consigas encontrar la felicidad que tan decidido estás a negarte a ti mismo y a quienes te rodean.

Con cierta dificultad, y el corazón destrozado por el dolor, se dio la vuelta. Aferró con fuerza los papeles que había querido enseñar a Piers y se marchó con ellos pegados al pecho. Él no hizo el menor gesto por impedírselo y ella supo que no lo haría. Se quedaría allí, encerrado en su refugio, hasta que se hubiera marchado.

Lentamente subió hasta el dormitorio. Sacó una maleta y empezó a guardar su ropa dentro.

–Señora Anetakis, ¿necesita algo?

Jewel se dio la vuelta y vio a la doncella junto a la puerta, con expresión perpleja.

–¿Podría pedirme un coche que me lleve a la ciudad? –preguntó–. Estaré lista en quince minutos.

–Por supuesto.

Jewel volvió al equipaje, empeñada en no desmoronarse. Sobreviviría. Había sobrevivido a cosas peores.

Una vez terminado el equipaje se concentró en las hojas que contenían toda la información sobre Eric. Aunque Piers y ella ya no estuvieran juntos, no permitiría que ese niño permaneciera a cargo del estado, entrando y saliendo de familias de acogida.

Cerró los ojos y suspiró. Resultaría mucho más sencillo con el dinero y el poder del apellido Anetakis. Lentamente, abrió los ojos y frunció el ceño. A lo mejor no tenía el dinero, pero sí el apellido. En efecto, Piers había dispuesto cubrir sus necesidades en caso de divorcio, pero nadie sabía cuánto tiempo tardaría en poder hacerse con el legado. Necesitaba dinero de inmediato. Eric no podía esperar.

Se dirigió al vestidor y buscó el collar y los pendientes de diamantes que Piers le había regalado para la boda. Con la punta del dedo acarició las brillantes piedras mientras recordaba cómo había abrochado él el collar alrededor de su cuello.

Entre el anillo de pedida, el collar y los pendientes reuniría dinero suficiente para vivir hasta conseguir el legado dispuesto por Piers.

–Señora Anetakis, el coche espera.

Jewel cerró la maleta y sonrió a modo de agradecimiento. Contempló por última vez la habitación que había compartido con Piers y luego bajó las escaleras.

Una vez dentro del coche, dio instrucciones al conductor para que la llevara hasta el aeródromo. No tenía tiempo de pedir que le prepararan el jet de

Piers, aunque no sentía ningún remilgo en usarlo. Pero no quería quedarse en aquel lugar más de lo estrictamente necesario. Tomaría el primer vuelo que saliera de la isla y se dirigiría a Nueva York, para ver a Bella y a Marley. Después rezaría para que ellas le ayudaran a salvar a Eric.

Capítulo Dieciocho

–Jewel, ¿qué demonios haces aquí? –preguntó Bella mientras arrastraba a Jewel al interior de la casa–. ¿Sabe Piers que has venido? ¿Ha venido contigo?

Jewel tenía un nudo en la garganta. Pero no iba a echarse a llorar otra vez.

–¿Qué ha pasado? – Marley apareció detrás de Bella con una expresión de simpatía en el rostro.

A pesar de su resolución, Jewel estalló en llanto. Bella y Marley la condujeron al salón.

–¿Están Chrysander y Theron aquí? –consiguió preguntar entre sollozos.

–No, y tardarán un rato en venir –dijo Bella–. Siéntate antes de que te desmayes. Pareces agotada.

Jewel se sentó en el borde del sofá mientras sus cuñadas la contemplaban inquieta.

–¿Qué ha hecho el idiota de mi cuñado? –preguntó Marley.

–Me temo que, según él, soy yo la que le he hecho algo a él –ella intentó sonreír.

–Viniendo de él no me extraña nada –exclamó Bella–. Además, salta a la vista que estás locamente enamorada de él.

–El problema –Jewel enterró el rostro entre las manos– es que cree que soy de lo peor.

–Cuéntanos qué ha pasado –Marley le rodeó los hombros y la abrazó.

La joven contó toda la historia, de principio a fin, incluyendo la parte de Joanna y Eric.

–Menudo idiota –gruñó Bella–. ¿Se le ocurrió siquiera llamar al laboratorio para pedir un segundo análisis? ¿Se cuestionó el resultado? Está claro que ha habido un fallo.

–Gracias por creer en mí –Jewel sonrió agradecida–. Pero la cuestión es que ha conseguido lo que buscaba. Desde el principio ha esperado que me caiga del pedestal. Desde lo de Joanna no ha sido capaz de creer en una mujer.

–¿Y qué vas a hacer? –preguntó Marley–. Estás enamorada de él.

–Pero él no me ama. Más aún, no quiere amarme. No puedo vivir con alguien que desconfía en mí tanto como él.

–¿Y qué pasa con Eric? –preguntó Bella–. Supongo que no vas a permitir que siga como está.

–No –contestó Jewel con firmeza–. Y por eso he venido. Necesito vuestra ayuda.

–Lo que sea –Marley apoyó una mano en la de su llorosa cuñada.

–He empeñado las joyas que Piers me regaló. Bastará para alquilar algo pequeño en Miami para poder tener una residencia permanente. Pero necesitaré dinero para que el estado me considere económicamente solvente para hacerme cargo de Eric. No conseguiré el legado de Piers hasta el divorcio, y no tengo ni idea de cuánto tardará.

–Lo mejor de tener mi propio dinero –Bella sonrió– es no tener que depender de los millones de los Anetakis. Sin ánimo de ofender, Marley.

–No me ofendes –contestó su cuñada secamente.

–Tengo algo de dinero que puedo darte, y te mandaré más para que puedas alquilar algo mejor que «algo pequeño», en Miami. Si pequeño está bien, grande estará mejor, ¿verdad?

–Muchísimas gracias –Jewel apretó la mano de su cuñada–. Tenía miedo de que me odiarais, de que pensarais que había traicionado a Piers.

–Tengo la sensación de que Piers se levantará un día dándose cuenta de que ha cometido el mayor error de su vida –Marley suspiró–. Y casi me gustaría estar ahí para verlo.

–No te sientas mal, Jewel –la consoló Bella–. Me temo que los Anetakis son bastante obtusos en lo que al amor respecta.

–Cierto –admitió Marley.

–Mantennos informadas sobre Eric. Me encantaría conocerlo –dijo Bella.

–Desde luego.

–¿Ya tienes organizado tu traslado a Miami? –preguntó Marley.

–Aún no –Jewel sacudió la cabeza–. He venido directamente aquí desde la isla.

–Lo primero –Bella se puso en pie con expresión decidida– será celebrar una buena comida entre chicas, seguida de una tarde de mimos en el spa. Dios sabe que las dos embarazadas lo necesitáis. Después pediremos un jet privado para que te lleve a Miami, y yo haré que un coche te espere allí para llevarte donde tú quieras. Piers será un idiota, pero tú sigues siendo familia.

Jewel volvió a estallar en sollozos y Bella gruñó.

–¿Ahora entendéis por qué no me apetece reproducirme? El embarazo convierte a las mujeres en un caos hormonal.

Marley se enjugó rápidamente sus propias lágrimas y Jewel soltó una carcajada, seguida de sus cuñadas.

–De acuerdo, ya basta de lagrimitas. Vamos a marcharnos antes de que vuelvan los hombres. Les dejaré una nota diciendo que me he llevado a Marley a pasar una tarde de desenfreno. No les sorprenderá lo más mínimo –Bella rió.

–Prometedme las dos que vendréis de visita a Miami –dijo Jewel–. Os echaré mucho de menos. Siempre he querido tener una familia, y no habría dos hermanas mejores que vosotras.

–Yo desde luego iré a verte –prometió Marley–. Le echaré la culpa a Bella. Es mi excusa habitual y me evita problemas con Chrysander. Theron la quiere tanto que la mima espantosamente.

–Las dos tenéis mucha suerte –dijo Jewel con tristeza.

–Lo siento, Jewel –Marley la miró apenada–. Ha sido muy poco considerado por mi parte.

–Échale la culpa al embarazo –dijo Bella–. No hay duda de que tener un parásito dentro chupando tus neuronas tiene que producir un impacto negativo tarde o temprano.

–Eres deliciosamente irreverente –Jewel soltó una carcajada seguida de Marley–. No me extraña que Theron te ame tanto.

–Venga, vámonos. Mi radar de hombres me dice que no están lejos. Cuanta más distancia pongamos entre esta casa y nuestro destino, menos probable será que nos encuentren.

Con los brazos entrelazados, se dirigieron hacia la puerta, donde tropezaron con Reynolds, el jefe de seguridad de Theron.

–¿Podemos contar con tu discreción o correrás a informar a Theron? –Bella suspiró, y miró amenazadoramente al hombre.

–Eso depende de adonde crean que van –Reynolds se aclaró la garganta.

–Lo que tenemos aquí, señor mío, es una damisela en apuros –Marley siguió hacia delante–. Una muy embarazada damisela en apuros. Necesita pasar un día en el spa. Ya sabes, ese lugar en el que hacemos esas cosas de chicas que tanto miedo os dan.

–Bueno –Reynolds palideció ligeramente–. Siempre que sea eso y no un lugar inapropiado.

–Jamás me permitirás volver a ese club de striptease, ¿verdad? –Bella lo miró furiosa mientras se dirigían al coche.

–¿Club de striptease? –preguntó Jewel–. Quiero conocer los detalles.

–Y te lo contaré todo en cuanto estemos envueltas en barro de pies a cabeza –dijo Bella mientras se sentaba en el coche y se inclinaba hacia Reynolds, acomodado en el asiento delantero–. Y una cosa más, Reynolds. Todo este asunto es secreto. No has visto a Jewel, no sabes quién es, no la has visto en tu vida, ¿vale?

–¿A quién? –Reynolds sonrió con solemnidad.

–Es un tipo bastante majo –Bella sonrió satisfecha–, siempre que no tema por su trasero.

–Lo he oído –dijo Reynolds.

–Muy bien, chicas –Bella rió–. Vamos a pasar el día en el spa. Después llevaremos a Jewel al aeropuerto para que pueda volar a Miami.

***

140

Piers contempló pensativo las olas, con las manos hundidas en los bolsillos del pantalón. Unos pantalones que no se había cambiado en tres días. Parecía, y se sentía, como si llevara un mes de resaca. No se había duchado ni afeitado. Los empleados lo evitaban como la peste y, cuando no podían evitar relacionarse con él, lo miraban con desaprobación. Como si hubiera sido el culpable de su marcha.

Y en cierto modo lo era. No le había facilitado las cosas para que se quedara. No es que le hubiera pedido que se marchara, pero ¿qué mujer se quedaría junto a un hombre que se hubiera mostrado tan cruel, tan despreciativo?

Cerró los ojos y respiró el aire del mar que Jewel tanto adoraba. Ella amaba el mar tanto como él la amaba a ella. Apasionadamente.

Se suponía que el amor debía carecer de barreras ni condiciones. Pero nunca le había ofrecido tanto a Jewel. Ni siquiera le había ofrecido su apoyo incondicional. Le había exigido, y ella había concedido. Había tomado y ella había ofrecido.

Era un bastardo.

¿Cómo iba a contarle la verdad si no la dejaba? Desde el principio le había dejado prácticamente claro que la echaría de casa si descubría que le había mentido.

Aunque lo cierto era que no le importaba.

Se había dado cuenta al descubrir su marcha. No le importaba si el bebé era biológicamente suyo o no. Estaba casado con Jewel, y eso significaba que madre y bebé le pertenecían. Sería el padre del bebé porque ése era el deseo de Jewel. Porque ése era su propio deseo.

Su amor por Eric no había disminuido al saber que no era su hijo biológico. Amaba a su hija, y nada podría cambiarlo. Había arruinado su oportunidad de tener una familia. Una esposa y una hija. Y todo porque había estado convencido de que Jewel era otra Joanna.

Jewel tenía razón. Había esperado que cayera, que le diera las armas que necesitaba para destruirla porque no soportaba ser destruido por segunda vez. Y también tenía razón en otra cosa, algo que no le había llevado mucho tiempo descubrir. Había destruido un tesoro.

—Te amo, *yineka mou* —susurró—. No merezco tu amor, pero puedo ofrecerte el mío. Puedo intentar compensarte por el daño que te he hecho. Por favor, perdóname.

Las palabras que había jurado no volver a decirle a una mujer liberaron algo enterrado en su alma. Respiró hondo mientras el dolor del pasado desaparecía, arrastrado por el viento, mar adentro. Había permitido que la amargura y la ira lo gobernaran demasiado tiempo. Había llegado la hora de dejarlas ir y de abrazar el futuro junto a Jewel.

Se dio la vuelta y se dirigió hacia la casa. En cuanto entró empezó a lanzar órdenes a gritos. Al principio fue recibido por una fría resistencia, hasta que los empleados fueron conscientes de lo que se proponía. Entonces estalló un torbellino de actividad mientras todos se afanaban en proporcionarle lo que deseaba.

—Llamé a un coche para que la llevara a la ciudad —dijo una de las doncellas.

Localizado el conductor, éste admitió haberla llevado al pequeño aeropuerto.

Frustrado, Piers acudió al aeropuerto para interrogar al vendedor de pasajes, pero ni siquiera el apellido Anetakis fue capaz de proporcionarle los resultados deseados. Nadie quiso decirle si Jewel había tomado un vuelo, ni adónde.

Kirk.

Por supuesto. Cada vez que había necesitado un lugar en el que alojarse, había vuelto a casa de Kirk. Ella parecía confiar en ese tipo, y entre los dos se notaba que había un sincero afecto.

Consideró su aspecto con repulsión. No iría a ningún lugar con esa pinta. Lo más seguro era que lo detuvieran por vagabundeo.

Camino de vuelta a la casa, telefoneó a su piloto y le dio instrucciones para que preparara el jet privado para despegar en una hora.

Iba a encontrar a Jewel y llevarla de vuelta, a ella y a su hija, al lugar al que pertenecían. A casa.

Capítulo Diecinueve

Piers llamó al apartamento de San Francisco. Pero no fue Jewel quien abrió, sino Kirk.

–¿Está Jewel aquí? –preguntó Piers secamente.

–¿Y por qué debería estar aquí? –Kirk entornó los ojos–. ¿Por qué no está contigo?

–¿Tienes idea de adónde podría haber ido? –Piers cerró los ojos. Le fastidiaba tener que pedirle ayuda a ese hombre, pero, para encontrar a Jewel, estaba dispuesto a hacer cualquier cosa.

–Será mejor que entres y me cuentes qué está pasando –dijo Kirk.

–Le dije cosas horribles –admitió Piers–. Estaba enfadado y la tomé con ella.

–¿Sobre qué?

Consciente de que necesitaba la ayuda de ese hombre, Piers le contó toda la historia, de principio a fin. A lo mejor si conseguía parecer lo bastante compungido, Kirk no pensaría que era un bastardo y le diría lo que supiera sobre Jewel.

–Eres un idiota de primera clase, ¿a que sí? Jewel jamás mentiría sobre algo así. ¿Nunca te habló de su infancia? Imagino que no, de lo contrario no hubieras reaccionado así contra ella.

–¿De qué hablas?

–Desde la muerte de sus padres, siendo ella apenas un bebé –Kirk hizo una mueca de disgusto–, Jewel pasó de una familia de acogida a otra. Las primeras fueron temporales, hasta encontrarle un hogar permanente. La primera familia era una auténtica joya. El hijo mayor intentó abusar de ella. Se lo contó a la asistenta social quien, afortunadamente, la creyó. De modo que la llevaron a otra casa, junto con otra niña de su misma edad. Lo que no sabía era que la familia no tenía intención de quedarse con ambas. Aceptaron dos para poder elegir. Y ella no fue la elegida. De modo que perdió una familia en la que había llegado a confiar, y una hermana a la que amaba.

–*Theos* –masculló Piers entre dientes.

–Las cosas parecieron mejorar cuando una pareja que no podía tener hijos decidió adoptar a Jewel. La adopción estaba prácticamente formalizada cuando la madre descubrió que estaba embarazada. No podían permitirse tener más de un hijo y ya podrás imaginarte a cuál eligieron. Una vez más, Jewel fue rechazada.

Piers cerró los ojos. Él también la había rechazado, junto con su bebé.

–Después de aquello, dejó de creer en los finales felices. Creció muy deprisa. Pasó por diversos estamentos del estado hasta ser lo bastante mayor para valerse por sí misma. Desde entonces no ha parado de moverse de un lugar a otro, sin establecerse en un lugar, sin establecer lazos con nadie. Sin tener un hogar. Sencillamente no se cree merecedora de uno.

–Si se pone en contacto contigo –Piers le devolvió la mirada con el estómago encogido–, ¿me lo harás saber? Está embarazada y sola. Debo encontrarla para arreglar las cosas.

Kirk lo contempló largo rato antes de asentir y aceptar la tarjeta que Piers le tendía.

–Llámame a cualquier hora. No importa.

–¿Adónde irás ahora? –Kirk acompañó a Piers hasta la puerta.

–Voy a Nueva York a ver a mis hermanos. Algo que debía haber hecho ya.

Piers llamó a la puerta de la casa de su hermano. No le gustaba la idea de enfrentarse a ellos tras su grave error. Y aún menos tener que pedirles ayuda, pero si servía para encontrar a Jewel…

–¿Piers? ¿Qué haces aquí? ¿Por qué no llamaste para decir que venías? ¿Dónde está Jewel?

–¿Puedo pasar? –Piers hizo un gesto de fastidio ante la avalancha de preguntas de Theron.

–Claro –Theron se hizo a un lado–. Estábamos a punto de cenar. Tienes un aspecto horrible.

–Gracias –contestó Piers secamente.

Al entrar en el comedor, Chrysander, Marley y Bella levantaron la vista. Pero únicamente Chrysander pareció sorprendido.

–¿Qué ha pasado? –Chrysander miró a su hermano fijamente.

–Jewel me ha abandonado –dijo él con desesperación.

Theron y Chrysander empezaron a hablar a la vez, mientras que las mujeres se limitaron a intercambiar miradas en silencio.

–Eso no tiene sentido –dijo Chrysander–. No después del tiempo que dedicó a…

Marley le dio un codazo para hacerle callar. Chrysander la miró perplejo, pero obedeció.

–¿Y por qué te ha dejado, Piers? –Bella se puso en pie y apoyó las manos en las caderas.

La voz era exageradamente dulce y le recordó a Piers por qué los hombres temían a las mujeres.

—Bella, a lo mejor a Piers no le apetece contarnos esas intimidades —sugirió Theron.

—Está aquí, ¿no? —Marley enarcó una ceja—. Quiere nuestra ayuda. Tenemos derecho a saber si se la merece o no.

—Si quieres la verdad, no, no me la merezco, pero de todos modos os la pido.

—¿Por qué? —preguntó Bella.

—Porque la amo —Piers contempló a ambas mujeres—, y cometí un terrible error.

—¿Entonces llamaste a ese estúpido laboratorio para descubrir el error? —dijo Marley furiosa.

Chrysander y Theron se volvieron hacia Marley y Bella. La primera se sonrojó y miró a su cuñada con un gesto de disculpa, pero Bella se limitó a encogerse de hombros.

—No he llamado al laboratorio. No me importan los malditos resultados. La amo, y a nuestra hija. Me importa un bledo quién sea el padre biológico. Es mi hija, y no tengo intención de renunciar a ella o a Jewel.

—¿Por qué tengo la impresión de que tú y yo somos los únicos que no tenemos la menor idea de qué demonios está pasando aquí? —dijo Theron a Chrysander.

—Pero apuesto a que nuestras encantadoras esposas podrían ilustrarnos —dijo Chrysander.

Las dos cuñadas se cruzaron de brazos y apretaron los labios.

Con la desesperación reflejada en el rostro, Piers se acercó a las dos.

—Por favor, si sabéis dónde está, decídmelo. Tengo que solucionar las cosas. La amo.

Marley suspiró y miró con insistencia a Bella.

–Puede que la haya ayudado a conseguir una casa en Miami –cedió Bella al fin.

–Pero ¿no es allí donde...? –Chrysander enmudeció ante la nueva mirada asesina de Marley.

–¿Dónde en Miami? –insistió Piers, ignorando el cruce de miradas entre la pareja.

–Si vas allí y la disgustas otra vez, me aseguraré personalmente de que todos los miembros del servicio de seguridad de Theron caigan sobre ti –lo amenazó Bella.

–Dímelo, Bella. Necesito verla. Necesito asegurarme de que tanto ella como el bebé están bien.

–Ayer, cuando hablé con ella, sonaba bien –dijo Marley como si tal cosa.

–Parece que Bella y tú habéis estado muy ocupadas –dijo Chrysander.

–Si os dejáramos las cosas a los hombres, el mundo sería un desastre –Marley rió con ironía.

–Creo que nos acaban de insultar –dijo Theron secamente.

–Ésta es su dirección –Bella le entregó un trozo de papel–. Confió en mí, Piers. No la fastidies.

–Gracias –Piers la abrazó y la besó en la mejilla–. La traeré de visita en cuanto pueda.

Jewel acarició la cabeza de Eric mientras lo contemplaba dormir plácidamente. Lo arropó y salió de puntillas del dormitorio.

De vuelta a la cocina, se preparó una taza de café descafeinado y la bebió a pequeños sorbos.

Su llegada a Miami no podría haberse producido

en mejor momento. Eric acababa de ser devuelto de su última casa de acogida y esperaba, junto a varios cientos de niños, otro emplazamiento. Le había llevado varios días completar el papeleo, el estudio psicosocial y las investigaciones sobre sus antecedentes, pero, al fin, Eric era suyo.

Al principio, el niño se había mostrado silencioso y retraído. Sin duda pensaría que ese nuevo hogar sería tan temporal como los anteriores. Y ella no había intentado convencerle de nada. El muchacho necesitaba tiempo para aprender a confiar en ella.

Lo importante era que tenía un hogar. Gracias a la generosidad de Bella, ambos tenían un hogar.

Tras echarle un último vistazo a Eric, se fue al salón y se sentó. Las noches eran complicadas. Demasiado silencio. Echaba de menos a Piers y la amistad que habían desarrollado.

Casi se había quedado dormida cuando sonó el timbre de la puerta. Jewel se levantó enseguida para no despertar a Eric y miró a través de la mirilla. Nadie la conocía allí. Y no era propio de los servicios sociales hacer una visita a esas horas de la noche.

Lo que vio al otro lado de la puerta le dejó helada.

Piers. Ante su puerta, con expresión preocupada y aspecto descuidado.

Con dedos temblorosos descorrió el cerrojo y abrió un poco la puerta.

—Jewel, gracias a Dios —exclamó Piers—. Por favor, ¿puedo pasar?

La joven se aferró al picaporte. Ira, dolor, tanto dolor, surgió en su interior. ¿Qué más podría decirle ese hombre que no le hubiese dicho ya?

–No te preguntaré cómo me encontraste –ella abrió la puerta lo justo para poder verlo y para que él pudiera verla a ella–. Eso no importa.

Él alzó una mano suplicante e intentó interrumpirle, pero ella se lo impidió.

–No. Ya has dicho suficiente. Te permití decirme todas esas cosas, pero ya no toleraré ni una palabra más. Ésta es mi casa. Aquí no tienes ningún derecho. Quiero que te marches.

Algo sospechosamente parecido al pánico apareció en los ojos de Piers.

–Jewel, sé que no me merezco ni un segundo de tu vida. Dije e hice cosas imperdonables. No te culparía si no volvieras a dirigirme la palabra nunca más. Pero, por favor, te lo suplico. Déjame entrar. Deja que te explique. Déjame arreglar las cosas.

La desesperación en su voz la alarmó. La ira luchaba contra la indecisión y el deseo de dejarle pasar. Él la miraba con expresión torturada y, al fin, se hizo a un lado y abrió la puerta.

Piers entró de inmediato, la tomó en sus brazos y enterró el rostro entre los rubios cabellos.

–Lo siento. Lo siento mucho, *yineka mou*.

La besó en la sien, en la mejilla y luego, torpemente, encontró sus carnosos labios. Y la besó con tal emoción que la dejó perpleja.

–Por favor, perdóname –susurró Piers–. Te amo. Quiero que vuelvas a casa, con nuestro bebé.

–¿Ahora crees que es tuya? –ella se apartó de él y se sujetó a sus fuertes brazos para no caer.

–No me importa quién sea el padre biológico. Ella es mía. Y tú también. Somos una familia. Seré un buen padre. Lo juro. Por favor, dime que me darás otra oportunidad. No volveré a darte ningún motivo para abandonarme.

Piers le sujetó las manos entre las suyas con tal fuerza que los dedos se le pusieron blancos.

–Te amo, Jewel. Me equivoqué. Por completo. No me merezco otra oportunidad, pero te pido, no, te suplico, otra oportunidad porque no hay nada que desee más en el mundo que volver a casa contigo y con nuestra hija.

Ella lo escuchaba boquiabierta, intentando procesar la información. La amaba. Aún no estaba convencido de ser el padre. Pero tampoco le importaba no serlo.

En su garganta se formó un nudo. Qué difícil debía de haberle resultado aparecer ante su puerta, convencido de que la niña no era suya, pero deseándolas, aceptándolas, de todos modos.

Debería estar enfadada. Pero, los resultados habían confirmado los peores temores de Piers y, aun así, no le importaba.

Se había humillado ante ella, se había mostrado tan vulnerable como podía mostrarse un hombre. No tenía más que contemplar la sinceridad que emanaba de la negra mirada.

La amaba.

–¿Me amas? –necesitaba oírlo otra vez. Lo deseaba desesperadamente.

–Te amo, *yineka mou*.

–¿Qué significa eso?

–Significa, mi mujer –él sonrió.

–Pero me llamaste así la primera vez que hicimos el amor.

–Ya entonces eras mía –él asintió–. Creo que me enamoré de ti esa misma noche.

–¡Piers! –ella se lanzó en sus brazos con los ojos inundados de lágrimas–. Te amo.

Él tembló de emoción contra su cuerpo y deslizó las manos hasta la barriga. Cuando habló, lo hizo con la voz entrecortada.

–¿Cómo está nuestra hija?

–Es tuya, Piers –Jewel cerró los ojos–. Te lo juro. No me he acostado con ningún otro hombre. Sólo contigo. Por favor, dime que me crees. Sé lo que dicen los resultados, pero se equivocan.

–Te creo, *yineka mou* –él la miró a los ojos y tragó saliva con dificultad.

Ella volvió a cerrar los ojos y se abrazó a él con fuerza.

–Siento haberte hecho daño, Jewel. No volveré a hacerlo. Te doy mi palabra.

–Hay algo que debo contarte –dijo ella con calma.

Él se tensó y, lentamente, se apartó de su mujer mientras la miraba con incertidumbre.

–Será mejor que te sientes.

–Cuéntame lo que sea. No hay nada que no pueda solucionarse.

–Espero que no te enfades al saber lo que he hecho –ella sonrió.

–Lo solucionaremos. Lo que sea. Juntos, *yineka mou*.

–Vine a Miami en busca de Eric –ella le tomó las manos entre las suyas.

–¿Por qué? –Piers se quedó de piedra.

–Pensé que necesitabas cerrar esa puerta. Pensé que, si le veías feliz y contento, podrías conservar ese recuerdo y no el del bebé que chillaba y lloraba cuando su madre se lo llevó.

–¿Y lo encontraste? –preguntó él, su voz delatando la ansiedad que sentía.

–Sí –contestó ella con dulzura–. Lo encontré. Joanna lo abandonó hace dos años.

–¡Cómo! –la ira estalló como un volcán y Piers se levantó del sofá de un salto–. ¿Por qué no lo envió conmigo? Sabía que yo lo amaba. Sabía que lo acogería.

–No lo sé, Piers –Jewel sacudió la cabeza con tristeza–. Fue incluido en el programa de acogida.

–Hay que solucionarlo. No permitiré que siga así. No le sucederá lo que a ti, *yineka mou.*

–¿Cómo has sabido lo mío? –ella le acarició un brazo.

–Kirk me lo contó. Fui a San Francisco a buscarte. *Theos*, me arrepiento tanto de cómo te traté.

–Piers, Eric está aquí –dijo ella con dulzura.

–¿Aquí? –preguntó él estupefacto.

–Duerme en su cuarto –ella asintió–. Verás, no podía permitir que permaneciera en acogida. Busqué a Eric antes de abandonarte. Por eso entré en tu despacho aquel día. Iba a contarte que lo había encontrado. Pensé que podríamos volar los dos juntos a Miami a buscarle.

–Y yo te eché de mi lado –Piers cerró los ojos–. Y tú viniste sola para hacerte cargo de él.

–Está aquí, y necesita una madre y un padre.

–¿Lo harías? ¿Acogerías a un hijo que no es tuyo? –preguntó él.

–¿No es eso lo que piensas hacer tú? ¿No es eso lo que pensabas hacer cuando creías que nuestra hija no era tuya?

–Te amo, *yineka mou* –él la abrazó con fuerza–. No me vuelvas a dejar. Aunque me lo merezca.

–No lo haré –ella rió tímidamente–. Otra vez me quedaré y lucharé, como debía haber hecho. No te desharás tan fácilmente de mí.

–Me alegro –gruñó él–. Y ahora, vamos a ver a nuestro hijo.

Epílogo

—Es la niña más hermosa del mundo —dijo Piers con orgullo mientras mostraba a Mary Catherine, de seis semanas, a sus hermanos para que la admiraran.

—Eso lo dices porque Marley va a tener otro chico —protestó Chrysander.

—Escuchadles —protestó Bella—. ¿Por qué los bebés vuelven a los hombres tan blanditos?

—Pensaba que era el sexo lo que hacía eso —apuntó Marley con malicia.

—Bueno, eso también —rió Jewel.

Eric estaba junto a los hombres Anetakis mirando, inmensamente orgulloso, a su hermanita.

La adopción de Eric se había formalizado dos semanas antes del nacimiento de Mary Catherine. Una semana después, Piers había recibido una llamada urgente del laboratorio que había realizado la prueba de paternidad. En efecto, le informaron, había habido un trágico error y los resultados se habían confundido con los de otra persona. Piers se había sentido nuevamente horrorizado por haber descargado su ira sobre Jewel, pero ella le recordó que mucho antes de conocer el resultado correcto ya había aceptado su palabra sobre la legitimidad de su hija. Y eso bastaba.

Bella había señalado acertadamente que lo único que tendrían que haber hecho era esperar al nacimiento de Mary Catherine, pues nadie en su sano juicio dudaría de su origen Anetakis.

En efecto, tenía el cabello y los ojos oscuros, junto con la complexión olivácea de su padre. Era, en todos los sentidos, Piers en miniatura.

Jewel contempló a su familia, reunida en la casa de la colina sobre el mar. Había tanta felicidad allí. En algunos momentos le costaba creer que todo aquello fuera suyo. Que tenía una familia. Que pertenecía a alguien.

–Me gustaría proponer un brindis –dijo Chrysander mientras alzaba su copa–. Por las esposas Anetakis. No me cabe la menor duda de que nos mantendrán en guardia hasta una edad bien avanzada.

–Eso, eso –Theron se unió al brindis.

Piers se volvió hacia Jewel con una sonrisa y ella se puso en pie a su lado. Juntos contemplaron al bebé en brazos de su padre mientras ella abrazaba a Eric contra su cuerpo.

–A mí también me gustaría proponer un brindis –dijo Jewel–. Por Bella. Para que llene la casa de Theron de niñas tan hermosas y descaradas como su madre.

–Cierra el pico –dijo Bella, aunque sus ojos brillaban alegres.

–Que Dios me ayude si eso llega a producirse –Theron abrazó a su esposa–. El mundo ya tiene bastante con una Bella.

–A mí me gustaría proponer un brindis por el amor y la amistad –dijo Marley.

–Por el amor y la amistad –repitieron ambas a coro.

DESEO

MAYA BANKS

ARRÁSTRAME AL PARAÍSO

El magnate Theron Anetakis solo tenía un problema… y acababa de entrar en su despacho. Después de ocupar su puesto en las oficinas de Nueva York, Theron pretendía casarse y formar una familia para consolidar su futuro, pero no se esperaba aquello. La pequeña Isabella Caplan se había convertido en una voluptuosa joven con planes propios, y esos planes no incluían dejar que el administrador de la fortuna de su padre la casara con otro hombre. Llevaba muchos años loca por Theron y había llegado el momento de seducir al ardiente magnate hotelero.

N.º 566

AVENTURA SECRETA

Tras una increíble noche de pasión, Jewel Henley descubrió que el exótico extranjero que la había vuelto loca era su nuevo jefe, Piers Anetakis. Y antes de poder ofrecerle una explicación, se encontró sin trabajo… y embarazada.

Cinco meses después, Piers al fin dio con ella. Decidido a explicarle los errores cometidos, se encontró con una innegable evidencia: Jewel estaba embarazada de su hijo. Su honor griego le exigía pedirle matrimonio, pero ¿había entre ellos algo más que lujuria? ¿Bastaría para que su matrimonio de conveniencia durase?

DESEO

EMILIE ROSE
PAPÁ POR SORPRESA

Pierce Hollister necesitaba una niñera urgentemente. Anna Aronson, la mujer perfecta para el puesto, ya tenía un bebé, por lo que aquel hombre solitario se encontró viviendo en una casa llena de niños. Entonces una complicación surgida del pasado amenazó con destruirlo todo. ¿Defendería el papá millonario lo que era suyo?

JULES BENNETT
AL PRECIO QUE SEA

Anthony Price, el director más famoso de Hollywood, siempre conseguía lo que quería. Sin embargo, la vida le ofreció un guion de lo más inesperado cuando obtuvo la custodia de su sobrina huérfana. Necesitaba a su mujer más que nunca… pero ella se había marchado tres meses atrás. Para conseguir que volviera, tenía que demostrar que estaba dispuesto a anteponer la familia a su carrera.

N.º 565

MERLINE LOVELACE
SECRETO MORTAL

Grace Templeton, cumpliendo la promesa que le había hecho a su prima en el lecho de muerte, dejó a un bebé en la puerta de los Dalton y, a continuación, se ofreció a trabajar como niñera para intentar descubrir cuál de los gemelos Dalton era el padre. La promesa incluía proteger al bebé, pero no enamorarse del hombre que al final resultó ser el padre de Molly.

JAZMÍN™

ANNE WEALE
CUANDO NUNCA SE HA AMADO

Cally iba buscando un poco de paz y tranquilidad cuando llegó a aquel pueblo de España... pero la llegada del misterioso millonario Nicolás Llorca lo cambió todo.

Los encantos de aquel hombre resultaban extremadamente difíciles de resistir. Aunque estaba decidida a alejarse de él, su seguridad empezó a tambalearse cuando Nicolás le hizo una oferta que no pudo rechazar.

MARION LENNOX
AMOR EN PALACIO

Tammy era la tutora de su sobrino huérfano, Henry, que algún día sería príncipe de un país europeo. Marc, el príncipe regente, quería educar a Henry en la realeza. Pero Tammy, una combativa australiana, no tenía tiempo para los títulos y quería darle a su sobrino todo el amor que necesitaba... aunque tuviera que mudarse al palacio.

Y mientras Tammy y Marc se enfrentaban por el futuro del bebé, la pasión que nació entre ellos se hizo imposible de resistir.

N.º 586

CATHIE LINZ
UN HOMBRE DE PALABRA

Según Kate Bradley, los hombres guapos y temerarios no eran buenos maridos. Pero eso no le impedía fantasear con Striker Kozlowski, el marine a quien había adorado en secreto desde los diecisiete años. Ahora, tenía que asegurarse de que Striker cumpliera la voluntad de su abuelo... y de mantener ocultos sus verdaderos sentimientos.

BIANCA

DESEO

*Estaba dispuesto a hacer lo posible
por recuperar a su hijo*

TENTACIONES
Y SECRETOS

BARBARA
DUNLOP

N.º 237

Después del instituto, T.J. Bauer y Sage habían seguido
caminos distintos. Un asunto de vida o muerte volvió a reunir
al empresario y a la mujer que había mantenido en secreto
que tenía un hijo suyo. Pero T.J. no quería ser padre a tiempo
parcial. El matrimonio era la única solución… hasta que el
deseo reavivado por su esposa, que lo era solo de nombre,
cambió radicalmente lo que estaba en juego.